L'ENFER DU RÊVE

COLLECTION TERREUR
dirigée par Patrice Duvic

GRAHAM JOYCE

L'ENFER DU RÊVE

POCKET

Titre original :

Dreamside

Traduit de l'anglais
par Thomas Bauduret

ISBN : 2-266-06205-0

À Suzanne,
qui était là lorsque le rêve a commencé.

PROLOGUE

Contemple l'arrivée de ce rêveur.
Genèse

La nuit avait été difficile. L'aube était proche, et des rais de lumière s'infiltraient entre les lamelles des stores. Toute la nuit, il était resté sur le fil du rasoir, oscillant entre l'éveil et l'assoupissement ; mais à chaque fois qu'il se laissait glisser, il y avait toujours un bruit ou un mouvement pour le réveiller en sursaut. Il n'était pas vraiment effrayé, non, mais l'étincelle de conscience était assez forte pour le tirer du sommeil.

Lee ouvrit les yeux. Autant se résigner à passer une nuit blanche.

Il regarda d'un œil morne le cadran lumineux de son réveil. Au-dehors retentit le mugissement d'un klaxon. Il se leva de son lit gluant de sueur. Ses draps étaient tout tire-bouchonnés, ses yeux étaient à peine ouverts et ses cheveux se dressaient sur son crâne en grandes mèches hirsutes. Il réussit à atteindre la salle de bains, tourna les robinets de la douche et ne parvint qu'à s'ébouillanter.

Vous parlez d'une nuit. Ses rêves, du moins ce qu'il s'en rappelait, n'étaient qu'un maelström de bribes fiévreuses et indistinctes tourbillonnant au cœur de la tempête ; et maintenant, ils s'effilochaient de sa mémoire comme autant de nuages déchirés par le vent. Il mit sa robe de chambre, qui avait été blanche en des temps reculés, et passa le seuil de la cuisine. Quelque part dans la maison, un radio-réveil se mit à crachoter une voix indistincte. Lee prit un œuf et le frappa contre le rebord d'un poêle, mais la coquille ne se brisa pas. Il essaya à nouveau. Sans plus de succès.

— Oh, non, dit-il. Oh, non...

Il prit l'œuf entre deux de ses doigts et le leva à hauteur de ses yeux. Et il souffla dessus.

Puis il se réveilla.

La lumière qui filtrait à travers les stores faisait luire les gouttes de sueur baignant son visage. Le cadran lumineux du réveil lui cligna de l'œil. De l'extérieur lui parvint un mugissement interminable, comme si l'automobiliste s'acharnait sur son klaxon. Lee s'assit, et ses draps tombèrent au sol en un tas moite ; puis il se traîna jusqu'à la salle de bains. Il reprit son souffle sous la douche, une cataracte glacée qui lui donna la chair de poule. Cette fois-ci, il se rappelait à peu près clairement le rêve qui venait de précéder son réveil.

Dans la cuisine, la radio s'alluma toute seule. Les deux œufs en train de frire dans la poêle lui jetèrent un regard digne d'un personnage de dessin animé, ce qui acheva de lui couper l'appétit. Il s'habilla pour aller travailler et enfila son manteau.

Le monde extérieur, lui, était resté prisonnier de son propre rêve. Février absorbait tous les sons de l'univers pour ne plus laisser qu'un paysage figé sous sa chape de froidure. Il brisa le sortilège dans un grand nuage de gaz d'échappement à faire fuir les démons du gel qui, toussant et crachant, filèrent se cacher sous les buissons givrés. *Réveil réveil ;* telle était la chanson des essuie-glace. *Réveil réveil réveil.* Il agrippa le levier de vitesses et passa la première.

Et se réveilla.

Le réveil clignota. Le klaxon mugit. Lee resta là, immobile, n'osant pas se lever et prendre la douche de peur de se retrouver à nouveau au lit. Le miroir de sa chambre refléta le visage terrifié qui lui faisait face.

Lee finit par sortir de ses draps, les nerfs en pelote, un goût de pourriture dans la bouche. Lorsqu'il entra dans la cuisine, la radio s'alluma, et tout au fond de lui, quelque chose se recroquevilla. Il se retourna, regarda l'appareil, puis la prise de courant. Il tira sur le fil et la radio mourut dans un crachotement. Il remit la prise et la voix reprit son discours là où elle l'avait interrompu.

Il monta dans sa voiture et resta assis derrière le volant, sans dire un mot. Lee était du genre matinal ; il partait tôt, mettait la radio à fond, et était toujours le premier arrivé sur son lieu de travail. Il vira pour entrer dans le parking situé derrière l'agence de publicité.

Et se réveilla.

Il resta allongé dans sa chambre plongée dans l'obscurité, haletant, s'accrochant à son matelas comme un naufragé à une bouée. Le cadran du réveil eut un scintillement rebelle. Le klaxon résonna à l'extérieur, étouffé par la distance. Cela pouvait continuer, encore et encore, pensa-t-il. Et ne jamais s'arrêter. Il aurait bien aimé pouvoir se rendormir, s'enfuir dans le sommeil pour échapper à ce piège, mais il savait qu'il était inutile d'essayer. Il n'avait pas le choix.

Il ne lui restait plus qu'à tout recommencer. Encore la douche, la radio. Non, pas *encore* le petit déjeuner. Ayez pitié, mon Dieu. Et pourtant, il devait bien effectuer ce rituel quotidien, si banal, tout en sachant qu'il pouvait fort bien répéter les mêmes gestes pour l'éternité.

Il rêvait. Oui, mais se réveillerait-il un jour ?

Il devait se convaincre qu'il était réveillé pour de bon. Il passa le dos de sa main au-dessus des flammes. Les poils se mirent à se recroqueviller, et il sentit l'odeur caractéristique de la chair brûlée. Une odeur de réalité.

Dehors, le même froid sec engourdissait le monde. Il conduisit jusqu'au bureau en prenant mille et une précautions et se gara sur un autre emplacement que celui qu'il occupait d'habitude. Gravir l'escalier lui coupa le souffle, et il haletait lorsqu'il entendit la sonnerie du téléphone.

Il traversa le couloir au pas de course, poussa la porte de son officine et se pencha par-dessus son bureau pour décrocher le combiné. Alors qu'il tendait le bras, la surface même de sa table de travail lui parut s'étirer à l'infini, emportant le téléphone qui se déroba devant ses doigts. Il ne pouvait pas l'atteindre, et à chaque sonnerie, l'appel devenait plus insistant encore.

Il se réveilla. Le téléphone sonnait sur la table de nuit,

une sonorité inflexible, comme un rasoir découpant des os. Il bondit et, par réflexe, saisit le combiné.

— Lee ? fit une voix de femme. Lee Peterson ? C'est bien toi ?

PREMIÈRE PARTIE

Février 1986

CHAPITRE PREMIER

J'ai fait un rêve qui n'était pas tout à fait un rêve.

Lord Byron

Il n'oublierait jamais cette voix. Même s'il ne l'avait pas entendue depuis douze ans. La voix d'Ella Innes.

— Ella ! Oh, Ella, je sais déjà pourquoi tu m'appelles. *Cela* recommence, n'est-ce pas ? Après tout ce temps, c'est reparti pour de bon.

— Calme-toi, Lee ; ça va aller. Écoute, il faut vraiment qu'on parle, toi et moi.

— D'accord. Mais, Ella, ça ne va pas du tout. Je ne sais même pas si je suis réveillé ou pas. Si je ne suis pas en train de rêver cette conversation.

— Tu es bien réveillé. C'est la réalité. Tu te rappelles ? C'était toujours moi qui te réveillais. Et c'est pareil aujourd'hui. Souviens-toi.

Souviens-toi. Comme un message codé. Souviens-toi. Je me rappelle tout. Ta voix. Ton parfum étrange. Ce que je ressentais à chaque fois que tu étais près de moi.

— Bien sûr, fit-il d'un ton fort peu convaincu. Laisse-moi reprendre mes esprits, d'accord ? J'ai vraiment eu une nuit dingue.

— Il fallait que je te contacte. Je ne voyais pas d'autre solution. (Il l'entendit inspirer profondément.) Je veux venir te voir. Maintenant.

— Maintenant ? Aujourd'hui ? Mais pourquoi ? Et d'abord, où es-tu ?

(Où es-tu après tout ce temps ?)

— Je vis au bord de la mer, en Cambrie. Le paysage est joli, à condition d'aimer les déchets nucléaires. Y a-t-il autre chose que tu veux savoir ?

— Mais, Ella, c'est à plus de quatre cents bornes d'ici !

— Lee, nous vivons dans un monde où voyager est devenu extrêmement facile. Toutes sortes d'autoroutes traversent le pays, empruntées par divers véhicules à moteur...

— Bon, d'accord, pas la peine de te payer ma tête.

Mais, au fond, c'était bien dans les habitudes d'Ella. Apparemment, elle n'avait pas perdu son goût pour la raillerie. Il réfléchit quelques instants avant de lui expliquer le chemin à suivre pour arriver chez lui.

— J'y serai, affirma-t-il en conclusion.

— Attends-moi.

Elle n'avait pas changé. Toujours aussi autoritaire. Fais ceci, fais cela. Attends-moi.

— J'ai une question à te poser. Comment as-tu pu me retrouver, après tout ce temps ?

— Rien de bien sorcier. J'ai contacté l'université et, de là, j'ai remonté la piste de ta carrière excessivement orthodoxe.

Cela dit avec une pointe de sarcasme. Coup bas, pensa Lee. Carton jaune.

— Lee ? Tu as peur ?

— J'ai passé une nuit abominable. Et, oui, j'ai toujours peur.

Il raccrocha. Cela faisait douze ans, bon sang, bientôt treize, et depuis tout ce temps, ils ne s'étaient jamais revus, jamais parlé. Il fixa le mur d'un regard vide. Son étonnement, son désarroi affrontaient la peur qu'il ressentait, la peur de se réveiller à nouveau dans son lit. Une angoisse qui, il le savait, ne le quitterait plus de toute la journée.

Puis il se rappela un truc qu'il avait appris jadis. C'était tout simple : il suffisait d'ouvrir un bouquin. Il s'essuya les cheveux avec sa serviette et prit un livre de poche au hasard sur l'étagère. Il le laissa s'ouvrir tout seul et lut les premières lignes qui se présentèrent.

Mais son domaine s'étend bien au-delà
Aussi loin que le peut l'esprit humain :
Un bon magicien est un demi-dieu.

Il ferma les yeux, secoua la tête, puis regarda à nouveau la page. À son grand soulagement, il constata que les mots n'avaient pas changé. Il répéta cet exercice. Pourvu que cela marche. Finalement, il remit le livre sur son étagère.

Au fond, ce n'était pas cette série de faux réveils qui l'étonnait le plus. Il était bien plus bouleversé par cette voix surgie du passé. La voix d'Ella, qui s'adressait à lui comme s'ils s'étaient quittés la veille.

Lorsqu'ils s'étaient séparés, jadis, ce n'avait pas été en de mauvais termes. Ou du moins, s'il y avait eu douleur, il n'y avait pas eu de colère. Leur séparation résultait d'un arrangement muet, inévitable, et ce pour une raison très simple : parce que la compagnie de l'autre provoquait en chacun d'eux un désespoir plus pénible encore que l'angoisse qu'ils ressentaient.

Lee inspecta son visage dans le miroir et se qualifia lui-même de gros porc. L'homme qui le regardait, avec sa mâchoire carrée et cette moue boudeuse qui plaisait tant aux filles, avait un double menton. Et quelques kilos de trop. Ella verrait-elle en lui le jeune athlète d'une vingtaine d'années qu'elle avait connu ?

Il n'arrivait pas à s'imaginer qu'Ella ait elle-même vieilli. Pourtant, il avait plus d'une fois pensé à elle durant les dix années qui suivirent son départ de l'université, une période durant laquelle il avait dressé entre eux un mur psychique plus puissant encore que les milliers de kilomètres qui les séparaient. Mais dans son esprit, elle n'avait pas changé. Ella l'inoubliable ; délicieuse, hypnotique, supérieure, érotique ; Ella nue ou habillée. Puis vinrent des souvenirs sentimentaux pénibles et des réminiscences sexuelles tout aussi fortes. À parts égales, ces pensées composaient le cocktail nostalgique qu'il sirotait parfois ; là, au milieu des dernières bribes de sa jeunesse, trônait Ella Innes ; resplendissante, vibrante d'une intelligence et d'une sexualité juvénile qui brûlaient telles des braises au cœur d'un foyer.

Ces souvenirs l'enserraient comme les tentacules d'un

monstre marin. Mais peut-être était-il le seul responsable, lui qui ruminait sans cesse un passé qu'il aurait dû oublier. Car c'était ces souvenirs, il le savait, qui étaient la clé de sa solitude. Toutes les femmes qu'il avait connues après Ella souffraient de la comparaison et lui semblaient inévitablement bien fades. Il suffisait de gratter la surface des sentiments que Lee pouvait éprouver pour n'importe quelle femme pour trouver l'image d'Ella ; insurmontable, insurpassable. Que pouvaient espérer les autres femmes alors qu'un tel fantôme hantait les rivages de ses souvenirs et s'incrustait dans ses rêveries ?

Si Lee devait chercher une consolation, ce serait dans la certitude qu'Ella non plus ne l'oublierait jamais. Ils ne pouvaient vivre ni avec l'autre, ni sans l'autre.

Et aujourd'hui, voici qu'elle l'appelait, après presque treize années. Il allait la revoir. Et il avait peur, tout comme, il le savait, elle-même avait peur.

Ella Innes. Pourquoi a-t-il fallu que tu reviennes ?

CHAPITRE II

Rêver que l'on tient des œufs
symbolise une contrariété.
Astrampsychus, 350 av. J.-C.

Ella était en retard. Lee l'attendait vers sept heures et il était déjà neuf heures. Il était resté là, à se tortiller dans son fauteuil dont il jaillissait de temps en temps pour regarder par la fenêtre. Il faisait nuit depuis un bon moment déjà, et le ciel hivernal était lourd de neige.

Il avait physiquement peur de la rencontrer. Et si elle ne venait pas, il ne s'en trouverait pas plus mal. Il ne demandait qu'à oublier le coup de fil de ce matin, à n'y voir qu'un fantôme ou un autre rêve. Oui, tout serait plus simple si elle n'avait jamais appelé.

Puis il entendit rugir un moteur sous ses fenêtres. Il bondit de son siège et vit des phares illuminer la façade, des nuages de gaz d'échappement flottant dans l'air glacé. Il sortit de chez lui en coup de vent.

Elle descendait déjà de sa voiture, une ancienne décapotable de sport. Elle portait un blouson d'aviateur avec trois tailles de trop et une écharpe rouge nouée autour de son cou. Elle referma la portière et resta là, immobile dans les ténèbres, à le regarder.

Qu'étaient-ils censés faire ? Que convenait-il de faire ? La prendre dans ses bras, bien sûr. Il en avait envie, ça oui, mais en aurait été incapable. Il n'arrivait même pas à la regarder en face.

— Tu es venue là-dedans ? dit-il en examinant sa voiture. Avec la capote rabattue ? En plein hiver ?

C'était une MG Midget de 1935, parfaitement restaurée. Ella exhala un nuage de condensation.

— Le rabat s'est cassé. Je n'ai pas pu la réparer.

Lee fit le tour de l'engin et tripota les fixations de la capote.

— Ce n'est sans doute qu'une attache à remplacer.

— Lee, laisse tomber, dit-elle gentiment.

Lee regarda ses mains en se sentant ridicule. Lorsqu'il leva les yeux, il vit qu'elle le fixait.

— Bien sûr. Rentrons.

Une fois la porte refermée derrière eux, Ella embrassa le décor d'un regard circulaire comme si la maison avait autrefois été à elle. Lorsqu'elle hocha la tête, ce fut comme pour confirmer que tout était bien tel qu'elle se l'imaginait. Lee prit son sac.

— Tu as les mains gelées !

Ella eut un sourire qui n'était qu'un réflexe.

— Ce fut un long voyage.

— Tu veux boire quelque chose ?

— Oui, peut-être, merci.

Elle était toujours la même. Toujours aussi ironique. Des boucles d'oreilles scintillaient entre ses mèches : une lune et des étoiles d'argent qui, lorsqu'elle secoua la tête pour écarter ses cheveux de ses yeux, semblèrent laisser une traînée lumineuse dans l'air. Son rouge à lèvres paraissait tout d'une pièce, comme si on pouvait l'enlever en tirant dessus, comme de la peau sur un bol de lait. Ella était plus intéressante que vraiment belle. Elle ne s'habillait ni pour attirer l'attention des hommes, ni pour que les autres femmes approuvent son allure. Lee la trouvait fascinante ; elle était encore plus irrésistible aujourd'hui qu'à vingt ans.

Il absorbait les moindres détails de son apparence : le nez un peu trop abrupt, les cheveux noirs — autrefois longs, aujourd'hui plus courts — et une lueur soupçonneuse dans des yeux brun clair qui, au premier d'abord, respiraient l'honnêteté. Sous son blouson, elle portait un pull très ample et un pantalon. Elle eut bien du mal à dénouer son écharpe rouge.

Son sac, un gros fourre-tout de cuir à la fermeture

cassée, était plein à craquer. Lee le posa contre un fauteuil.

— Tu as l'air d'une bohémienne, dit-il pour singer son ton sarcastique.

Ella le suivit dans la cuisine, où il leur servit du brandy dans de grands verres et prépara du café.

— Je sais, j'ai l'air d'un clodo, dit-il. Toi, tu es élégante, c'est bien. Tu as l'air d'avoir réussi.

Elle lui décocha un sourire qui ne dura guère plus d'une microseconde et entortilla l'écharpe sur sa main, comme un bandage. Engoncée dans son blouson, elle évoquait une survivante d'un combat aérien.

— Je ne sais pas pourquoi, reprit Lee, mais face à toi, j'ai l'air plutôt terne.

— Ce n'est pas dans ta nature. Je vois que tu travailles dans la publicité.

— C'est un boulot, rien de plus. J'y vais tous les matins. Et le soir, je rentre chez moi.

Elle le regarda. Il se sentit obligé de continuer.

— Je veux dire : la routine est le plus efficace des narcotiques. Ça me convient parfaitement.

— Tu m'as l'air un peu amer.

— Non, c'est vrai. C'est comme ça que je le vois. Mais lorsque je suis bien anesthésié, mou comme une chiffe, lorsque ma vie avance enfin au ralenti, c'est alors que *ce-que-tu-sais* recommence.

Ella fourra l'écharpe dans sa poche.

— C'est de ça que je veux te parler.

— Oh, mon Dieu. Pandore vient raconter l'histoire de sa boîte préférée.

— *Notre* boîte.

Lee se tourna vers elle.

— Ella, je ne peux pas l'ouvrir. Je ne sais pas ce qui se passe, mais ça me flanque une frousse terrible et je ne veux pas que tout recommence.

Ella posa son verre et prit son poignet.

— Moi non plus, si tu veux savoir. Je n'ai aucune envie de rouvrir cette fichue boîte. Et j'ai aussi peur que toi. Je me doutais bien que tu devais connaître le même phénomène — et même, je l'espérais. Si je t'ai contacté, c'est parce que...

Lee posa sa main sur la bouche d'Ella.

— On peut s'asseoir ?

Ils allèrent jusqu'au salon. En chemin, Ella se débarrassa de son blouson et son écharpe et les laissa tomber au hasard sur le tapis. Ils s'assirent, verre en main.

— Si je t'ai contacté, reprit Ella, c'est à cause de ce qui s'est passé entre nous autrefois. De ce que nous avons fait, nous et les autres.

Silence.

— Je meurs de faim, dit-elle subitement. Qu'est-ce que tu as préparé ?

— Préparé ? Oh, bon sang !

Il n'avait pas pensé au repas.

— Je vais appeler un Chinois, ça te va ?

Elle eut un sourire.

— Le réfrigérateur est vide, pas vrai ? Il me semblait bien que cette maison sentait le célibataire.

— J'avais remarqué que tu l'avais remarqué. (Lee se jeta à l'eau.). Dis, est-ce que tu comptes passer la nuit ici ?

— C'est une possibilité. J'y ai pensé. Mais si cela te dérange, je peux chercher un hôtel.

— Ne dis pas de bêtises. Tu restes.

— Bien.

— Bien.

— Mais... je veux que ce soit clair.

— Que quoi soit clair ?

— Je n'ai pas fait quatre cents kilomètres pied au plancher pour reprendre notre relation là où je l'avais laissée il y a douze ans. Je ne pourrais pas supporter d'ouvrir cette boîte-là.

— Compris, fit-il en levant les mains. J'allais préciser que la chambre d'amis te tend les bras. Comme ça, tu es tranquille.

— Je *suis* tranquille. Inutile de me dire ça.

— Alors c'est entendu.

— Oui, c'est entendu.

Ce soudain accès de compréhension lui parut être le moment propice pour s'éclipser dans la cuisine. Il referma la porte derrière lui et s'y adossa tout en expirant profondément. Cette histoire l'avait mis en colère, non pas contre Ella, mais contre lui-même. Elle avait lu en lui comme dans un livre ouvert ; depuis le moment où elle était entrée dans la maison, il l'avait suivie avec ses yeux de cocker. Il se serait giflé.

Après que le livreur leur eut apporté leur repas, ils passèrent aux choses sérieuses.

— Comment cela se passait-il avant mon coup de fil ? demanda Ella.

Lee regarda par-dessus son épaule comme pour vérifier qu'aucune oreille ennemie ne les écoutait.

— Tout a commencé vers Noël. J'ai cru qu'il s'agissait d'un simple retour en arrière. Ça m'est déjà arrivé et je ne m'en porte pas plus mal. Mais depuis, les *répétitions* se sont multipliées. Ces dernières nuits, j'ai cru que je n'en finirais jamais de me réveiller.

— Il n'y a que les faux réveils successifs, et pas d'autres bizarreries ?

— Oui, Dieu merci. J'ai connu un ou deux autres phénomènes étranges, mais c'est surtout les *répétitions* qui me dérangent. Ça n'a l'air de rien, mais j'en ai une peur bleue.

— Pareil pour moi. Je sais à quel point c'est effrayant. Tu finis par redouter le moindre déclic, le moindre mouvement brusque, par peur de te retrouver dans ton lit.

— Je suis même allé jusqu'à me tester dans le rêve en me piquant avec des épingles, et cela ne sert à rien.

— C'était déjà comme ça avant.

— Oui, mais, dans le temps, lorsque j'essayais un de ces trucs... même s'ils ne fonctionnaient pas toujours, j'avais l'impression de sentir une différence, de toucher à quelque chose d'essentiel. Plus maintenant. C'est à tel point que je n'ai même plus envie d'aller travailler, de préparer mon petit déjeuner, même de me laver, par peur de me réveiller. Chaque fois qu'il m'arrive quelque chose d'un peu étrange, ou que je tombe sur un client un peu cinglé, je finis par me dire que ce n'est pas la peine de lutter, que je me réveillerai dans cinq minutes et qu'alors, il ne me restera plus qu'à aller au boulot pour affronter à nouveau les mêmes ennuis, retrouver le même taré devant ma porte.

— Je croyais que c'était nous les tarés.

— Le pire, c'est que les rêves sont nettement plus clairs que ma vie réelle. Ce matin, alors même que je te parlais, j'étais sûr d'être à nouveau dans le rêve. Je croyais que, dès que j'aurais raccroché le combiné, je me réveillerais.

— Mais tu aurais dû savoir que la sonnerie du téléphone brise toujours le rêve. C'est infaillible. Rappelle-toi, c'était une de nos anciennes techniques pour se préparer une porte de sortie. Ou d'entrée.

— Je le savais, mais je ne m'y fie plus. Pas plus qu'au truc du livre.

— Tu te rappelles de ce que disait le professeur à propos des répétitions ?

— Pas grand-chose. Il les classait parmi les effets secondaires et nous conseillait d'en profiter à fond.

— Oui, il ne nous a pas été d'un très grand secours sur ce point.

— Et pour toi, quand est-ce que tout a recommencé ?

— Vers Noël, moi aussi. D'abord de temps en temps, puis régulièrement. J'ai cru que j'étais la seule en cause ; mais il n'y avait pas que les réveils à répétition. Il y avait d'autres choses.

— Tu es retournée *là-bas ?* fit Lee, choqué.

— Pas vraiment. Mais j'ai senti une attirance très forte. Presque irrésistible. Je l'ai combattue. C'est pour ça que j'ai décidé de t'appeler, pour savoir s'il t'était arrivé la même chose.

— Et c'est le cas. Je ressens comme... un courant qui me pousse à retourner là-bas. Et cette attirance est vraiment très forte. C'est lorsque je lui ai résisté que les répétitions se sont multipliées.

— Exact. Plus nous lutterons contre le courant, plus les répétitions se multiplieront.

— Mais qu'est-ce qui se passerait si nous ne résistions plus ? Si nous y retournions bel et bien ? En tout cas, je peux te dire que moi, je ne le supporterais pas.

— J'y ai pensé aussi. À vrai dire, je me suis d'abord demandé si tu y étais allé. Si tu n'essayais pas de me contacter par ce biais.

— C'est faux.

— Simple supposition. Maintenant, je sais que ce n'est pas ça.

— Ella, je t'ai souvent désirée. Mais jamais... comme ça. Lorsque j'étais plus jeune, l'idée de retourner un jour *là-bas* ne m'effrayait pas autant. Maintenant, rien que d'y penser, j'en ai la chair de poule.

Elle passa une main dans ses cheveux, faisant scintiller la lune et les étoiles accrochées à ses oreilles.

— Et où cela nous mène-t-il ? demanda-t-elle. Ce

n'est ni toi, ni moi qui sommes derrière tout ça... Oh, bon sang, Lee, regarde-nous. Tu parles d'un duo. Je serre les dents, Lee, vraiment, mais j'ai peur. Si peur.

Alors Lee fit ce qu'il aurait dû faire lorsqu'ils s'étaient retrouvés pour la première fois, devant la maison ; il l'entoura de ses bras et l'embrassa, puis la laissa pleurer sur son épaule. Et ce soir-là, si elle versa des larmes, ce n'était pas qu'à cause de la peur que lui inspirait cet inconnu situé au-delà du rêve. Elle pleura aussi les enfants libres et insouciants qu'ils étaient treize ans plus tôt, et toutes ces années perdues qui avaient dilué leur amour et fait d'eux des étrangers.

— Lequel est-ce, d'après toi ?

— Rien ne dit que c'est l'un d'entre eux qui provoque ces phénomènes.

Une bonne flambée brûlait dans la cheminée. Ella était assise près du feu, les jambes repliées. Lee était assis derrière elle, dans son fauteuil habituel.

— Tu as tort, dit-elle. *C'est* l'un de nos anciens compagnons du rêve. Lui ou elle, peu importe : qui qu'il soit, il faut qu'on trouve le coupable. Ensuite, nous pourrons le forcer à arrêter.

— J'avais peur que tu dises ça.

— Ce n'est pas le moment de s'attendrir.

— Tu te bases sur des présomptions. Rien ne nous prouve que les deux autres sont responsables.

— Tu as une meilleure idée ?

— Moi ?

— Oui, toi. D'après toi, combien de temps va s'écouler avant que ces rêves, ces répétitions ne se transforment en quelque chose de bien plus dangereux ?

Lee avait l'impression d'être enchâssé dans une de ces boules qui, lorsqu'on les secoue, imitent une tempête de neige. Il avait planifié sa vie, l'avait voulu immobile et silencieuse. Puis Ella était venue secouer le verre et, maintenant, elle le regardait se débattre au cœur du blizzard.

— L'un dans l'autre, dit Ella, la seule véritable question est : est-ce elle ou lui qui est responsable ?

— Quelle différence ?

— D'après moi, c'est *elle*. On finira bien par s'apercevoir qu'elle est à l'origine de ces rêves.

— Écoute, Ella, je ne sais pas si ce serait vraiment une bonne idée de contacter les autres. On pourrait causer plus de mal que de bien. Pourquoi risquer d'envenimer la situation en remuant le passé ? On doit bien pouvoir faire quelque chose sans pour autant courir les retrouver.

— On en a déjà discuté. La question n'est pas de courir les retrouver, mais de ne pas les fuir.

Lee aurait bien aimé les fuir tous, Ella y compris. Il savait où elle voulait en venir et cela ne lui plaisait guère. Une lueur frénétique brillait dans l'œil d'Ella. Elle n'en démordrait pas.

— Alors que fait-on ? demanda-t-elle.

— C'est toi qui tires les plans de la bataille.

— Faut croire. Écoute, c'est très simple. Tu vas partir à la recherche d'un d'entre eux et je me chargerai de l'autre. Ne me regarde pas comme ça. Ni toi, ni moi n'en avons envie, mais ni toi, ni moi ne voulons que tout recommence. Tu sais où cela va nous mener, et tu as aussi peur que moi. Tu sais aussi que l'un d'entre nous est responsable de tout ça ; c'est obligé. Il n'y a pas d'autre explication. Il va nous falloir pourchasser les deux autres et les faire avouer.

— Comment veux-tu qu'on les retrouve ?

— Je t'ai bien retrouvé, toi. Avec un brin d'intelligence et un soupçon d'intuition. Il faudra que tu prennes congé, que tu arrêtes de vendre de la lessive ou je ne sais quelle activité si importante.

— Je ne peux pas abandonner mon boulot ! Qu'est-ce que je vais leur dire ?

— Que tu es malade ! Que tu as l'esprit dérangé ! Ce n'est pas si éloigné de la vérité, non ? Pour autant que je sache, on est tous les deux en train de perdre la boule. Et puis, dis-leur ce que tu veux, je m'en fous !

— Tu te mets en colère contre moi, maintenant ?

— J'essaie juste de te faire comprendre qu'il y a urgence. Je me demande bien pourquoi, d'ailleurs. Ce matin, quand je t'ai appelé, tu pouvais à peine parler.

— Inutile de me le rappeler.

— Lee, on peut toujours ne rien faire. On peut laisser tomber. Du moins jusqu'à demain matin, quand tu deviendras dingue à force de ne pas savoir si tu dors ou si tu es éveillé. Jusqu'à ce que tu ouvres la bouche pour hurler et te réveilles dans ton lit. Ou *croies* te réveiller, ce qui te donnera envie de hurler à nouveau. On peut toujours ne rien faire, oui. Et tu peux te demander si cette conversation elle-même n'est pas un rêve.

— Tu sais lire dans mon esprit, pas vrai, Ella Innes ?

Ella se radoucit.

— Tu te rappelles ce test psychologique que nous a fait passer le professeur ? Tu marches dans les bois. Tu vois un ours. Que fais-tu ? Tu le contournais à chaque fois. Moi, je m'en approchais. Toujours.

— Parfois, ça te valait un coup de griffe.

— C'est la vie. Mais parfois, l'ours se transformait en prince. Tu as besoin de moi, Lee. Pour te pousser en avant. Pour te forcer à regarder les choses en face.

— Merci bien, mais je ne saurais pas quoi faire d'un prince.

— Uniquement d'une princesse, hein ?

Il avait horreur de ces dialogues où elle rétablissait si facilement sa position dominante. Comme si elle devinait bel et bien ses pensées. En tout cas, c'était toujours elle qui prenait les choses en main. Il ne voulait pas la laisser faire, pas cette fois-ci, et pourtant, elle l'avait embobiné.

Il la regarda. Elle fixait le foyer, et la lueur des flammes dansait sur sa peau. Les années avaient bien laissé des traces ici ou là. Son visage était comme gravé de runes racontant une existence qu'il aurait voulu décrypter, mais dont il ne connaissait pas le langage. Quant à lui-même, inutile de faire semblant. Ces quelques heures en compagnie d'Ella l'avaient mis à nu. La carapace qu'il avait édifiée au fil du temps venait de voler en éclats ; les anciens sentiments étaient revenus en force, le laissant à découvert, en état d'infériorité, et plus amoureux d'elle que jamais. Comment pouvait-elle avoir un tel effet sur lui ?

Il se pencha et l'embrassa dans le cou. Elle se raidit, mais ne le repoussa pas.

— Qu'est-ce que tu fais, Lee ?

— Je t'embrasse.

Elle se retourna.

— La situation est déjà grave, ne la rendons pas encore plus pénible.

Pour Lee, au contraire, il s'agissait de faciliter les choses. Il ne dit rien. Ella se leva ; l'incident était clos.

— Je suis crevée. On peut en rester là ? Tu cherches l'un et je cherche l'autre ? C'est entendu ?

Lee haussa les épaules.

— À partir de demain ?

— À partir de demain, fit-il morose.

— Le rêve n'attend pas, Lee.

— Non, n'est-ce pas ?

— Je crois qu'il vaut mieux que je la retrouve, *elle*. Je sais comment lui parler. Toi, tu le chercheras, *lui*.

— On dirait des chasseurs de primes.

— Si seulement cela pouvait être si facile. Maintenant, montre-moi ma chambre. Il se fait tard.

CHAPITRE III

J'ai étalé mes rêves sous tes pieds ;
Marche doucement, car tu marches sur mes rêves.

W.B. Yeats

Ella se dépêcha pour ne pas rater le ferry en partance de Stanraer, mais finit par arriver avec vingt minutes d'avance. Une fois la Midget garée dans la soute du bateau, elle fut heureuse de pouvoir en descendre et de s'étirer un peu les jambes. Elle avait passé la nuit chez Lee, puis était retournée à sa maison de Cambrie et avait connu une seconde nuit difficile avant de repartir pour prendre le bateau qui l'amènerait à Larne.

Le ferry sortit du port de Stanraer ; Ella, juchée sur le pont, vit s'éloigner le rivage et sentit la brise marine lui caresser la peau. C'est alors que vinrent les premiers doutes. Avait-elle vraiment raison d'agir comme elle le faisait ? Était-il vraiment nécessaire de partir en Irlande, de se lancer dans une expédition qui pouvait se révéler inutile ? Elle avait usé toute son énergie à persuader Lee, tant elle était sûre d'elle et de l'instinct qui la poussait, mais elle en avait oublié de prendre un peu de recul, de remettre en question ses certitudes.

Elle pensa à Lee, à ce qui s'était passé entre eux, et au moment où il avait essayé de l'embrasser. Elle ne se faisait aucune illusion. Sa tendresse soudaine n'était que l'expression de son désespoir. Pour lui, reprendre leur liaison passée n'était qu'un moyen de surmonter ses terreurs ; de leur intimité, il voulait distiller le baume aigre-doux que lui offrirait sa protection.

Lee, impassible, avait baissé les yeux, cherchant à cacher une déception pourtant évidente. Il était trop doux pour réagir autrement qu'en acceptant son rejet, et s'était retiré dans sa chambre pour mieux se replier sur sa douleur. Mais au cœur de la nuit, lorsque Ella avait senti les cauchemars s'accumuler autour d'elle comme des nuages noirs, elle avait pensé à Lee, endormi et vulnérable dans les ténèbres envahissant sa chambre. Ainsi, elle avait accru son trouble en allant se glisser dans son lit.

Lee s'était réveillé en sentant son corps allongé à côté du sien.

— J'avais froid. Rendors-toi.

Ce qu'il fit, avec joie, et Ella lui en sut gré.

Au matin, elle constata que les bras musclés et chauds de Lee entouraient sa taille. Il dormait toujours, mais elle put sentir son érection pressée contre ses cuisses. Elle se dégagea sans mal de son étreinte, s'habilla et tira les stores. Elle fit chauffer du café et quitta la maison en laissant la porte ouverte.

Lee fut réveillé par la sonnerie du téléphone. Il chercha Ella des yeux, puis sentit l'odeur du café.

— C'est moi, dit la voix d'Ella au bout du fil.

— Où es-tu ?

— À cent mètres de chez toi, dans une cabine. Je me suis dit qu'il valait mieux te réveiller une bonne fois pour toutes. Autant bien commencer la journée.

— Ella, tu me sauves la vie.

— Un jour, tu sauveras peut-être la mienne.

Clic.

Lorsque Ella revint avec un sachet de croissants, Lee avait déjà pris sa douche.

— C'est marrant, dit-il, mais ce matin, j'ai plus confiance en moi. Cela fait longtemps que je ne me suis pas senti aussi bien. Se réveiller à l'odeur du café et des croissants, c'est ce que j'appelle vivre.

La nouvelle assurance de Lee fit surgir bien des souvenirs dans l'esprit d'Ella. Mais si elle se doutait que sa vigueur nouvelle ne provenait ni du café, ni des croissants, elle n'en laissa rien paraître. Et, de toute façon, elle ne pouvait qu'être d'accord avec lui. Le monde qui les entourait avait bel et bien pris une acuité nouvelle, comme si tout était subitement mieux défini. Dehors, dans la rue, elle avait senti une sorte de crépitement dans l'air frais du matin et s'était sentie rassurée : ce matin-là, il leur serait épargné le cauchemar des faux réveils successifs.

Mais, d'après son expérience, il ne fallait pas se bercer d'illusions face à ce qui n'était qu'un répit. Et pourtant, c'était avec un optimisme renouvelé qu'ils avaient tiré leurs plans de bataille pour entrer en contact avec les autres. Ils avaient déjà convenu qu'Ella se chargerait d'aller en Irlande du Nord.

C'est ainsi qu'elle se retrouva sur le pont d'un ferry qui la déposerait à Larne. On était le dernier jour de février et il faisait trop froid pour rester dehors plus que quelques minutes ; trop froid pour bien des gens, car elle était seule sur le pont, laissant le vent glacial soulever ses cheveux tandis qu'elle regardait le bateau fendre l'écume des vagues.

Mais lorsque le ciel s'assombrit et que la mer immense vira au noir, ses incertitudes revinrent la tourmenter. Elle savait qu'au cours de sa quête, elle serait amenée à confronter sa plus grande angoisse, la seule qu'elle redoutât vraiment, et cette simple idée la rendait malade. Puis le vent se mit à charrier un relent de pourriture. Une bouffée de corruption ; un secret que seule la mer pouvait garder.

Le bateau escalada une énorme vague, puis s'abattit dans un grand jaillissement d'écume glacée. Au-dessus de la proue, une bande de mouettes décharnées sillonnaient les vents. Mais ce n'était ni les becs cruels des charognards des mers, ni leurs griffes acérées, ni leurs yeux avides qui fascinaient et terrifiaient Ella alors qu'elle contemplait les eaux noires. C'était la chose sans nom, le prédateur dont l'ombre sinistre planait sur ce voyage, et la meute de cauchemars qui l'accompagnaient tel un effrayant cortège.

CHAPITRE IV

Où est passée cette lueur visionnaire ?
Maintenant, où sont la gloire et le rêve ?
Wordsworth

Lee avait lui aussi ses propres doutes quant au bien-fondé de sa mission. Il n'avait aucune envie de se lancer aux trousses de quelqu'un dont on ne savait même pas s'il était mort ou vif, s'il avait émigré, tout laissé tomber ou pas bougé d'un poil, s'il s'était élevé dans l'échelle sociale ou s'était contenté de disparaître de la surface de la terre. Et il lui fallait rechercher un personnage qu'il n'avait jamais pu supporter et qu'en temps normal, il aurait évité à tout prix, quitte à partir pour le bout du monde.

Brad Cousins. Où peux-tu bien être, maintenant ?

Sa trace était très vague. Ella avait déjà mené ses propres recherches et, contrairement à tous les usages universitaires, on lui avait donné une adresse à Sale, Manchester, là où habitaient les parents de Brad. D'où un coup de fil plutôt étrange.

— Monsieur Cousins ? Je m'appelle Lee Peterson. Je suis... un vieil ami de votre fils, nous nous sommes connus à la fac. J'essaie de reprendre contact avec lui. (La ligne se mit à crachoter.) Savez-vous où je puis le joindre ?

— Non.

— Même pas une indication ?

— Je ne lui ai pas demandé et il ne m'a rien dit.

Lee pouvait entendre la respiration asthmatique du vieil homme.

— Madame Cousins en saurait peut-être plus ?

— Possible, mais elle ne risque pas de vous renseigner. Cela fait six ans qu'elle est morte.

La communication était de plus en plus mauvaise.

— Où était-il la dernière fois qu'il vous a donné de ses nouvelles ?

— En Arabie Saoudite... en Allemagne... En Yougoslavie...

— Vous ne pouvez me donner aucune indication ?

Finalement, l'homme finit par cracher un nom : PhileCo, une entreprise pharmaceutique où son fils avait travaillé quelque temps auparavant. À en juger par le ton du vieil homme, cette conversation l'ennuyait prodigieusement. Chez PhileCo, on donna à Lee de quoi remonter une piste fort tiède qui passait par quatre autres usines de produits chimiques. Toutes avaient employé Cousins comme représentant, mais il y avait de cela des années. La piste se fit fraîche dans une boîte nommée Lytex où un chef du personnel un peu plus bavard admit qu'en effet, ce nommé Cousins avait été chargé par la compagnie de présenter leurs produits aux détaillants du coin, mais ses résultats s'étaient révélés si médiocres qu'il avait été viré au bout de quelques mois. Lee s'en tira avec une adresse quelque part dans les Cornouailles.

Il prépara ses affaires avec soin, emportant deux changes complets, diverses brosses à cheveux, un rasoir de voyage et une trousse de manucure. Une trousse de manucure ? Depuis quand était-il si méticuleux ?

Il prit le train de Plymouth et passa son voyage à boire du thé trop clair et à regarder le paysage d'un œil lugubre. Son reflet sur la fenêtre du wagon lui donnait trois oreilles, des sourcils à répétition et un triple menton. Pour un peu, il se serait préféré ainsi.

Ses pensées se concentrèrent sur Ella. Leur réunion l'avait replongé dans les affres des désirs adolescents. Il ne savait qui était à blâmer : les rêves ou Ella elle-même. Il espérait que sa maturité toute neuve l'aiderait à amoindrir l'excitation qu'il ressentait en sa présence, mais il lui suffisait de penser à elle pour que ses joues deviennent brûlantes.

Elle était une sorcière, conclut-il. Ou du moins une hypnotiseuse. Ou, alors, une sorte de médium. Après tout, c'était Ella qui l'avait fourré dans cette situation absurde. Elle prétendait n'avoir qu'un seul but : en finir avec ces rêves. Pourtant, il connaissait Ella, assez pour savoir qu'elle n'était jamais vraiment sûre de ce qu'elle désirait. Elle démontrait une grande maîtrise d'elle-même et de son entourage, mais ce n'était qu'une apparence : malgré son assurance, elle avait besoin de son aide, de son soutien.

Durant son bref séjour chez Lee, sa conduite avait été pour le moins ambiguë. Elle envoyait tous les signaux indiquant qu'elle souhaitait une plus grande intimité et, pourtant, elle avait gardé ses distances. Puis, au beau milieu de la nuit, elle était entrée dans son lit, et il avait dû faire semblant de dormir pour éviter de lui faire l'amour. En revanche, depuis son arrivée, ses nuits étaient paisibles : elle l'avait libéré des réveils à répétition.

L'après-midi était déjà bien avancé lorsque Lee arriva à Plymouth. Là, il loua une Cavalier à une dame vêtue d'un costume orange assorti à son rouge à lèvres (ce qui lui fit à nouveau penser à Ella).

Le soir tombait. Lee sortit de la ville, traversa le pont Tamar, passa la frontière des Cornouailles et prit la direction de Gunnislake. Lorsqu'il arriva au village, la nuit était tombée, et il se perdit en cherchant le croisement. Il finit par trouver la bonne route, qui n'était guère plus qu'un chemin de terre, mais celui-ci le mena jusqu'à deux cottages isolés. L'un tombait en ruine, avec un toit effondré et des fenêtres brisées ; l'autre valait à peine mieux. Dans l'une des pièces du premier étage brillait une ampoule nue.

Il approcha la voiture aussi près que possible de la porte de devant. Sur une plaque de bois clouée au mur, Lee put déchiffrer une inscription à demi effacée : *Elderwine.* Il eut un soupir de soulagement ; il avait trouvé le bon endroit.

Il éteignit le moteur et les lumières, puis resta là, assis sur son siège, espérant que quelqu'un finirait par venir. Puis il sortit de la voiture et alla à la porte. Il frappa, mais personne ne répondit. Il frappa à nouveau, attendit, puis essaya de tourner la poignée. La porte s'ouvrit d'un coup. Une pile d'enveloppes non ouvertes gisait sur le paillasson. Toutes étaient adressées à Brad Cousins. Lee entra pour de bon.

CHAPITRE V

Pendant des années je n'ai pu fredonner
Ni chanter le moindre chant ;
Et ce pour cette terrifiante raison,
Mes jambes sont devenues trop longues !

Edward Lear

Entre-temps, Ella trouva sa proie sans trop de mal. Son trajet sur les eaux, sa descente du ferry et le voyage jusqu'à Fermanagh se firent sans problèmes, et elle finit par traverser d'un pas conquérant la cour de l'école primaire. À travers la vitre d'une porte donnant sur une salle de classe, elle put voir la femme qu'elle cherchait.

Honora Brennan ramassait des pinceaux maculés et des pots à confitures emplis d'une eau malpropre tout en offrant quelques mots d'encouragement à ceux qui avaient passé leur après-midi à peindre leur rêve préféré — oui, ce que vous voulez, le ciel, les arbres, les étoiles. C'est un ciel étoilé ? demande-t-elle à un gamin de sept ans avec un bandeau rose sur l'œil ; non ? dit-il, c'est la DCA ; vraiment ? dit-elle, pose-le sur la pile avec les autres et va laver tes pinceaux dans l'évier. Son instinct poussa Honora à lever les yeux, et elle vit Ella qui la regardait.

Honora renvoya ses élèves vite fait, bien fait, puis se détourna pour rincer les pots à peinture comme si, par ce biais, elle pouvait faire disparaître l'autre femme. Ella fit un effort de volonté. *Retourne-toi, Honora. Ne me repousse pas.* Si Honora entendit son ordre mental, elle l'ignora.

— Oui, je suis bien là. Tu ne rêves pas.

Honora, occupée à édifier une pyramide de pots de peinture, se raidit. Elle ne se retourna pas et, tout en frottant une jatte déjà immaculée, dit :

— Comment es-tu arrivée jusqu'ici ?

— Lorsqu'on veut traverser la mer, on trouve toujours un bateau.

— Je suis désolée, Ella. Je voudrais pouvoir dire : « C'est bien de te revoir », mais ce serait un mensonge.

— Alors tu as raison de ne pas le dire.

Honora se mit à coller les dessins d'enfants contre les murs avec empressement. Ella attendit.

— Tu sais pourquoi je suis venue ?

Pour la première fois, Honora la regarda dans les yeux.

— On peut en parler ailleurs qu'ici ?

Lorsqu'elles sortirent de l'école et partirent côte à côte, emmitouflées dans leurs gros manteaux d'hiver, Honora surprit Ella en prenant gentiment son bras. Elle se rappelait fort bien leurs démonstrations d'affection adolescentes, évoquant des odeurs de pluie et de camomille. Les cheveux d'Honora étaient encore le buisson de boucles et de frisettes qu'ils avaient toujours été. Elle exhalait une aura de vulnérabilité qui, par contraste, rendait Ella presque vulgaire.

Les deux femmes s'installèrent dans un petit salon de thé et, une fois assises, échangèrent un regard gêné. Les vitres étaient rendues opaques par la condensation. Chaque fois que quelqu'un entrait ou sortait, une bourrasque d'air froid faisait frissonner les clients. Au-dehors, un soldat faisait les cent pas, plume au casque, avec l'air circonspect et la démarche chaloupée inhérente à sa fonction. Ella le regarda faire.

— Au bout d'un moment, tu ne les vois même plus.

— Tu veux parler des soldats ?

— Et de qui d'autre ? On dirait des ombres, mais ils sont bien réels.

— Et les véritables ombres, où sont-elles ?

Ella se vantait de pouvoir discerner si son interlocuteur lui cachait quelque chose. Elle prétendait pouvoir regarder au plus profond, sinon de leur cœur, du moins de leurs yeux bleus, verts ou gris, là où se cachait cette lueur qui restait imperceptible au commun des mortels, mais qu'Ella savait décrypter.

Honora baissa les yeux et essaya de changer de sujet.

— Lorsque je t'ai vue devant ma salle de classe, j'ai eu la frousse de ma vie. Je ne m'attendais pas à te revoir, et surtout pas ici. Et, tout d'un coup, tout m'est revenu. Tout ce que nous avons fait. Ce que nous étions. On était fous, en ce temps-là, pas vrai ? Tous fous à lier.

— Oh, oui, c'était bien ça.

— Mais c'est bien de te revoir. C'est vrai, je t'assure.

— C'est gentil. Si seulement tu le pensais vraiment.

À cette remarque, Honora détourna à nouveau les yeux.

— Tu sais pourquoi je suis venue, reprit Ella.

— Tu veux qu'on parle des rêves ?

— Sinon, on peut discuter de l'IRA. Ou des montagnes de Mourne. Ou du tweed de Donegal...

— Bon, bon, d'accord. Parlons donc des rêves. Je veux bien en discuter, si c'est ce que tu souhaites.

— Je veux qu'on parle de ce qui nous est arrivé lorsqu'on était encore à l'université. C'est-à-dire si quelque chose de semblable s'est produit récemment.

— Oh, Ella, franchement ! Tu crois que je n'ai pas déjà donné ? J'ai oublié tout cela ; c'est du passé. Je suis contente d'avoir pu y échapper tant que je le pouvais encore. Et maintenant, ce ne sont plus que de mauvais souvenirs.

— Le passé nous a rattrapés. Cela recommence, ici et maintenant, et ça n'est pas une partie de plaisir.

— Mais tu n'y comprends rien ! cria Honora. C'est d'en parler sans cesse qui fait revenir le rêve. Tu remues, remues la boue jusqu'à ce que tout remonte à la surface. Pourquoi ne pas oublier tout ça ? Plus tu veux discuter et analyser le passé, plus tu lui redonnes vie. C'était une erreur de jeunesse et rien de plus. C'est comme une ancienne...

— Une ancienne liaison ?

— Par exemple.

— Lee m'a dit à peu près la même chose ; que lui non plus ne voulait pas ouvrir la boîte de Pandore.

— Eh bien, il a raison. Et moi aussi.

— Mais il n'est plus le même. Tu te souviens de ce

qu'on appelait les *répétitions ?* Il fait de nouveau ce genre de rêves. Sauf que ce n'est pas une blague. Il y a des matins où il panique complètement...

— Tu vis toujours avec Lee ?

— Non, mais je sais ce que tu penses, et tu as tort. Nous n'avons pas comploté ensemble pour déterrer cette histoire. Cela nous est arrivé à tous les deux, mais chacun de notre côté. J'ai eu peur et j'ai appelé Lee. C'est alors que j'ai constaté qu'il lui arrivait exactement la même chose. J'avais déjà décidé qu'un des membres du cercle original était en train de remuer la vase ; et si ce n'est ni toi, ni Lee...

— Tu pensais que c'était peut-être moi.

— En tout cas, il fallait que je te voie. Ça, au moins, tu peux le comprendre ?

— Oui, je comprends.

La nuit était tombée sur la rue. Une lumière tamisée éclairait le salon de thé, plongeant la moitié du visage d'Honora dans une ombre grisâtre, l'autre moitié étant nimbée par une lumière orangée. Une nouvelle patrouille passa derrière la vitre.

Ella essayait toujours de provoquer Honora.

— Donc, tu n'as pas subi de ces... bizarreries ? Pas de répétitions. Pas de retours en arrière ? Rien du tout ?

— Rien du tout.

Les yeux d'Honora étaient bien trop écarquillés pour qu'elle dise la vérité.

— Jamais durant toutes ces années ?

— Rien depuis l'université. Après, pendant un an ou deux, j'ai fait un cauchemar de temps en temps, mais rien que des mauvais rêves tout à fait ordinaires. Si tu veux savoir, je suis contente de ne pas pouvoir t'aider. Cette histoire est morte et enterrée, et c'est très bien ainsi.

Tout cela était dit d'un ton trop joyeux, un peu trop forcé pour être honnête. Honora souriait de tous ses traits délicats, mais ressemblait à un jouet oublié au-dehors, sous la pluie. Oui, Ella pouvait voir que les tranquillisants avaient laissé leurs traces livides sous ses paupières. Mais plus révélatrices encore étaient les rides très fines, une série de plis dans son épiderme, comme de lames de poignards tournées vers l'intérieur.

— Et pendant toutes ces années, tu n'es pas entrée en contact avec...

— Non, trancha Honora. Je ne veux même pas penser à lui et encore moins parler de lui. On peut régler la note ?

Ella se radossa à son siège.

— Je n'avais pas l'intention de te proposer de rester, fit Honora en souriant, mais je ne me débarrasserai pas de toi si facilement, pas vrai ?

— Exact. On a des centaines d'autres sujets à aborder.

Elles traversèrent les rues de la ville et, encore une fois, Honora joignit son bras à celui de sa vieille amie. L'Irlandaise habitait dans une maison de brique à un étage dont l'intérieur était peint de couleurs pures et flamboyantes. Le tout était rangé avec une méticulosité proche de l'obsession, excepté une pièce à l'arrière de la maison, encombrée des cadres et des rouleaux de papier à dessin.

— L'été, expliqua-t-elle, je vais en ville pour faire les portraits de touristes américains et allemands. Et parfois, on me fait peindre des animaux de compagnie. L'horreur !

— Terrible ! opina Ella d'un ton joyeux.

Un tableau, recouvert d'une nappe, était posé sur une chaise.

— Je peux voir ? demanda Ella.

Mais Honora la fit gentiment sortir de la pièce et éteignit la lumière. Soudain, Ella sut ce qui se trouvait caché sous ce voile, comme si elle avait elle-même aspergé la toile de peinture lumineuse.

— Que voudrais-tu faire durant ton séjour ? s'empressa de demander Honora.

— À part de discuter des rêves, tu veux dire ?

Honora parut se dégonfler.

— Pourquoi est-ce que tu me mens, Honora ? Avant, tu ne l'aurais jamais fait.

Honora se tourna vers la fenêtre.

— Bon, c'est vrai, les rêves sont revenus. Je n'aime pas en parler. Je ne sais pas ce qui s'est passé, pourquoi ces... *répétitions* viennent à nouveau me terrifier. Cela fait dix ans que je n'avais rien connu de tel. Je croyais que vous aviez mijoté quelque chose, Lee et toi, que vous aviez déterré nos rêves. Je croyais que vous vouliez m'inclure dans un de vos plans tortueux.

— Je te l'ai dit, Lee et moi n'en voulons pas plus que toi.

— Oh, maintenant, je le comprends. Mais je veux juste fermer la porte, tourner la page ; me cacher et ne plus en parler, ne plus y penser. Lorsque je t'ai vue, je me suis dit : Mon Dieu, non, c'est donc à cause d'elle que les rêves sont revenus, elle ne peut donc pas me laisser tranquille.

— Tu crois que le fait de nous rassembler, tous les quatre, ne fera qu'empirer les choses ?

— Je n'en sais rien ; mais il y aura... des associations d'idées... c'est obligé.

— En attendant, si ce n'est ni toi, ni Lee, il ne reste plus que...

— Oui. J'en avais bien peur. Mon Dieu, Ella, qu'est-ce qui nous arrive ?

Ella ne répondit pas à sa question.

— Nous devrions sortir ce soir, dit-elle d'un ton léger.

— Je ne sors jamais.

— Si : ce soir. Je veux boire de la Guiness et écouter de la musique irlandaise, et tu vas me montrer où je peux faire tout ça.

Son ton n'admettait aucune réplique. Ella devait découvrir plus tard, à sa grande stupéfaction, qu'Honora n'avait pas eu la moindre activité sociale depuis deux ans ; mais lorsque Ella l'entraîna à sa suite, elle ressentit un mélange enivrant d'excitation et de terreur nerveuse. Il neigeait ce soir-là ; de gros flocons doux tombant dans la clarté orangée des réverbères et fondant à l'instant où ils touchaient le sol.

CHAPITRE VI

Celui qui avale de l'arsenic sera empoisonné,
Et celui qui fait les mêmes rêves que moi sera troublé.

William Cowper

Le Cottage Elderwine ; une bicoque humide et puante. Lee s'arrêta pour ramasser une poignée de lettres affranchies il y avait pas mal de temps et lança une exclamation qui pouvait sonner comme « Hello » ou « Y a quelqu'un ? », mais sortit sous la forme d'un borborygme incompréhensible. À sa droite, un petit vestibule empli de ténèbres acérées menait à une pièce où brillait une simple ampoule nue. Il ouvrit la porte avec précautions et se retrouva avec des journaux et des papiers gras jusqu'aux genoux. Certains des journaux n'avaient pas été ouverts et étaient soigneusement empilés, d'autres avaient servi à envelopper des plats provenant d'un snack quelconque. Et, vu l'odeur qui planait dans la pièce, certaines parmi les multiples strates de papier froissé recelaient toujours des reliefs de repas. Une douzaine de bouteilles de whisky ou de bière brune flottaient sur les débris, comme figées à la surface d'un lac pollué.

Il passa dans la pièce suivante et voulut allumer la lumière, mais il n'y avait plus d'ampoule. Il traversa la cuisine. Plats et casseroles s'empilaient dans l'évier, émergeant d'une eau croupie à la surface ourlée d'une couche de graisse. Des tranches de pain dures comme de la pierre se voyaient dotées d'une barbe verdâtre. Des cartons de fast-food étaient disposés aux endroits stratégiques, certains montrant leur contenu à demi entamé. Des bouteilles de lait contenaient des liquides à divers stades de métamorphose. Cette cuisine évoquait plutôt le laboratoire d'un biochimiste fou.

— Brad Cousins !

Lee escalada les escaliers de bois branlants et, une fois arrivé sur le palier, découvrit deux pièces glaciales où des générations de papiers peints s'écaillaient par strates successives. Il redescendit au rez-de-chaussée et s'aventura à nouveau jusqu'à la pièce où il avait vu briller une ampoule nue. Là, un homme dormait, affalé sur un canapé.

— C'est toi, Brad ? dit-il à voix haute.

L'homme, qu'on aurait facilement pris pour un tas de chiffons, ne remua pas, mais Lee sut qu'il avait trouvé celui qu'il cherchait.

Brad Cousins dormait, la mâchoire molle, la bouche ouverte, un filament de salive reliant son menton à son T-shirt comme un pont translucide conçu par un architecte d'avant-garde. Une paire de gros croquenots de marche dépourvus de lacets avaient été rejetés à l'autre bout du canapé, leur odeur s'ajoutant à celles de chaussettes en nylon qui ne devaient pas souvent voir la lumière du jour. Des cheveux crasseux jusqu'aux pieds enflés, le corps exhalait une odeur rancie, un relent aigre-doux de sueur et d'alcool.

— Brad. Brad, c'est moi, Lee. Lee Peterson.

Une paupière s'entrouvrit, révélant un œil écarlate.

— Brad. J'ai fait un long chemin pour venir te voir. Il faut qu'on parle, tous les deux. D'accord ?

L'œil injecté de sang le regarda, et la pupille se fit vitreuse. Lee comprit que Brad essayait de l'ignorer, comme s'il n'était qu'un cauchemar éthylique.

— Il faut que tu m'écoutes. Tu m'entends, Brad ? Il faut que je te pose certaines questions.

L'œil se referma.

— Non, Brad, ne te rendors pas. Je ne veux pas. Brad. Brad. Brad, *réveille-toi.*

Cette fois-ci, les deux yeux se rouvrirent et, avec un

mouvement saccadé de marionnette, Brad se redressa d'un bond. Ses yeux braqués sur Lee ressemblaient à des billes de verre. Finalement, il se leva et quitta la pièce d'un pas incertain. Lee put l'entendre passer la porte de derrière, puis entendit la chasse d'eau des toilettes, situées dans le jardin. Puis il revint sans dire un mot.

— Brad, écoute ce que je te dis...

— Tu peux arrêter de me parler comme si j'étais dans le coma, l'interrompit Cousins. Si je ne dis rien pour l'instant, c'est parce que je suis en train de discuter avec moi-même. Un dialogue intérieur. Si je choisis d'écouter la voix de la raison, je n'aurai plus qu'à me rendormir. Et lorsque je me réveillerai, tu ne seras plus là et je me sentirai bien mieux.

— N'y compte pas.

— Bon, d'accord. Alors, qu'est-ce que tu fous ici ? Bonne question, non ? À laquelle on peut envisager diverses réponses. Mettons que je t'ai emprunté un livre lorsqu'on était en fac et tu es venu me réclamer ton dû. Non ? Ou bien : ton mariage tourne au vinaigre et tu veux demander conseil à ton vieux pote Brad Cousins, qui s'est toujours si bien débrouillé avec les femmes. C'est ça ? Ou il est temps pour toi de te reconvertir, de changer de carrière, et tu comptes profiter de mon influence, pas vrai ? Hein ? Eh bien, je n'ai pas un fifrelin, je ne donne jamais d'avis et mon influence n'est plus ce qu'elle était. Tu t'es dérangé pour rien. Maintenant va-t'en.

Il se rallongea et ferma les yeux.

— Je suis juste venu pour discuter, Brad.

— Tu es toujours là ? Je croyais que tu n'étais...

— Qu'un rêve ?

— Que veux-tu, à la fin ? fit Brad avec une grimace. Fini de jouer.

— Tu as beau picoler, les rêves viennent quand même, pas vrai ?

Cousin se leva et traversa la pièce, puis se retint à une grande armoire en chêne.

— Je voudrais tant qu'ils m'oublient un peu.

— Tu es encore bourré.

D'un doigt taché de nicotine, Cousins dessina un cercle en l'air et le déchira.

— J'avais oublié tes dons extralucides.

— Tu dors bien ?
— Comme une souche sous anesthésique, merci.
— Pas de cauchemars ?
— Ah ! Les mauvais rêves ?
— Pas de répétitions ?
— De... *rêvétitions ?*
— Est-ce que tu es retourné *là-bas ?*
— Marche ou rêve ?
— Ça te plaît, ce petit jeu ?
— Peut-être bien. Je reviens en deuxième semaine ?
— Combien de temps pourras-tu continuer à faire semblant ?
— Tu m'as toujours cassé les pieds, tu sais ça ? Un emmerdeur de première.
— Pourquoi est-ce que tu refuses d'en parler ?
— Et de quoi est-ce que tu veux que je parle, d'abord ? C'est quoi, *« ça »,* ce truc dont tu ne peux même pas dire le nom ?

La porte de l'armoire n'avait plus de poignée. Cousins l'ouvrit de la pointe des doigts, non sans une certaine dextérité. Il en tira une bouteille de scotch aux deux tiers vide et une tasse poussiéreuse peu engageante ornée d'un long cheveu humain enroulé autour de la poignée, sans doute laissé là par son propriétaire.

Il se versa une rasade de whisky comme s'il s'agissait de soda. Il n'offrit pas à Lee de partager.

— Tout ce que je vois pour expliquer *ça,* c'est une visite inopportune venue d'un passé douloureux. *Ça* arrive lorsqu'on s'y attend le moins et lorsqu'on n'a aucune envie que *ça* arrive. *Ça* vient te voir lorsque tu dors, lorsque tu te crois en sécurité, lorsque tu as baissé toutes tes défenses. *Ça* sait qu'on ne veut pas en entendre parler, mais *ça* vient malgré tout s'installer dans ton petit nid douillet et crasseux, et *ça* ouvre sa grande gueule ridicule et demande des réponses à ses questions idiotes.
— Apparemment, l'âge et l'alcool ne t'ont pas rendu plus aimable.
— Aimable ? Laisse tomber. Tu es venu pour discuter de mon évolution spirituelle ?
— Les gens comme toi n'évoluent pas, ils fermentent. Je suis venu parler des *rêves.*

À ce dernier mot, Cousins alla à la fenêtre, verre en

main. Il se pencha sur l'appui et regarda le cottage voisin, du moins ce qu'il en restait.

— Non, ne change pas de sujet. C'est vrai, tes observations quant à mes progrès sociaux et moraux sont des plus intéressantes. Je me demande bien à qui tu vas les rapporter.

— J'ai vu Ella, si c'est ce que tu veux savoir. C'est pour ça que je suis ici.

— Comment va cette vieille sorcière ? À force de passer de lit en lit, elle a certainement réussi ? Je lui souhaite bonne chance, ainsi qu'à tous ceux qui la montent. Il parut remarquer quelque chose et s'approcha de la vitre.

— Et toi ? fit Lee, se faisant aussi acerbe que son ex-condisciple. Tu as revu Honora Brennan ?

Cousins, tournant toujours le dos à Lee, tenta de recracher la boule coincée dans sa gorge.

— Tu sais pourquoi je suis venu, reprit Lee. Quelqu'un remue tout ça. Donc, soit tu es retourné *là-bas* avec un grand bâton, soit ce n'est pas toi, auquel cas tu es aussi désemparé qu'Ella et moi.

— Que puis-je dire face à une logique si implacable ?

— Tu peux arrêter de te foutre de moi. Tu as tout aussi peur que nous.

— Oh, la ferme.

— Qu'est-ce qui t'effraie comme ça ? Tu refuses de te rappeler ce qui s'est passé ? Et pourtant, tu y es autant impliqué que les autres.

— Bon, bon ! En fait, je suis bel et bien retourné *là-bas.* Pas volontairement, crois-moi. J'ai tout fait pour repousser l'appel qui m'attirait là-bas. Nuit après nuit. Mais c'est lui qui a gagné. C'est arrivé à un tel point que j'avais peur de m'endormir, parce que je savais ce qui se passerait si je me laissais aller. Je me bourrais de pilules qui me permettaient de rester éveillé trois, quatre jours durant, puis lorsque l'inévitable arrivait, je n'avais plus la force de résister. Et je me retrouvais *là-bas.*

Il se tourna et dévisagea Lee :

— Tu ne reconnaîtrais plus le coin. Il y a des salons de jeu et des strip-teases de grosses dondons, des stands à hot-dogs et des baraques foraines. C'est devenu un piège à touristes ; tu devrais y emmener Ella pour le week-end.

Lee se leva.

— Tu as peur, Cousins. Tu vis dans la merde jusqu'aux genoux et tu as peur. Je peux le sentir, même par-dessus l'odeur de vinasse.

Brad se tourna à nouveau pour regarder par la fenêtre. Lee se retrouva à bout d'arguments. Il resta là, planté devant le foyer éteint, passant ses mains sur le manteau poussiéreux de la cheminée, à attendre qu'une solution tombe du ciel. Cousins désigna du menton le cottage abandonné, derrière les carreaux.

— Elle est là-dehors. Je l'ai vue.

Lee s'avança et se mit à côté de Cousins. Il ne vit rien.

— De qui tu parles ? D'Ella ?

— Nooooon, fit-il en désignant les ruines du doigt. Pas Ella. *Elle.*

— Il n'y a personne là-bas. Rien ni personne.

— Tu as vu ça ? Cette lueur, comme un éclair. Pas moyen de la rater. Tu l'as vue ?

Les yeux glauques de Cousins se pressaient contre la vitre. Il puait. Lee fit un pas en arrière, regarda les débris et la crasse qui remplissaient la pièce, et se demanda ce qu'il fichait ici. Il n'y avait jamais eu la moindre lumière dans le cottage d'en face. Et il en avait plus qu'assez.

— Et puis merde. Je n'ai rien vu du tout. Et tu peux te réjouir : je m'en vais. Je n'aurais jamais dû venir.

À ces mots, on eût dit que le voile tiré devant ses yeux se déchirait. Lee se demanda par quel enchantement Ella avait pu l'embarquer dans cette quête absurde. Mais ce qui le dérangeait le plus n'était pas le fait que Brad soit devenu un porc, mais plutôt que sa descente dans les bas-fonds de l'alcoolisme n'était pas si différente de sa propre soif de conformisme. Tous deux étaient des victimes, selon le terme qu'avait employé Ella : des hommes dont l'âme, corrodée par la perte de leurs plus beaux rêves, faisait eau de toutes parts.

Et Ella l'avait envoyé secouer des chaînes qui tombaient en poussière entre ses doigts. Il se sentait plus solitaire que jamais et n'avait qu'un désir : retourner dans sa maison bien confortable, sa boîte hermétiquement close, et ne plus être confronté à cette vision dégradée de lui-même, ne plus devoir constater que la seule chose qui le différenciait de Brad Cousins était une paire de boutons de chemise et un peu d'eau de Cologne.

— Tu peux... rester là pour la nuit, fit Brad, soudain tout sucre tout miel.

— Quoi ?

Lee eut un rire sans joie.

— C'est une blague ? Merci, mon vieux, mais non. Je préfère encore tenter l'auberge que j'ai croisée en chemin.

Une fois dans la voiture, il alluma les phares, illuminant le cottage en ruine. Cousins avait quand même réussi à l'effrayer. Il pouvait voir sa silhouette immobile de l'autre côté de la fenêtre. Il vira à toute allure, retourna sur la route et alluma le poste, cherchant le réconfort d'une voix sur Radio 4.

À l'auberge, dénommée *The Plough* — la Charrue —, il n'eut aucun mal à trouver une chambre : il semblait y avoir plus d'employés que de clients. La pièce était dotée d'un parquet branlant et meublée style Victorien. Avant d'éteindre la lumière, il se mit devant la fenêtre et regarda la vallée sans lune ni étoiles. Il se demanda encore une fois pourquoi il était venu jusqu'ici, mais il connaissait déjà la réponse. Il se coucha et plongea dans un sommeil agité ; un patchwork de rêves qui le renvoyaient sans cesse du passé au présent pour le replonger dans le passé.

DEUXIÈME PARTIE

Avril 1974

CHAPITRE PREMIER

Ne te souviens pas des péchés et des errements de ma jeunesse.

Livre de prières, 1662

DU RÊVE LUCIDE

Les rêveurs lucides sont des sujets qui, tout en rêvant, peuvent aussi prendre conscience du fait qu'ils sont en train de rêver et, dans certains cas de figure, arrivent à contrôler leurs rêves. Des volontaires ayant déjà vécu ce phénomène sont priés de participer à une étude expérimentale sous la supervision du Département de psychologie.

L'affiche manuscrite était tracée à grands traits de feutre rouge et placardée dans le grand couloir de l'université ; et Lee faisait semblant de la lire. En effet, ce n'était pas le contenu du message qui lui importait, mais plutôt de pouvoir se tenir aux côtés d'Ella, la fille au jean si serré qu'on l'aurait cru peint sur son corps. Elle était en train de déchiffrer l'affiche, elle aussi, et il dut tendre l'oreille pour saisir ce qu'elle disait à la jeune femme qui l'accompagnait.

Lee était assez près d'Ella pour sentir son odeur de patchouli, de savon pour bébé, de phéromones sauvages et de pêche chaude. Il l'avait déjà remarquée à la bibliothèque de l'université, alors qu'il s'endormait lentement sur son livre ; le premier regard qu'il avait posé sur elle fut assez édifiant pour qu'il laisse des traces de dents sur son édition des *Confessions d'un mangeur d'opium* de De Quincey. Franchement, qui pourrait travailler dans des conditions pareilles ?

Et lorsqu'il l'avait vu ainsi, devant l'affiche, il n'avait pas pu résister et était allé se poster à côté d'elle. Il n'avait toujours rien trouvé de particulièrement brillant à lui dire lorsqu'elle tourna les talons et lui rentra dedans.

— Pardon, fit-il.

Vous parlez d'une réplique.

Mais elle était déjà partie avec son amie, laissant Lee planté devant le tableau d'affichage, à ruminer sa déception. Lorsqu'il reprit ses esprits, il se décida à lire l'affiche pour de bon. Il ne pensait pas être un rêveur lucide (quoi que ce puisse être), mais il avait entendu Ella dire qu'elle allait s'inscrire au stage. Après tout, il pouvait toujours faire semblant, du moins jusqu'à ce qu'il soit démasqué ou qu'il réussisse à inviter Ella à prendre un café.

Oui, pourquoi pas, après tout ?

Il traversa les pelouses de l'université. Le printemps lui tombait dessus, enivrant comme une drogue, et l'air était empli d'une musique qui gazouillait aux oreilles jusqu'à ce qu'on essaie de distinguer son refrain. Le printemps était bien dans l'air, comme la confirmation d'une rumeur.

Lee arriva dans la petite salle, plein d'expectative. Une douzaine de personnes qu'il ne connaissait pas étaient assises en cercle. Ella n'était pas là. Les étudiants murmuraient entre eux tout en jetant des regards furtifs à l'homme assis sur une chaise, et qui se tenait les bras croisés sur ses genoux en fixant le sol d'un air impassible. Nul autre que le professeur Burns, chef du Département de psychologie.

Après une carrière bien remplie, mais peu spectaculaire, Burns sentait venir l'âge de la retraite. Il avait laissé quelques contributions dûment intrigantes en matière de pédagogie et de parapsychologie, bien qu'il maintienne que, pour lui, ce dernier sujet n'était qu'un passetemps. Il portait un costume vert olive. Ses cheveux étaient fins et sa peau étirée comme du parchemin sur son visage, mais ses yeux étaient vifs et ses traits anguleux s'adoucissaient bien vite lorsqu'un sourire venait les illuminer.

Lee envisageait déjà une tentative d'évasion lorsque le professeur se mit à discourir comme s'il s'adressait à un amphithéâtre bondé.

— L'heure du rendez-vous est passée de cinq minutes. Compte tenu du fait que nous sommes en compétition avec les mille et uns plaisirs qu'offre l'université par une belle soirée de printemps, je doute qu'il se présente d'autres volontaires. Nous allons donc en venir au fait. Mais je vois que mes paroles vont déjà se trouver démenties. Entrez, mesdemoiselles.

Deux jeunes filles hésitaient devant la porte : Ella et son amie. Elles entrèrent dans la pièce. Ella portait des bas noirs et un béret noir et s'assit en face de Lee. Tous deux croisèrent leurs jambes à l'unisson.

— Excellent, dit le professeur en faisant circuler une liste pour que chacun y inscrive son nom. Je dois dire que mes cours n'ont pas un tel succès.

Un petit rire poli cascada au-dessus du groupe.

— Certains d'entre vous sont-ils en psychologie ? Je ne reconnais personne.

S'il y en avait, ils ne se manifestèrent pas.

— Très bien ! se réjouit le professeur. Ainsi, nous obtiendrons peut-être quelques contributions intelligentes.

Un autre petit rire poli, très bref cette fois-ci.

— Donc, vous êtes tous des rêveurs lucides ? Oui ? Non ? Vous passez vos nuits à faire des rêves lucides. Oui ? Non ?

Il jeta un regard jovial sur l'assemblée, passant d'un visage à un autre. Tous arboraient un air gêné. Il n'obtint pas de réponse, et reprit donc :

— Ce qu'il nous faut, c'est un corps de volontaires comme vous, qui désirent prendre part à une expérience scientifique très bien documentée dans le domaine passionnant des rêves lucides ; un phénomène qui peut certes vous sembler banal, ajouta-t-il en souriant à Lee, mais que peu ont le bonheur de connaître. Par exemple, moi-même je ne suis pas un rêveur lucide. Contrairement à vous, je n'ai jamais pu contrôler, manipuler, diriger ou tout simplement influencer le cours de mes rêves ; je n'ai même pas connu la sensation qui vous est familière : comprendre en plein sommeil que je suis en train de rêver et, par conséquent, me dire que je ne tarderai pas à me réveiller dans une réalité totalement différente.

— Excusez-moi, fit timidement une fille au fort accent irlandais, mais je ne sais pas si je suis vraiment une rêveuse lucide.

— Nous y reviendrons, affirma Burns. Ce que je tiens d'abord à savoir, c'est si les personnes ici présentes sont disposées à s'impliquer dans le projet en question, avec toutes les contraintes que cela suppose. Comme cette expérience sera menée d'une façon scientifique, il vous faudra tenir un journal de vos rêves et de leur contenu, y introduire quelques exercices bien particuliers et participer quoi qu'il arrive à un séminaire hebdomadaire, qui aura lieu un soir de la semaine — et, je l'espère, dans un environnement plus convivial que celui-ci — afin de discuter et explorer vos propres expériences dans les terres du rêves. Bien sûr, il vous faudra respecter une certaine discipline, un mot qui, j'ai pu le remarquer, paraît obscène à la majorité des étudiants d'aujourd'hui.

Encore un petit rire qui fit le tour du cercle, mais buta contre le garçon qui était assis à la gauche de Lee, un jeune homme mal rasé aux cheveux noirs et aux yeux profondément enfoncés dans leurs orbites.

— Combien sera-t-on payé ? demanda-t-il.

— Bonne question. Autant la régler dès maintenant. Et vous êtes... ?

Le jeune homme parut désorienté par la réponse et le sourire du professeur.

— Brad, dit-il. Ou plutôt Brad Cousins.

— Eh bien, Brad, ou plutôt Brad Cousins, autant que vous soyez affranchi sur ce point. J'espère ne pas vous décevoir en disant que vous ne serez pas payés. Non, au contraire, notre système est équivalent à celui des donneurs des centres médicaux ; mais nous ne désirons pas votre sang ou votre sperme, juste vos rêves.

Cette fois-ci, le rire fit plusieurs tours de piste. Brad haussa les épaules.

— Afin de mieux vous motiver, continua le professeur, le département du budget pourra faire un effort et vous fournir un verre de vin et un petit morceau de fromage durant nos rencontres hebdomadaires et, peut-être, une soirée-dîner à la fin du semestre ; à part ces maigres efforts, nous n'avons rien à vous offrir, sinon le frisson de la recherche scientifique — en espérant, peut-être en vain, que monsieur Cousins et ses condisciples sauront se satisfaire de ce défraiement purement intellectuel.

Cousins se pencha vers Lee et chuchota :

— Heureusement que je n'ai pas à suivre ses cours.

Lee détourna son regard, jusque-là braqué sur l'Himalaya en miniature que formait le genou d'Ella Innes, qui n'avait elle-même d'yeux que pour le professeur. Le visage de la jeune fille avait déjà adopté l'air particulièrement irritant du disciple alangui aux pieds de son seigneur et maître.

L'objet de son admiration joignit les mains et désigna le premier étudiant à sa droite.

— Voyons un peu, fit-il. Allons dans le sens inverse des aiguilles d'une montre. Qu'est-ce qui vous fait croire que vous êtes un rêveur *lucide ?*

Chacun fut invité à résumer ses expériences. Lee fut soulagé de ne pas devoir attaquer le premier. La plupart déclarèrent tout simplement que, lorsqu'ils rêvaient, ils étaient souvent conscients ou partiellement conscients de leur état. Un ou deux se déclarèrent capables d'influencer la direction que prenaient leurs incursions oniriques. Ella laissa une forte impression en prétendant que, parfois, elle pouvait contrôler le scénario de son rêve. Mais Brad fit plus fort encore en affirmant d'un ton presque dédaigneux qu'il lui arrivait de réactiver le rêve d'une nuit précédente.

— Comme lorsqu'on met une cassette dans un magnétophone, dit Burns.

— Presque, convint Cousins.

— Je crois être une rêveuse lucide, ou semi-lucide, affirma l'Irlandaise.

— Il est probable que cette moitié de lucidité suffit pour intéresser fortement cette compagnie, fit Burns avec une galanterie forcée.

Lorsque vint le tour de Lee, tous les regards se portèrent sur lui, et il eut un soudain accès de timidité. Ella se pencha en avant, les lèvres entrouvertes, pleine d'expectative — avec la même attention qu'elle avait consacrée à tous les participants, dont les déclarations semblaient la toucher énormément. Il répéta quelques mots piqués à l'un de ceux qui avaient parlé avant lui, des remarques peu excitantes à propos d'une certaine conscience de son état de dormeur. Ella se radossa à sa chaise. Lee eut l'impression qu'on venait de calibrer ses testicules pour découvrir un certain manque de consistance.

— Mais j'ai des prémonitions, parfois, ajouta-t-il en espérant que son mensonge attirerait un intérêt quelconque.

Lee regarda Ella. Cela avait marché. Elle décocha un bref sourire.

— Ce n'est pas ce que nous recherchons, dit le professeur, mais il sera intéressant de vous soumettre à nos tests.

— Si cela ne vous ennuie pas, dit une fille, j'aimerais consulter l'aumônier de la fac avant d'accepter de participer à cette expérience. Je voudrais juste être sûre que je ne suis pas, euh, en train de me mêler de ce qui ne me regarde pas.

— Ce que ne vous regarde pas ? Hummm... Mais vous pouvez consulter l'aumônier : je suis sûr que vous pourrez rêver tout votre soûl avec sa bénédiction. (Le professeur réprima un sourire.) Pas d'autres questions ? Non ? Bien. Notez l'évolution de vos rêves. Je ne vous demande rien de particulier ; contentez-vous de noter le scénario et les thèmes de vos rêves, jour après jour. Rappelez-vous : chaque détail est important. Inutile de les interpréter, je vous en prie : messieurs Freud, Adler, Jung et tous ces vieux croûtons ne sont pas membres de notre petit cercle. Pour cette semaine, contentez-vous de vous habituer à prendre des notes. C'est tout. Il n'y a là rien de bien ardu. Il est possible que cette simple pratique ait un effet sur vous. Si vous ne rêvez pas, écrivez dans votre journal que vous n'avez pas pu vous souvenir de vos rêves, mais que vous avez la ferme intention de vous rappeler ceux qui suivront. Je vous donne un truc : lorsque vous réglez votre réveil, avancez l'aiguille d'une demi-heure par rapport à l'heure où vous vous réveillez habituellement. Après tout, si vous voulez vous consacrer pleinement à cette expérience, il faut bien faire quelques sacrifices. Nous nous reverrons chaque semaine à la même heure, un peu plus longuement, car nous aurons bien plus à nous dire. C'est clair ?

Tout était clair.

— Bien.

Le professeur se leva et se dirigea vers la sortie.

Avant de fermer la porte derrière lui, il se retourna.

— Faites de beaux rêves, dit-il d'un ton lugubre.

Les étudiants quittèrent leurs chaises et s'en allèrent.

— On va boire un verre ? cria Brad.

— C'est une idée, fit Lee en jetant un regard encourageant en direction d'Ella et son amie.

Celle-ci, comme les autres étudiants, s'en alla sans daigner répondre. Et merde, pensa Lee.

CHAPITRE II

On pardonne tout à la jeunesse,
mais elle-même ne se pardonne rien.
Shaw

Brad Cousins avait l'habitude de s'adresser à un seul et unique interlocuteur comme s'il se retrouvait face à un groupe de dix ; et ce soir-là, il avait trouvé à qui parler. Au bar des étudiants, le flipper tintinnabulait, les boules de billard s'entrechoquaient, la sono crachotante balançait un vieux standard des Stones et Lee écoutait Brad lui faire une longue liste de tout ce qui lui déplaisait. Il avait à peine entamé sa pinte de bière que Brad avait déjà proclamé son aversion pour le basket-ball, les noix de cajou, les coiffures en choucroute, les Liverpudliens, l'odeur de la lavande, les classeurs à anneaux, les syndicats, le tapioca et les présentateurs télévisés. Lee émit un grognement et se prépara à subir encore une demi-pinte de récriminations avant de pouvoir enfin s'en aller.

— C'est une salope, caqueta Brad, abandonnant son inventaire. Mais j' l'aime bien.

Lee suivit le regard de Brad et tomba sur une silhouette en bas et béret noirs, adossée au bar. Ella Innes s'était débarrassée de son amie-fantôme et venait de se commander un verre. Alors qu'elle se tournait, Lee fit toutes sortes de signes cabalistiques pour attirer son attention. Mais elle regarda à travers lui sans le reconnaître et alla s'asseoir à une table voisine, où elle entreprit de se rouler une cigarette d'une main experte.

— Un vrai glaçon, conclut Brad en agitant sa bière pour la faire mousser. Et puis j'aime pas les filles qui boivent dans de grands verres. Comme pour prouver Dieu sait quoi.

Lee l'ignora. La table d'Ella n'était qu'à deux pas. Enfin, deux grands pas.

— Je t'ai fait signe pour te demander si tu voulais te joindre à nous, dit-il en s'asseyant face à elle.

Ella eut un léger geste de recul.

— Oui, j'avais bien vu.

Son attention restait fixée sur la cigarette qu'elle roulait entre ses longs doigts blancs, et elle ne leva les yeux pour le regarder que lorsqu'elle passa sa langue sur le rebord du papier-réglisse.

— Oh ?

— Pardon ? fit-elle en clignant des yeux.

Lee hésita, cherchant une porte de sortie. Elle est en train de se payer ma tête, se dit-il.

— Alors, tu veux bien te joindre à nous ?

Ella regarda par-dessus son épaule comme si elle cherchait un chevalier servant capable de venir la délivrer. Une célébrité internationale à qui un journaliste de province voulait dérober trois minutes de son précieux temps. Avec un haussement d'épaules défaitiste démontrant un long entraînement, elle soupira — *on n'est pas aidé* —, ramassa son papier, ses cigarettes, son tabac et sa bière, et alla s'installer à leur table.

— Qu'est-ce que tu as pensé de cette session ? demanda Lee.

Elle haussa à nouveau les épaules en allumant sa cigarette.

— Et toi ?

— Ce béret est ridicule, dit Brad à la cantonade. On dirait un membre de l'IRA. Travesti. Après une nuit de galère. À Belfast.

Ella se tourna vers Lee.

— L'ennui, avec ces sessions, c'est qu'on ne sait jamais qui on va y rencontrer.

Brad fit semblant d'ignorer son sarcasme.

— Ce que je veux dire, c'est que ça ne me fait aucun effet. C'est raté.

Lee l'interrompit vite fait.

— Ce qui m'a le plus intéressé, c'est ce que tu as dit. Que tu pouvais contrôler le scénario de tes rêves. J'ai vraiment envie d'essayer.

— Vas-y, dit-elle, comme pour clore le débat.

— Tu as l'air d'avoir pris de l'avance.

— La sorcière en chef, dit Brad.

— Mais je n'ai pas de prémonitions.

Elle enleva un brin de tabac collé au bout de sa langue.

— Il n'a parlé de prémonitions que pour ne pas avoir l'air aussi chiant que les autres, affirma Brad. C'est vrai, non ?

Lee lui jeta un regard furibard.

— Ignore-le, dit Ella.

— Et ça a marché, ajouta Brad.

— Qu'est-ce que tu pense de L.P. ? demanda Lee.

— Je l'avais déjà croisé ; il a l'air gentil.

— Pourquoi les femmes disent-elles toujours « gentil » en pensant « un vieux croulant à moitié gâteux » ? intervint à nouveau Brad. Ce n'est qu'un vieux débris, et il n'a rien de gentil.

— C'est vrai qu'il a du mal à supporter les crétins, répliqua Ella.

Lee avait déjà conclu qu'elle ne prendrait pas à la légère les séances hebdomadaires. D'après ce qu'elle lui avait dit, elle n'avait pas réalisé que la majorité des gens étaient incapables de contrôler leurs rêves. Elle se dit prête à aller aussi loin qu'elle le pouvait pour découvrir leur vraie signification.

— Pas moi, contra Brad. Tu m'as l'air d'en attendre beaucoup trop. Je ne vois pas où ça peut nous mener.

— Alors pourquoi est-ce que tu n'arrêtes pas les frais tout de suite ?

— C'est ce que je finirai par faire. Tôt ou tard.

— Le groupe ne s'en remettra pas, fit Ella en s'adressant à Lee.

Elle sortit son sac pour prendre un autre verre. Lee lui avait déjà offert deux fois de payer sa tournée, mais elle avait insisté pour régler sa propre boisson. Pendant qu'elle se dirigeait vers le bar, Brad lui dit :

— Écoute, mon pote, elle te mène par le bout du nez.

— Quoi ?

— Elle te mène par le bout du nez. C'est qu'une poufiasse.

— Ah, bon ? Je n'en sais rien. En tout cas, c'est avec toi qu'elle joue.

— Que dalle ! D'ailleurs, c'est pas moi qui suis en train de baver sur ses genoux comme un boxer ! Continue comme ça, et tu vas te faire arrêter pour outrage à la pudeur.

— Quoi ?

Brad se leva.

— Je te laisse te dépatouiller, fit-il en tapotant la joue de Lee. Face à ta belle salope.

Ella revint à la table.

— Ton ami nous a quittés ?

— Ce n'est pas mon ami. Je ne le connais que depuis ce soir.

— C'est un reptile. Il a les yeux d'un lézard et des écailles sur la glotte.

Elle croisa les jambes.

— Je vois.

Mais Lee, lui, n'était pas un reptile ; sinon, elle ne l'aurait pas amené chez elle, dans la maison située à deux kilomètres de l'université qu'elle partageait avec deux autres filles. De son côté, Lee avait surestimé la classe d'Ella. Dès qu'ils furent à l'abri des regards, il espérait qu'elle arracherait sa tenue d'un noir si excitant pour l'étreindre avec passion (mais en gardant son béret). Il faut dire qu'il se montra plus déçu que soulagé lorsqu'elle ne se conforma pas à son fantasme. Il était tendu jusqu'au bout des ongles et, en présence d'Ella, sentait sa bouche s'assécher. Bien qu'il ait une certaine idée de l'intimité des chambres d'étudiantes, l'aura que dégageait celle d'Ella, comme un parfum subtil et un signal qu'il n'aurait pu définir, l'intimidait et, en même temps, faisait naître en lui un désir si intense qu'il en était presque douloureux.

À vingt ans, Ella cultivait une attitude que, plus tard, elle ferait tout pour perdre : celle de l'aventurière blasée, aux sens rassasiés et à l'esprit épuisé. Sur Lee, en un contraste heureux, cette image provoquait un sursaut d'énergie. Il absorbait ce mélange savamment distillé et s'en retrouvait comme ensorcelé. Il se tenait au coin de son lit et tripotait une tasse de café à la chicorée entre ses doigts nerveux. L'objet de son attention se détendait dans un fauteuil, croisant et décroisant les jambes en un incessant ballet.

La chambre d'Ella était une révélation. À côté, celle des autres étudiantes n'étaient que de pâles stéréotypes à base de tons pastel et de taies d'oreillers qui, obligatoirement, s'ornaient d'une collection de cartes postales. Entrer dans la chambre d'Ella revenait à s'aventurer dans une caverne de troglodyte ou sous la tente d'un bédouin. Les quatre murs s'ornaient de tissus variés, de batik indiens, de tapis serbes et grecs, d'écharpes russes, d'anciennes dentelles, toute une exposition de textures, un trésor aux mille replis. Des bâtons d'encens plantés dans des tasses de bronze alourdissaient l'atmosphère de leur parfum séducteur. Ella s'alanguissait dans son fauteuil et lui parlait tout en se roulant une autre cigarette avec son papier réglisse. Dans l'esprit de Lee, elle combinait déjà les charmes mystiques d'une prêtresse du Tarot, d'une Sibylle des années 70 et d'une Circé moderne ; tout ceci amalgamé en une seule créature exotique dont l'enchantement se trouvait concentré dans un doux triangle sombre tout en haut de ses cuisses.

— Je ne prends plus de drogues, dit-elle ; c'est une perte d'énergie spirituelle.

Elle semblait se parodier elle-même.

— Je suis arrivé à la même conclusion, dit Lee, qui n'avait jamais rien pris de plus méchant qu'une dose d'aspirine plus forte que celle prescrite sur la boîte.

— Pour l'instant, je m'intéresse un peu à la MT... continua-t-elle.

— MT ?

— Méditation transcendantale.

— Ah, bien sûr.

— Mais tout récemment, je me suis mise à l'AT...

— L'AT ?

— L'analyse transactionnelle.

— Bien sûr.

— Et toi, où te situes-tu ?

— Je donne dans l'EP.

Le regard d'Ella se voila.

— L'EP ?

— L'éducation physique. L'EP. C'était une blague.

— Une blague. Bien sûr.

Elle regarda sa montre, puis la porte.

— Tu es une vraie entité spirituelle, tenta Lee.

Apparemment, il avait touché juste. Ella s'égaya, ou peut-être que son aura s'étendit, mais en tout cas, elle se lança dans une étude assez stupéfiante de son développement psychique au cours des douze derniers mois. En quelques minutes, elle fit référence aux configurations astrologiques et au bouddhisme Zen, au Livre des morts tibétain et aux diagrammes du I Ching ; sans oublier la sagesse du Tantrisme et les lois de la Kabbale, le cri primal et la projection astrale ; et en prime, les expériences de renaissance et de réminiscence des vies antérieures.

Lee avait l'impression de discuter avec une Martienne.

— Au fond, on ne fait jamais que tourner en rond, conclut Ella.

Lee acquiesça avec sagesse.

— C'est pour ça que cette histoire de rêves m'intéresse, reprit-elle. Je veux laisser derrière moi toutes ces foutaises et me fier à moi-même. Je veux rentrer dans ma propre tête.

Et moi dans ton lit, pensa Lee.

— Exactement comme moi, fit-elle à voix haute.

Le café s'était refroidi au fond des tasses et l'encens s'était consumé. Pour la première fois depuis qu'ils étaient entrés, Ella ne disait rien. Lee essaya de relancer la conversation en déclarant d'un ton léger qu'il pensait abandonner la fac pour partir au Tibet.

— Vas-y, dit-elle simplement.

C'était la seconde fois dans la soirée qu'elle prononçait cette phrase. Son ton sans réplique acheva de river le clou avec lequel elle l'avait empalé.

Lee se tortillait sur son coin de lit en cherchant comment redresser la situation, lorsqu'elle dit subitement :

— Maintenant, j'aimerais bien aller me coucher.

Lee la dévisagea, stupéfait. Était-ce oui ou non une invite ? L'assurance tranquille d'Ella le fit opter pour une réponse affirmative.

— D'accord, dit-il en dénouant ses lacets.

Ella le regarda enlever ses chaussures. Puis elle dit :

— Mais qu'est-ce que tu fous ?

Un instant, elle parut troublée, les yeux écarquillés ;

une apprentie Sibylle à court de mots, une Circé novice effrayée par un porcelet.

— Tu ne veux pas que je reste ? demanda Lee.

— Si c'est un jour le cas, fit-elle en reprenant ses esprits, tu seras le premier à le savoir.

Lee remit ses chaussures en tentant de prendre tout cela à la légère, genre « Une de perdue, dix de retrouvées », pendant qu'Ella lui ouvrait la porte. À la dernière minute, elle s'empara d'un livre posé sur une étagère et le lui fourra entre les mains tout en le poussant dehors.

— Il faut vraiment que tu lises ça et que tu me dises ce que tu en penses, d'accord ? Bonne nuit.

Et elle referma la porte derrière lui avec un peu trop de précipitation.

Lee, philosophe, prit un raccourci qui lui fit traverser les pelouses de l'université. Le livre qu'Ella lui avait donné était un signe. Une autre fois, elle ne le rembarrerait pas. Il était à mi-chemin de chez lui lorsqu'il regarda la couverture. C'était une édition en poche d'*Alice au pays des merveilles*, très usagée. L'horloge de l'université carillonna au loin. Il était deux heures du matin.

CHAPITRE III

Il m'est arrivé de croire jusqu'à six choses impossibles avant le petit déjeuner.

Lewis Caroll

Le silence qui régnait sur la pièce se prolongeait au point d'en devenir gênant. La seconde rencontre entre rêveurs lucides avait eu lieu dans le salon du professeur Burns, dans sa propre maison située près de l'université, face à un grand cimetière victorien. Les étudiants étaient arrivés à intervalles irréguliers et, après avoir été chaleureusement accueillis par le professeur, étaient allés s'asseoir dans l'un des fauteuils assortis qui avaient été disposés en cercle. Lee arriva en retard et souffrit mille morts en voyant Brad Cousins vautré dans un petit canapé apparemment douillet aux côtés d'Ella Innes. Il alla s'installer à côté de l'Irlandaise timide.

— T'as déjà eu des prémonitions ? lui murmura-t-elle dès qu'il fut assis.

— Pas une seule.

Finalement, le groupe s'aperçut que le professeur attendait patiemment qu'ils fissent silence afin de pouvoir commencer. Les murmures diminuèrent peu à peu jusqu'à ce que tous les yeux soient braqués sur Burns. Tous attendaient qu'il ouvre la seconde session, mais il ne dit rien.

Le regard du professeur fixait un point situé un mètre

au-dessus de la tête d'une fille assise juste en face de lui. L'expression de son visage était totalement neutre, ni hostile ni amicale, ni impatiente ni intéressée. Le silence se prolongea, et tous se tortillèrent nerveusement sur leurs sièges. Un soupir, un toussotement, un raclement ne faisaient qu'égratigner ce mutisme pénible qui se refermait aussitôt. Après cinq douloureuses minutes de néant, Brad Cousins finit par prendre la parole.

— Si c'est un test psychologique destiné à nous mettre tous mal à l'aise, cela marche du tonnerre.

Tous les regards étaient braqués sur le professeur, qui ne réagit nullement à la remarque sarcastique de l'étudiant. Son expression resta aussi fixe que ses yeux. Le groupe exaspéré s'enferma dans un nouveau mutisme plus oppressant encore que le précédent. En se prolongeant, le silence paraissait prendre une densité, une consistance nouvelle. Lee regarda Ella ; Ella regarda Lee. Brad regarda Ella et Lee. Brad regarda Ella et Lee ; Lee regarda Brad. L'Irlandaise regarda Lee ; Lee regarda l'Irlandaise, Brad et Ella. Elle regarda Brad, Lee et l'Irlandaise. Personne ne semblait vouloir regarder le professeur. Du moins pas en face.

— S'il n'y a rien de prévu au programme, fit Brad, peut-être qu'on ferait mieux de revenir la semaine prochaine.

Ses mots tombèrent comme un petit caillou dans une immense citerne. Maintenant, à part le professeur, tout le monde se plongeait dans la contemplation de ses ongles ou ses chaussures.

Finalement, alors que la situation devenait vraiment intenable, le professeur daigna parler.

— Je peux me tromper, dit-il, mais il est possible qu'il se passe bien plus de choses dans ce groupe que si, par nos paroles, nous prétendions le contraire.

Certains acquiescèrent avec une sagesse feinte ; d'autres jetèrent autour d'eux des regards en forme d'appels à l'aide. La tension que le silence avait instaurée se fit plus oppressante encore.

Le professeur se tourna vers la jeune Irlandaise assise à côté de Lee.

— Vous vous appelez bien Honora ? Avez-vous fait des rêves, Honora ?

— J'ai rêvé, en effet, répondit-elle, tout en étant consciente.

— Ainsi, vous êtes une authentique rêveuse lucide, garantie sur facture. Avez-vous tenu un journal ?

— Oui.

Honora tira et ouvrit un classeur noir à anneaux. Sur les feuilles, Lee put voir des lignes d'une belle écriture ronde parsemée de dessins faits au crayon de papier.

— J'ai aussi fait des croquis de... situations... si on peut les appeler ainsi.

L.P. Burns se dit impressionné, et paraissait sincère. Il demanda aux autres s'ils avaient fait de même, comme si ces carnets de bords étaient plus importants que la cargaison de rêves qu'ils contenaient. Lee dit avoir oublié le sien chez lui.

— Oublié ?

— Je ne croyais pas qu'on en aurait besoin ce soir, fit-il platement.

— Même avec vos dons de visionnaire ? rétorqua le professeur.

— Pardon ?

— Peu importe. Suivant.

Ce dernier mot résonna comme le tintement d'une cloche.

Brad Cousins déclara, non sans fierté, qu'il n'avait pas eu le moindre rêve depuis la dernière rencontre du groupe, pas même la nuit où il s'était ignoblement soûlé.

— Peut-être avez-vous un blocage qui vous empêche de vous en souvenir.

— J'en doute. Je ne veux pas qu'on s'amuse sans moi.

— Mais vous avez des raisons inconscientes de générer un tel blocage, c'est peut-être que vos rêves ne sont pas si amusants que ça.

— C'est possible.

— C'est plus que possible ; vous devez le croire.

Le professeur dévisagea Brad jusqu'à ce qu'il soit forcé de détourner les yeux.

Un autre étudiant partit dans une longue digression sur les migraines dont il souffrait et enchaîna sur ses nombreuses visites à l'infirmerie de la fac, une véritable saga comprenant noms, dates et heures, afin d'obtenir toutes sortes de somnifères ; mais toutes ses tentatives avaient échoué. Burns l'écouta patiemment avant de passer la parole à Ella. Si le dernier interlocuteur avait endormi le groupe, Ella réveilla son intérêt en déclarant, non sans bravoure, que tous ses rêves étaient de nature sexuelle, fortement teintée d'exotisme, et qu'à chaque rêve, elle s'était montrée particulièrement consciente de sa situation.

— Dégonflée ! l'interrompit Brad Cousins.

— Je ne sais trop si le Révérend Cousins entendait, par cette remarque — ou plutôt ce hurlement —, vous encourager ou vous décourager, dit le professeur, mais je dois rappeler, au soulagement de certains, que nos intérêts se portent davantage sur les niveaux de conscience impliqués que sur des descriptions anatomiques détaillées.

Un petit rire traversa le cercle, et Ella protesta :

— Oui, mais j'ai le droit de me montrer difficile sur le choix de la personne avec qui je fais tout ça !

— Qu'est-ce qu'elle cause bien ! brailla Brad, essayant d'éveiller quelques ricanements.

Le professeur se pencha sur Ella ; le reste du groupe en fit autant.

— Pouvez-vous vraiment contrôler l'identité de ceux qui prennent part à ces... *rencontres ?*

— Parfois ; pas toujours. Les visages se brouillent et se modifient. Il est parfois difficile de conserver une unité au rêve.

— On dirait une orgie ! fit Brad Cousins en un sursaut de serviabilité.

Burns leva une main péremptoire vers l'intrus et interrogea à nouveau Ella :

— Vous êtes consciente de faire un effort pour que le rêve suive un schéma que vous avez vous-même préétabli ?

— Oui.

— Et contre quoi luttez-vous exactement ?

— Eh bien... contre le cours naturel du rêve.

— Donc, vous pouvez choisir de ne plus agir et de plonger ainsi dans un autre rêve sur lequel vous n'avez plus aucune influence ?

— Oui.

Le groupe silencieux regarda le professeur qui réfléchissait aux possibilités que lui ouvraient les révélations d'Ella. Tous attendirent le résultat de ses délibérations.

— Tout ceci m'a l'air assez avancé, dit-il enfin.

Ella rougit, gênée de se trouver ainsi bombardée première de la classe.

Lorsqu'ils eurent terminé leurs discussions, le professeur leur suggéra un exercice.

— Du travail personnel, dit Brad.

— Tout à fait, Révérend Cousins, dit Burns. Du rêve personnel. Continuez de tenir soigneusement votre journal. Mais j'ai à vous proposer un petit exercice qui pourrait faciliter le retour à la lucidité, je veux dire vous plonger dans le rêve lucide ; c'est aussi valable pour vous, Ella, même si vous avez des facultés de contrôle bien supérieures aux autres.

« Premier exercice : dans le cours d'une journée normale, posez-vous plusieurs fois la question : suis-je en train de rêver ? Je suis sûr que, si vous confrontiez bien des étudiants à ce problème, la majorité mettraient un bon quart d'heure à y répondre, mais j'ai foi en vous tous. Cette idée vous amuse, messieurs Cousins et Peterson ? Parfait ; riez tout votre soûl, mais faites ce que je vous dis. Et nous en venons à la seconde partie de l'exercice : une fois que vous vous êtes persuadé de ne pas rêver, poursuivez en vous disant que vous voulez rester conscient la prochaine fois que vous rêverez. Est-ce clair ?

— Puis-je me demander, fit Brad Cousins, si je ne suis pas en train de rêver tout ce que vous nous dites ?

— Bien vu, Révérend Cousins, bien pensé. Il m'importe peu de savoir quelle fraction de votre existence vous remettez ainsi en question, du moment que vous le faites bel et bien. Le principe est fort simple : si vous laissez une grande quantité de messages à l'attention de votre inconscient, celui-ci finira bien par les prendre en compte.

« Deuxième exercice : la prochaine fois que vous vous réveillerez après avoir rêvé, imaginez que vous reprenez le cours du rêve en question. Et lorsque vous y serez replongé, du moins en imagination, dites-vous que vous tenez à rester conscient de rêver la prochaine fois que cela vous arrivera. Dites-vous que vous voulez vous rendre compte de votre état ; ainsi, en approchant de l'état de rêve, vous rendez vos instructions plus claires. C'est encore un message adressé à votre inconscient. C'est tout. Je vous rappelle de tenir à jour vos notes, tant sur les résultats de l'exercice que sur vos rêves ordinaires. »

— Et si on ne rêve pas du tout ? demanda Brad.

— Correction : et si vous ne vous *rappelez pas* vos rêves. Il vous faut savoir que si, à votre réveil, vous oubliez tout de vos rêves, c'est probablement parce que vous ne tenez pas à vous en souvenir. Pour une raison ou pour une autre, vous bloquez votre mémoire. Je ne sais pas pourquoi ; vous devez vous poser vous-même la question. Peut-être est-ce parce que quelque chose dans ce rêve vous a effrayé et que vous préférez ne pas le revoir. Peut-être le rêve contient-il un message vous demandant de changer telle ou telle chose en vous et que vous refusez d'obtempérer. Ou peut-être est-ce le fait de vous retrouver dans un environnement sur lequel vous ne pouvez exercer aucun contrôle qui vous terrifie. Ou peut-être avez-vous trop de préoccupations extérieures. Je ne sais pas. Si cela vous arrive, il vous faut trouver la solution vous-même.

— Vachement utile, murmura Brad à Ella.

— Désolé de ne pas pouvoir résoudre vos problèmes pour vous. Par contre, je peux vous dire que vous aurez plus de chances de vous souvenir de vos rêves en vous laissant aller que par un acte de volonté. C'est pour cela que je vous conseille de laisser des messages un peu partout. Vous comprenez ? (Brad fit la grimace.) Non ? Eh bien, réfléchissez-y. Entre-temps, gardez votre journal sur votre table de nuit et, en vous réveillant, écrivez tout ce qui vous passe par la tête. Par ce biais, vous pourrez avoir accès à des bribes de rêves. Essayez de dormir par périodes multiples d'une heure et demie, ce qui est l'intervalle normal entre deux rêves. En d'autres termes, vous vous endormez à minuit et vous réveillez à sept heures et demie et non à huit heures ; ou, dans le cas du Révérend Cousins, à neuf heures ou dix heures et demie ou tout autre moment qui vous convienne. Finalement, à notre dernière rencontre, je vous ai dit de régler vos réveils, mais désormais, je veux que vous vous entraîniez à vous éveiller sans aucune stimulation extérieure. L'usage d'un réveil cause un changement radical dans votre état de conscience, et je tiens à l'éviter. Vous devez apprendre à remonter à la surface avec vos rêves comme bagages. Des questions ?

Aucune main ne se leva.

L'analyse de la session eut lieu au bar le plus proche. Lee, Ella et Brad furent rejoints par Honora, la jeune Irlandaise, et deux autres membres du groupe. Brad se lança dans une longue tirade acerbe :

— Il se paie notre tête. D'après moi, il nous a réunis pour parler de ses rêves à la con alors qu'en réalité, il nous manipule pour une autre expérience qui fera date dans sa carrière et nous fera passer pour des crétins finis.

— Comme ça, tu trouveras ta juste place, fit Ella sans lever les yeux de la cigarette qu'elle se roulait.

— Ce n'est pas notre prima donna qui va s'en plaindre.

— Mais on peut s'y attendre, de la part du roi des clowns.

— Et les contes de fées classés X de miss Ella, rétorqua Brad, c'est pour amuser la galerie ? Ce que je voudrais savoir, c'est pourquoi il nous a fait mijoter comme ça avant d'attaquer la séance ?

— Peut-être qu'il voulait créer une atmosphère intense, suggéra Honora.

— Pour que la substance des rêves paraisse plus réelle, ajouta Ella.

— Ce doit être ça, *Révérend* Cousins, fit Lee.

Quelques rires s'ensuivirent.

— De toute façon, ce vieux croulant peut bien dire ce qu'il veut, tu t'en fous, dit Brad. Toi, tu ne penses qu'à te faire sa majesté Ella.

Lee chercha une riposte particulièrement assassine et n'en trouva pas.

— On dirait qu'on vient de trouver notre plus petit dénominateur commun, dit Ella.

— Notre quoi ? C'est toi qui as transformé la discussion en film porno.

— Si tu parles de tes rêves, il faut faire preuve d'honnêteté, dit Honora d'un ton furieux. Il ne faut pas agresser ceux qui ont la franchise de ne pas censurer leurs rêves en se moquant de ce qu'ils disent pendant les séances.

Brad imita l'accent d'Honora avec peu de succès.

— Qui t'a dit ça, le professeur ou ton prêtre habituel ?

— Honora a raison, affirma Lee, nous devons respecter la confidentialité des interventions.

— Alors tu veux aussi te taper l'Irlandaise ?

— Si tu veux emmerder le monde en répétant ce qui se dit durant les séances, tu seras le seul à en rire. Un point c'est tout.

Brad, désarçonné par la soudaine agressivité de Lee, haussa les épaules.

— Alors vous prenez vraiment au sérieux ces histoires de rêve ?

— Oui, dit Ella. Totalement.

— C'est vrai, renchérit Honora, totalement.

CHAPITRE IV

Seuls ceux qui sont dépourvus de toute imagination en sont réduits à se tourner vers le rêve.

Francisco Umbral

Au fur et à mesure que le printemps avançait, les séminaires se firent de plus en plus fréquents. Lee désirait toujours autant Ella, et sa frustration croissante lui fournit un prétexte pour délaisser ses études. Les séances de minuit dans la chambre d'Ella continuèrent, mais ne les rapprochèrent jamais. En général, Ella invitait aussi Honora et d'autres membres du groupe à venir dans sa caverne embaumant l'encens et, au lieu des doux fantasmes érotiques qu'il caressait, Lee devait se contenter de discussions futiles et d'un long cigare roulé à la main qui, paraît-il, contenait une substance intéressante, mais n'avait pas d'effet autre que de lui brûler le gosier. Même Brad Cousins, le prototype de l'indésirable, finissait souvent par s'infiltrer au milieu des corps languides qui barricadaient l'accès immédiat d'Ella.

Sans l'avoir prémédité, Lee finissait toujours par se retrouver face à Ella ; mais il ne faisait que la contempler en se tortillant sur son siège, et rien d'autre. Alors elle s'asseyait à même le sol, les jambes ramenées sous elle, et finissait toujours par gratifier quelqu'un d'un long discours sur l'imminence de la révolution, tirade accompagnée par de lents mouvements de karaté, comme si elle découpait ses arguments en tranches plus faciles à digérer. Parfois, en quelque occasion, elle pouvait croiser le regard de Lee et récompenser sa patience par un bref sourire. Comme tout affamé, Lee lui était reconnaissant de ces maigres miettes d'attention.

Lorsque, fait rare, il se retrouvait seul en compagnie d'Ella, il se tenait en équilibre au bord du lit comme un grand félin prêt à bondir, mais le moment ne lui semblait jamais adéquat. Après l'erreur qu'il avait commise la première nuit, il hésitait à passer à l'attaque. Et, pour contrer leur intimité nouvelle, Ella optait pour une autre stratégie : elle élevait une barricade de mots ; une tirade ininterrompue faite d'idées originales, de théories rebattues, de spéculations et d'affirmations douteuses, un mélange synthétisant ses excursions dans le passé — où l'occulte empiétait sur la vérité historique — et ses visions d'un avenir très gauchisant.

— Je suis une révolutionnaire, avait-elle déclaré plus d'une fois.

Lee, qui en doutait, se permit de relever le défi.

— C'est faux.

— Si.

— Non.

— Si.

— Non.

— Pourquoi, alors ?

— Tu n'es pas une révolutionnaire, c'est tout.

— Et pourquoi pas ?

— Laisse tomber, fit Lee avant de s'enliser plus encore.

En fait, il ne se passait pas grand-chose. La vie sexuelle de Lee se réduisait certes à néant, mais ce passage à vide se répercutait sur ses rêves. D'ailleurs, il ne faisait plus guère de différence entre les deux. Dans les deux domaines, il n'avait à se mettre sous la dent que des spéculations futiles qui échouaient misérablement lorsqu'il fallait passer à l'acte, et il avait presque oublié le rapport étroit qu'il y avait entre ses rêves et la demoiselle de ses pensées. Il persistait à effectuer les exercices prescrits, se demandant consciencieusement s'il rêvait ou pas tout en s'ordonnant de rester lucide durant sa prochaine incursion dans le royaume des songes. Mais ces exercices se voyaient toujours interrompus par divers fantasmes érotiques de proportions architecturales dont Ella Innes était le pilier central.

En général, ceux-ci surgissaient dès qu'il pensait à rester conscient au cours de ses rêves. Il était assez honnête pour admettre ses propres motivations : pour autant qu'il sache, la relation entre les fantasmes et les rêves venait de l'idée que, s'il parvenait à contrôler ses rêves, il pourrait réussir à conclure dans le monde des ombres ce qu'il ne pouvait rendre effectif dans la réalité, à savoir : séduire Ella Innes.

Lee assistait toujours aux séances et racontait toujours des rêves de son invention. Il était assez intelligent pour ne s'attribuer que les plus modestes résultats, au cas où le professeur lui demanderait des détails. Parfois, il se demandait s'il ne ferait pas mieux d'abandonner, comme d'autres avant lui ; puis Ella croisait et recroisait ses jambes et lui rappelait la raison pour laquelle il était là.

Le professeur cassa la rêverie de Lee tout en signalant la fin de la séance.

— La plupart d'entre nous ont désormais conscience de leurs rêves, sous des formes plus ou moins atténuées : j'ai donc un nouvel exercice à vous proposer. Je veux que vous vous y consacriez au cours de vos rêves, et ce chaque fois que vous en aurez l'occasion. Levez vos mains devant votre visage, fixez-les et tentez de maintenir votre regard aussi longtemps que vous le pourrez. C'est tout.

Une nuit, peu après cette session, il se produisit quelque chose d'étrange. Lee fit un drôle de rêve. Dans son songe, ce n'était pas Ella qu'il rencontrait, mais Honora Brennan, la fille irlandaise qui assistait aux séminaires.

Au milieu d'une rue très passante, Lee découvrit un petit jardin protégé par un mur. Autour de lui se dressaient d'immenses tours de béton et, tout en haut, une grande rocade autoroutière émettait le grondement assourdi des heures de pointes. Le jardin avait été planté entre les deux énormes piliers soutenant la rocade. En son centre, il découvrit Honora vêtue d'une légère robe de coton, allongée sur une chaise longue. À travers l'univers télépathique du rêve, tous deux reconnurent l'effet érotique que cette robe avait sur Lee, et Honora précisa qu'elle ne portait rien en dessous. La jeune fille paraissait à son aise, mais pas Lee. Honora se leva, puis escalada le seul arbre du jardin pour aller s'asseoir sur l'une des basses branches. Elle serra les jambes, puis se laissa tomber en arrière afin de se retrouver suspendue la tête en bas, retenue par le creux des genoux. Sa robe glissa sur son corps nu, révélant un buisson de poils pubiens couleur de noisette au-dessus d'un ventre plat et blanc.

— Sais-tu que tu es en train de rêver ? demanda-t-elle à Lee.

— Oui.

— Souviens-toi. Tes mains.

Et Honora disparut comme le chat de Cheshire.

Il leva ses mains et les regarda fixement jusqu'à ce qu'il s'en lasse.

Au réveil, Lee griffonna toute son histoire et prépara même un faux journal des jours précédents afin d'avoir un document respectable à présenter au prochain séminaire. Il raconta fidèlement son rêve, se contentant d'omettre quelques éléments érotiques, puis attendit les félicitations de l'assistance.

Plusieurs des participants originels avaient abandonné la partie, y compris la fille qui souffrait de migraines : elle avait prétendu que les exercices ne faisaient qu'empirer son mal. La religieuse, elle, avait consulté l'aumônier pour découvrir que les sessions se tenaient le même jour que les soirées aux chandelles de l'Union chrétienne. Maintenant, le groupe ne comprenait plus que des rêveurs lucides « patentés » ayant déjà prouvé leur talent. Malheureusement pour certains, Brad Cousins était toujours là, fidèle au poste, et rêvait désormais en technicolor, du moins le prétendait-il.

Lee, tout excité, fit son rapport, mais n'obtint qu'un succès modéré. Il ne faisait que rattraper le niveau des autres. Burns sentit sa frustration face au manque d'enthousiasme général.

— Pourquoi cette expérience lucide vous paraît-elle plus importante que celles que vous avez déjà vécues ?

Lee ne pouvait admettre que ses « expériences précédentes » étaient faites d'un matériau plus mince encore que la structure des rêves.

— C'est évident, dit-il pour se donner le temps de réfléchir.

Burns eut un de ses sourires mystérieux.

— Ce facteur d'évidence est un peu trop mince pour ma compréhension. Voudriez-vous nous en faire part ?

— Il me semble que certains membres du groupe ont entrepris d'aider les autres, peut-être inconsciemment.

Certains plissèrent les yeux, d'autres acquiescèrent. Burns resta un instant plongé dans ses pensées.

— C'est une proposition intéressante, Lee, fit-il en employant son prénom pour la première fois. Mais à votre place, je ferais preuve de modération et n'irais pas me vanter d'avoir attiré l'attention de la ravissante mademoiselle Brennan. Je crois que vous pouvez considérer ces rêveries, érotiques ou autres, comme des produits de votre propre esprit.

On acquiesça, on fit la grimace, mais personne ne contesta ce jugement empreint de sagesse. Gênée mais nullement offensée, Honora fit un sourire timide à Lee. Mais si ses nouveaux talents n'impressionnaient guère le groupe dans son ensemble, ils eurent un effet intéressant sur Ella.

Après la séance, alors que le petit groupe sortait de la maison du professeur, Lee resta en arrière pour discuter avec Honora. Il craignait l'avoir gênée en se lançant dans une description précise de sa conduite scandaleuse, même si celle-ci restait cantonnée au domaine du rêve. Mais il avait aussi remarqué que l'intensité de sa vision semblait avoir conféré à Honora une radiance nouvelle. Elle paraissait différente.

Alors qu'il discutait avec l'Irlandaise, Ella fit irruption et glissa un bras conquérant sous celui de Lee.

— Comme je viens de le dire à Brad et aux autres, je t'enlève, dit-elle.

— Oh, fit Lee.

— Ça te convient, donc, affirma Ella.

— Ça me convient.

Ils se regardèrent sans rien dire.

— À une prochaine fois, dit Honora qui se dépêcha de rejoindre les autres.

Lee et Ella marchèrent le long du cimetière dans la lumière déclinante du crépuscule, puis traversèrent le parc menant chez Ella.

— Où allons-nous exactement ? demanda Lee.

— Pas dans un endroit exotique quelconque, dit Ella. Et cette fois-ci, je n'ai pas envie de parler pour ne rien dire comme les autres fois.

C'était une jolie nuit de printemps. Lorsqu'ils atteignirent la rangée de cerisiers qui bordaient le cours de tennis, Ella s'arrêta d'un bloc et se tourna pour l'embrasser sur les lèvres. Puis elle retira son bras, s'éloigna d'un bond et s'adossa contre le tronc d'un des arbres.

— Ce rêve, dit-elle.

— Quoi ?

Il fit un pas vers elle, mais elle tendit les bras pour attraper une branche basse et s'assit dessus. Elle baissa des yeux qui brillaient comme de l'obsidienne ; ses cheveux cascadaient sur son visage ; elle évoquait un esprit des vents flottant entre les branches.

— Tu sais ce que je peux faire ?

— Qu'est-ce que tu peux faire ?

— Ça.

Elle serra les muscles de ses cuisses et se laissa tomber en arrière, suspendue par le creux de ses jambes, se balançant légèrement, ses cheveux tombant en cascade, ses bras tendus touchant presque le sol. Lee resta là, hypnotisé.

— Mais ce n'était pas vraiment comme ça que... tenta-t-il.

— Vas-y.

Lee posa ses mains sur son estomac si blanc dans l'obscurité et déboutonna son jean délavé. Il la déshabilla, luttant contre la gravité pour pousser le pantalon et la culotte d'Ella sur ses genoux, révélant un triangle de poils noirs, là où, dans son rêve, il avait souhaité poser sa langue ; ce qu'il fit. Ella frissonna et lui demanda de l'aider à descendre.

Ils traversèrent le parc en silence jusqu'à la maison d'Ella. Là, elle rendit sa chambre plus caverneuse encore en éteignant les lumières pour allumer des bougies, transformant la pièce en un royaume des limbes imprégné des senteurs de l'encens. Alors seulement, elle laissa Lee la déshabiller, avec l'aide de la gravité cette fois-ci. Elle tira un drap sur son matelas posé par terre. Lee se dit qu'il devait être en train de rêver. Mais il était bel et bien éveillé.

CHAPITRE V

Roméo : J'ai fait un rêve cette nuit.
Mercutio : Et moi aussi.
Roméo : Eh bien, quel était le tien ?
Mercutio : Que souvent, les rêveurs mentent.

Shakespeare

La vie de Lee Peterson atteignit très vite deux points culminants, l'un étant sans doute la conséquence l'autre. Durant la journée, Ella et lui séchaient les cours pour se livrer à un épuisant programme d'acrobaties érotiques où l'inventivité d'Ella égalait l'ardeur de Lee. Les nuits étaient consacrées à la béatitude des corps rassasiés et enchevêtrés ou, lorsqu'ils étaient séparés, à des crises de spasmes nerveux empêchant tout véritable sommeil. C'est durant cette période que Lee sentit croître de façon considérable sa lucidité onirique. Maintenant, il pouvait interrompre le cours normal d'un rêve ordinaire rien qu'en regardant ses mains. Il prenait alors conscience qu'il rêvait et ne tardait pas à se réveiller. De là, il passa rapidement à un niveau supérieur où il pouvait contrôler la substance même de ses rêves, chose dont il se serait cru incapable. À ce stade, la conscience de ses mains devenait un simple exercice évoquant les jeux exaltants de son enfance, comme une comptine mille fois répétée :

Voici l'église et voici le clocher
Ouvre la porte et voilà l'assemblée.

On aurait dit qu'il avait ouvert la porte d'une dimension parallèle tout à fait tangible et trouvé le moyen de franchir le seuil. Ces manipulations oniriques lui permirent peu à peu de faire apparaître des objets venus de nulle part, comme un magicien. Dans le rêve, il était possible de conjurer une pièce d'argent, une balle en caoutchouc, un as de pique. Tant qu'il gardait le contrôle des événements, il n'y avait pas de limites à ce qu'il pouvait faire apparaître. Mais après quelques secondes, il commençait à oublier ses gestes, un voile descendait sur sa lucidité, et toutes ses créations se perdaient alors que le rêve changeait de direction ou s'arrêtait net.

Lee écrivait des pages et des pages de notes dans ses carnets et racontait tout à Ella. Celle-ci écoutait avec attention ses bulletins fiévreux tout en acquiesçant de temps en temps, mais jamais elle ne cherchait à approfondir ses possibilités ni ne l'invitait à comparer avec ses expériences personnelles. En fait, Ella avait cessé de lui faire part de ses propres progrès, du moins en dehors des comptes rendus hebdomadaires qu'elle réservait aux séances du professeurs Burns. Entre-temps, Lee se trouvait dans un état de perpétuelle excitation, stimulé par les développements nouveaux qui lui ouvraient sans cesse de nouveaux champs d'expérience. Ses rêves lucides avaient sur lui un effet aphrodisiaque, et Ella ne manquait jamais d'y répondre avec la même ardeur. En contrepartie, ses prouesses sexuelles étourdissantes semblaient turbopropulser les rêves de Lee comme un rush d'amphétamines, renforçant son énergie et lui permettant de mieux contrôler la substance de ses rêves. Dans ce combat, il se sentait progresser pas à pas vers la victoire finale.

Les rencontres hebdomadaires se poursuivaient, et Lee devint l'un des participants les plus assidus et les plus actifs. On pouvait faire confiance au professeur Burns, qui trouvait toujours un nouveau truc à leur conseiller. Lors d'une des sessions, il leur expliqua une pratique qu'il appelait le retour au rêve : elle permettait de réactiver un rêve lucide par le biais de la relaxation et de stratagèmes subtils mettant le sujet dans un état proche de l'hypnose. Sa méthode entraîna quelques réussites, les sujets parvenant à réactiver un rêve perdu à l'aide d'associations. Mais dans le cours des séances, Burns demandait surtout au groupe de distiller une atmosphère de paix et de tranquillité qui, en elle-même, était déjà hypnotique.

— Je n'y peux rien ; lorsque tout le monde devient si calme et tire une tronche d'enterrement, ça me donne envie de rigoler.

Commentaire lâché par Brad Cousins, qui avait déjà passé une heure au bar avant la session.

— Nous vous donnons une minute ou deux pour ricaner tout votre soûl, monsieur Cousins, puis nous reprendrons le cours de la séance.

C'était la troisième interruption, et Burns commençait à perdre son sourire.

— Je suis donc le seul à voir à quel point on a l'air ridicule ?

— Oui, rétorqua Lee. Tu es le seul.

Au fil des séances, Lee avait fini par devenir l'interlocuteur et l'adversaire préféré de Brad ; mais à sa remarque, Brad se remit à suer et souffler tout en tentant de cacher son rire derrière un mouchoir peu présentable.

— Ne pourrait-on pas transformer Brad en ectoplasme et l'utiliser comme cobaye pour ce retour au rêve ? dit Lee avec le plus grand sérieux.

— Rêve ou crève ? C'est pas ma tasse de thé, camarade.

— La notion d'ectoplasme est un concept scientifique un peu démodé... dit Burns.

— Mais le sentiment est partagé, compléta Ella. Pourquoi pas des électrodes aux endroits stratégiques ?

— Des drogues qui ouvrent l'esprit ? suggéra un autre, entrant dans le jeu.

— Trop ambitieux, répondit Ella. Quel esprit veux-tu ouvrir ?

Brad fit une grimace de dérision.

— Serait-il possible de commencer la séance ? fit Burns. C'est à vous, Honora.

— Allez, Honora, montre-nous tout ! brailla Brad.

— Assez de vulgarité, rétorqua Burns.

— Rêve ou crève ! contra Brad.

— Monsieur Cousins, dit le professeur d'un ton très solennel, je pense que nous vous serions tous reconnaissant si vous vouliez bien fermer votre petite gueule de con.

La séance se poursuivit dans le calme.

Ce soir là, Lee dormit seul et, au milieu de ses artifices habituels, s'aperçut soudain des possibilités qui lui étaient ouvertes pour façonner son rêve. Il ressentit le pouvoir qui était entre ses mains, celui de contrôler la substance de ce monde inconnu, et eut envie d'essayer quelque chose de nouveau, de faire un bond en avant. Convoquer quelqu'un d'autre dans son rêve, par exemple. Mais soudain, il perdit pied et le rêve s'effilocha ; non pas que sa concentration faiblisse, mais parce qu'il venait d'entendre un bruit évoquant le crépitement de la pluie sur de la tôle ondulée. Ce bruit le réveilla, et il réalisa que quelqu'un tambourinait frénétiquement à la fenêtre de sa minuscule chambre.

— Il faut quoi pour te réveiller, une bombe atomique ? Ouvre-moi, je suis trempée !

— Il est quatre heures du matin, Ella. Qu'est-ce que tu fais ici ?

— Je suis plantée là, sous la pluie, et j'essaie d'entrer !

Les cheveux d'Ella collaient à son visage, des gouttes dégoulinaient sur sa peau rougie par la course et bleuie par le froid. Elle portait un long imperméable au col relevé et ramené sur sa gorge.

— Mais laisse-moi entrer, bon sang !

— Ça vient. Je vais faire le tour et t'ouvrir la porte.

— Remonte cette foutue fenêtre, ça me suffira.

Ella grimpa l'appui de la fenêtre et se laissa glisser à l'intérieur, traînant derrière elle des bouts d'herbe collés à ses pieds et une odeur de pluie printanière. Elle retira ses bottes, et Lee s'aperçut alors qu'elle ne portait rien sous son imperméable, juste une culotte qu'elle retira avant de se fourrer dans son lit. Elle resta là, pelotonnée sous les couvertures, secouée de frissons. Lee la rejoignit.

— Tu es glacée comme un cadavre.

Elle se serra contre lui. Ses dents claquaient comme des castagnettes.

— Peu importe. C'est arrivé et je suis venue te le raconter.

— Qu'est-ce qui est arrivé ? Ella, pourquoi est-ce que tu as couru trois kilomètres sous la pluie, presque nue ?

— Tu ne t'en doutes pas ?

— Non.

— Devine !

— Tu n'es pas...

Une idée parut frapper la jeune fille.

— Mon Dieu, non, je ne suis pas *enceinte ;* sinon, je ne te le dirais pas.

Lee ressentit une pointe de déception.

— Je suis venue te raconter le rêve que je viens de faire. Le rêve lucide, je veux dire. Ça y est, j'y suis arrivée.

— Je ne comprends pas.

— J'y suis arrivée. Toute seule. J'ai fait comme tu me l'as décrit, avec mes mains, puis j'ai fait apparaître des objets, puis je les ai fait disparaître à nouveau.

— Quoi ?

— Quoi, quoi ? fit Ella, railleuse.

Lee se redressa sur le lit.

— Et toutes ces autres fois ? Tes autres rêves lucides. Tout ce qui était écrit dans tes carnets. Les événements que tu nous as décrits en détail durant les séminaires.

Elle pinça son sein entre ses dents.

— Cette fois-ci, c'était vrai.

— Vrai ? Et le reste, alors, c'était quoi ?

— Ce n'était... pas vrai.

— Attends. Tu veux dire que tu as tout inventé ?

— En quelque sorte.

— Comment ça, en quelque sorte ? On ne raconte pas « en quelque sorte » des choses pareilles ! Tu nous as menti, oui. Bon Dieu ! Tous ces rêves que tu nous as décrits, rien que des mensonges !

— Pas vraiment. Plutôt des rêves semi-lucides.

— Des rêves éveillés, plutôt ! Tu nous as tous pris pour des cons !

— Ne joue pas à ça avec moi, d'accord ? Avant de monter sur tes grands chevaux, rappelle-toi qu'il n'y a pas longtemps que tu t'y es mis ! Toi aussi, tu nous as pris pour des cons.

— Mais pas comme toi, en inventant des superproductions pornographiques en Technicolor avec des tonnes de figurants ! Bon sang, et dire que j'ai tout avalé ! Et les autres aussi. Je vais tout leur raconter, et ça les fera bien rire. Surtout Brad !

— Tu ne diras rien. Une seule chose importe, c'est que c'est arrivé. *J'y suis arrivée.*

— Je vais tout raconter ! La grande rêveuse lucide, mon œil ! J'ai hâte de voir la tronche qu'ils vont tirer !

— Tu ne feras pas ça.

Elle prit son pénis entre ses mains et le roula comme de la pâte à pain. De grandes rafales de pluie battaient les carreaux, repoussant la fenêtre mal fermée, trempant les rideaux et les livres éparpillés.

— Voici l'église et voici le clocher, dit-elle.

Il promit de ne rien dire.

CHAPITRE VI

Nos rêves nous apprennent ce qui nous fait défaut.

W.H. Auden

Après cette nuit, Ella cessa son petit jeu de « Je suis plus lucide que toi ». Elle apprenait rapidement, et ses dons se développèrent très vite. Elle réussit à cacher la vérité aux membres des séminaires et, si le ton plus modéré de ses nouveaux rapports éveillèrent quelques soupçons, personne ne les exprima à voix haute. Cependant, une hiérarchie s'était spontanément développée au sein du groupe, et Lee, Ella, Brad et Honora apparurent être les plus doués, en tout cas les seuls à pouvoir influencer le cours de leurs rêves. Chacun d'entre eux progressa sans effort particulier : dès qu'ils eurent maîtrisé la technique permettant de faire apparaître de petits objets, ils entreprirent de modifier les décors et les endroits où se déroulait le rêve.

Le professeur Burns finit par admettre que, malgré des années d'efforts, il n'avait jamais lui-même connu un tel état de lucidité durant le rêve et jamais pu manipuler la direction que prenait celui-ci — ce en quoi il rejoignait le commun des mortels.

— Après toute une vie d'études, je dois être un peu rouillé, remarqua-t-il après avoir confié qu'il enviait leurs capacités. De plus, je n'ai pas l'arrogante bravoure de la jeunesse qui refuse d'admettre qu'elle puisse avoir peur.

Le semestre touchait à sa fin, et les séminaires n'étaient plus très fréquentés. Burns affirma que leurs efforts, s'ils n'avaient pas éclairé la science d'une lumière nouvelle, avaient contribué à ouvrir des possibilités de recherches dans le domaine de la parapsychologie. Pour conclure, ajouta-t-il joyeusement, le parcimonieux département du budget leur offrirait néanmoins une frugale fête à base de fromage et de vin, qui aurait lieu la dernière semaine du semestre. Les étudiants se préparèrent à affronter un long été. Ella et Lee mijotaient une expédition vers les îles grecques, où ils passeraient leurs vacances à dormir sur les plages et se nourrir de tzaziki et de salades à la feta ; Honora voulait rentrer chez elle, dans la région de Fernmanagh, où elle espérait gagner quelques sous en tirant le portrait des touristes ; Brad, qui était en médecine, était retenu à l'université par son travail. Entre-temps, le mois de juin vint réchauffer les nuits durant lesquelles, du fond de leurs lits, ils contrôlaient leurs rêves.

Comme promis, tous reçurent une invitation à la soirée vin-et-fromage. Les étudiants se mirent donc sur leur trente et un et partirent pour la demeure du professeur Burns. Ils eurent la surprise de le trouver tout joyeux. Il exhorta les arrivants à se servir dans les cartons de vin qui leurs tendaient les bras, accompagnés par un buffet traditionnel de petits pains et de cubes de fromage.

— Buvez donc ! C'est sans doute la dernière fois que nous pourrons soutirer quelque chose à ces misérables grippe-sous !

Burns virevoltait autour des convives pour remplir tous les verres passant à sa portée, et jouait parfaitement son rôle d'hôte.

— Ne soyez pas si timide, Révérend Cousins, il y a un autre tonneau à vider !

Certains membres du groupe avaient amené leurs partenaires qui vinrent grossir la foule joyeuse des vingt et quelques jeunes gens profitant du flot ininterrompu de vin et remplissant la maison du bourdonnement de leurs conversations. Burns s'installa au milieu d'un petit groupe d'étudiants à qui il raconta des anecdotes et des secrets universitaires, provoquant des vagues de rires. Au bout d'une heure, il remarqua Honora, seule au milieu de la pièce, un verre de vin vide en main. Il se dirigea vers elle d'un pas aérien. De toute évidence, le professeur avait plus que profité du vin départemental. Ses yeux brillaient d'une lueur joyeuse et une longue mèche de cheveux gris s'était libérée de la touffe bien peignée ornant le sommet de son crâne et pendant sur son oreille. Il remplit le verre d'Honora à la bouteille de rouge qu'il avait en mains et lui chuchota à l'oreille :

— Mademoiselle Brennan, vous resterez ici après le départ des autres.

Il lui fit un clin d'œil, puis retourna dans son coin, là où l'attendait sa cour. Honora en resta sans voix, rougit et regarda autour d'elle pour voir si quelqu'un avait remarqué l'échange. Ella s'approcha d'elle.

— L.P. est bourré comme un coing, dit-elle.

— Je sais, il a essayé de me draguer.

— Non ! Qu'est-ce qu'il a dit ?

— Il veut que je reste après la fête.

— Alors c'est un adepte du ménage à trois, parce qu'il m'a dit la même chose.

— Qu'est-ce qu'il nous veut ?

— Qu'on le suce, sans doute.

— Pas question ! cria Honora.

Ella regretta aussitôt sa plaisanterie.

— Non, en effet. Mais c'est un vieux finaud. Il doit mijoter quelque chose.

Ella savait que Burns avait fait la même proposition à Lee, et elle sentait que Brad serait lui aussi de la fête. Et, en effet, lorsque Burns escorta les derniers invités, Brad était toujours confortablement vautré dans un canapé, sirotant sa propre bouteille de vin. Honora parut soulagée.

— Oui, servez-vous ; je ne veux pas que toutes les armes du crime restent là.

Burns avait les mains remplies de verres vides. Il retourna fermer la porte derrière lui, puis tendit son verre à Brad.

— Je voulais garder la tête froide, mais vous savez ce qu'on dit au sujet de la route des enfers et sur la façon dont elle est pavée.

— En effet.

Brad jeta un bref regard aux autres en se versant un verre.

— Exact. En attendant, vous vous demandez pourquoi je vous ai proposé de rester.

— Parce que, parmi votre compagnie de rêveurs, nous sommes les plus lucides. En tout cas, c'est le seul point commun entre nous.

— Bien vrai, convint tout le monde.

— Bien vrai. Mais la question est : vous quatre, voulez-vous poursuivre l'expérience ?

— Poursuivre l'expérience ? Comment ça ?

— Oui, Ella, continuer, dit Burns comme s'il expliquait un concept abstrait ou un mot obscur. Progresser, aller plus loin, ne pas s'en tenir là. Continuer notre étude par quelques exercices plus intensifs dans des conditions plus rigoureuses, explorer le véritable potentiel de vos... dons.

— Ça m'a l'air intéressant, dit Lee, mais j'ai l'impression que nous avons atteint les limites de nos capacités.

— Oh, je n'en suis pas si sûr. Rappelez-vous que ce n'est qu'à mi-programme que vous avez découvert que vous pouviez aussi faire des rêves lucides.

Lee regarda Ella.

— Et vous aussi, Ella. Allons, vous deux, n'ayez pas l'air si déconfits. Ce n'est pas ce qui importe ; je sais que vos derniers rapports étaient bien authentiques. Ce qui compte, c'est de savoir si vous quatre voudriez bien rester ici durant vos vacances pour commencer à travailler pour de bon.

Brad fit tourner son vin dans son verre.

— L'ennui, c'est que nous, nous ne bénéficions pas d'une subvention académique.

— Pardon ? fit Burns en dressant les sourcils.

— Il veut dire que certains d'entre nous doivent travailler, expliqua Lee.

— Je m'en suis douté. Et comme je ne veux pas vous voir vous abaisser à de tels expédients, j'ai trouvé un moyen de vous garder en tant qu'assistants temporaires. Du moins jusqu'au prochain semestre. Bien sûr, vous devrez me fournir des résultats ; mais d'après ce que j'ai pu observer de vos activités universitaires, Révérend Cousins, cela ne fera guère obstacle au succès de vos études.

— Vous voulez dire que nous serons payés ?
— Une bourse ?
— Pour *rêver ?*
— Et pour retranscrire vos résultats avec un peu plus de rigueur que vous n'en avez fait preuve jusqu'à présent.
— Et qu'est-ce que vous en retirerez, à part de voir apparaître votre nom au bas d'un article dans la *Gazette des tordeurs de cuillers* ?
— Disons que je me contenterai de peu.
— Adjugé, vendu, dit Lee.
— Nous aussi, firent les autres.
— Très bien, fit Burns en s'extrayant de son fauteuil. La semaine prochaine, nous verrons si nous pourrons établir un véritable programme.

Ella fut la dernière à traverser le vestibule. La porte était grande ouverte pour laisser passer un peu d'air frais et permettait d'entrevoir la pleine lune qui planait au-dessus du cimetière d'en face. Sa lumière éclairait d'une façon peu flatteuse le front noueux de Burns alors qu'il aidait la jeune fille à enfiler sa veste.
— Au fait, dit-elle en passant ses cheveux par-dessus son col, quand avez-vous découvert que Lee et moi avions commencé à rêver pour de vrai ?

Burns eut un sourire rusé.
— Oh, je suis un vieux finaud.

Et, sur ce, il ferma sa porte derrière elle.

CHAPITRE VII

Tout serait si bien
Si nous pouvions nous consacrer
entièrement aux rêves

W.B. Yeats

— Qu'est-ce ça veut dire, « se retrouver » avec les autres ?

Le semestre était terminé, les étudiants étaient tous rentrés chez eux, et l'été tenait ses promesses. Lee et Ella avaient abandonné l'idée d'écumer les plages des îles de la mer Égée ; les visages empâtés des touristes allemands et américains n'étaient guère avantagés par le coup de crayon d'Honora ; et les livres de médecine de Brad prenaient la poussière sur ses étagères.

Les fenêtres à guillotine étaient remontées afin de faire rentrer un peu d'air frais dans le salon de Burns. Lee tendit la main pour recevoir une des cigarettes au papier réglisse d'Ella, qui lui avait passé son habitude, et elle lui donna à contrecœur celle qu'elle venait de se rouler. Honora était assise dans un gros fauteuil, et sa robe de coton collait à sa peau moite ; elle s'éventait avec un livre de poche d'Erich Fromm qu'elle avait piqué sur l'une des étagères du professeur. Brad regardait tout ceci d'un air lugubre, les sourcils froncés, arborant l'expression d'ennui distingué qu'il cultivait ces derniers temps.

— Exactement ce que cela veut dire : arranger un rendez-vous entre vous quatre dans un endroit défini, comme vous le feriez dans votre vie normale.

— Un rendez-vous en rêve ? fit Ella sans lever les yeux de la cigarette qu'elle se roulait. Est-ce possible ?

— Il y a des précédents, fit Burns impatient. Nombreux. Obtenus en laboratoire.

— Si c'est un chemin déjà si bien débroussaillé, remarqua Brad, pourquoi recommencer encore une fois la même expérience ?

Burns avait l'air fatigué. Il appuya sa tête contre le dossier de son fauteuil.

— Je ne vois pas pourquoi je devrais justifier sans arrêt le cours de nos recherches. Si vous voulez connaître mes motivations, il vous faudra le mériter. Si vous réussissez à vous retrouver dans le rêve et y échanger une phrase, une chanson ou un proverbe, quelque chose que vous puissiez ramener comme preuve objective. Une confirmation. Un mot qui, à votre réveil, deviendra réalité.

Burns employait désormais l'argot exclusif de son petit cercle de rêveurs lucides, *en temps-rêve, en rêve, travail-rêve, langage-rêve, pensée-rêve, monde onirique,* afin de réaffirmer son autorité sur le groupe.

— C'est tout pour ce soir, trancha-t-il. Je vous remercie.

Le professeur se leva et les escorta jusqu'à la porte.

— Vous parlez d'un grincheux, fit Brad alors que derrière lui couinait un juke-box.

— C'est vrai que ta présence peut avoir cet effet sur les gens, rétorqua Ella. En tout cas, c'est le moment de justifier tous nos efforts. Décidons d'un point de rendez-vous où nous pourrons nous retrouver en rêve. D'après L.P., d'autres que nous y sont arrivés, alors pourquoi ne pas tenter le coup ? Nous sommes tous capables de changer de décor en rêve ; pourquoi ne pas convenir d'un même endroit où nous retrouver tous ensemble ?

— Ce n'est pas pareil, marmonna Brad. Il y a une différence entre changer de décor à l'intérieur de ton rêve et rassembler quatre rêves distincts.

— Ça peut marcher, j'en suis sûre, dit Honora avec un enthousiasme qui surprit les autres membres de l'assistance. Sûre et certaine. Faites-moi confiance. Choisissez un point de rendez-vous.

Tous la dévisagèrent et, pour la première fois, Ella s'aperçut de l'attraction que la jeune Irlandaise exerçait sur les deux jeunes hommes. Tous deux la regardèrent, et Honora, intimidée, détourna les yeux et porta son verre à sa bouche. Honora était celle qui parlait le moins de ses rêves, qui était la moins portée sur les spéculations, mais Ella put sentir que, d'eux tous, c'était elle qui faisait les rêves les plus élaborés. Elle parlait de ce pays étrange et différent qu'était le monde onirique comme si elle l'avait elle-même créé. Ella se sentit soudain très proche d'elle et, en même temps, ressentit une pointe de jalousie qui l'attrista.

— Honora a raison, dit-elle, rompant l'enchantement. Il faut y croire. S'il te reste quelques doutes, Brad, garde-les pour toi.

— Choisissez un point de rendez-vous, répéta Honora.

Brad tapa du poing sur la table.

— Ce pub, et de préférence après les heures d'ouverture. Comme ça, on pourra se servir.

— Sérieusement.

— Mais je suis sérieux !

Ils rentrèrent à travers le parc illuminé par une pleine lune suspendue en plein ciel. Ils passèrent devant le court de tennis et face aux cerisiers qui, quelques semaines plus tôt, étaient en fleurs. Brad hurla à plein gosier en désignant la lune.

— Voilà un bon endroit où se rencontrer en rêve !

Pour Ella, ce lieu gardait toute sa signification, et elle savait que Lee ressentait la même chose.

— Tu en es sûr ? fit ce dernier.

— Qu'est-ce que ce coin a de si particulier ?

Brad aurait voulu un décor plus frappant.

— Il est plus facile de faire apparaître un paysage qu'un décor en intérieur.

— C'est l'enfer, dit Brad.

— Et puis, je trouve que cet endroit ne manque pas d'une certaine intensité.

— Peut-être pour vous deux, insinua Brad avec un sourire, mais pas pour moi.

— Que veux-tu dire par « intensité » ? demanda Honora.

— Ils ont dû s'envoyer en l'air sous les cerisiers, rétorqua Brad. Mais nous deux, on est pas plus avancés.

— Le coin me convient, dit Honora, haussant les épaules. Là ou ailleurs.

Ainsi, ils avaient tiré leurs plans. Le groupe se sépara dans l'espoir de se retrouver bientôt dans d'autres circonstances.

Malgré les protestations d'Helena, Brad voulut absolument la raccompagner. Ella jeta un coup d'œil à Lee, qui les regardait partir.

— Pauvre Honora, dit-il.

— N'est-ce pas ?

C'était une nuit particulièrement chaude. Ils ouvrirent les fenêtres et les calèrent avec leurs livres de cours, mais même dans ces conditions, l'atmosphère restait étouffante, et ils eurent bien du mal à s'endormir. Ils restèrent allongés sur le matelas, à discuter de la nuit qui les attendait. S'ils arrivaient à se rencontrer dans le rêve, quels nouveaux univers de possibilités s'ouvriraient à eux ? L'excitation les tint éveillés jusqu'à ce que le sommeil finisse par les gagner.

Lee se réveilla. Ella était allongée en travers de son corps.

— Ça y est ? Tu y es allée ?

— Non, fit Lee, encore dans les vapes. Je n'ai même pas rêvé.

— Moi non plus. Rien de rien.

— Peut-être qu'on s'est trop vite emballés.

— Peut-être.

CHAPITRE VIII

Rêver que l'on escalade une montagne démontre la difficulté du travail qui nous attend.

Astrampsychus

Pendant un certain temps, les résultats furent des plus décevants. Non seulement tous les quatre ne purent honorer leur rendez-vous dans le rêve, mais de plus, les rêves eux-mêmes ne venaient pas. Ou du moins, ils étaient incapables de se les rappeler. Tous avaient l'impression que, pour des raisons qui les dépassaient, on leur avait soudain coupé le courant, ou qu'un plomb avait fondu, les laissant dans les ténèbres.

Afin de réactiver le circuit, ils envisagèrent plusieurs possibilités qui, toutes, échouèrent l'une après l'autre. Ella et Lee essayèrent de dormir séparément ; une autre fois, Ella disparut une ou deux heures pour revenir avec un petit carré de haschich brunâtre dans l'espoir de réveiller leur imagination assoupie ; ils se lancèrent dans un marathon sexuel qui, tout agréable qu'il fût, n'eut aucun effet ; enfin, ils se gavèrent chaque soir de nourriture difficile à digérer, de fromages forts aux noms exotiques et de légumes macérés dans du vinaigre qui leur donnèrent mauvaise haleine, mais rien d'autre. Finalement, ils en conclurent que les rêves ne pouvaient être domestiqués ; tels des chats, ils se laissaient caresser, mais disparaissaient lorsqu'ils souhaitaient leur présence et ne répondaient pas aux coups de sifflet.

Honora et Brad avaient le même problème : il ne se passait rien. Néanmoins, Honora avait une autre théorie sur la raison pour laquelle son journal des rêves accumulait les pages blanches. À son grand regret, Brad Cousins avait pris l'habitude de s'inviter dans sa chambre tous les soirs et refusait de s'en aller avant les premières lueurs de l'aube. Dans le but de combattre ses avances non déguisées, Honora se faisait une tasse de café toutes les vingt minutes afin de pouvoir mettre une certaine distance entre eux, même si la caféine était un rempart bien faible. Les insomnies qui en résultaient, pas plus que les artifices des deux autres, n'offrirent aucun remède à la crise d'amnésie qui frappait Brad et Honora.

— Reprenons tous les exercices de base, suggéra Burns. Autant repartir à zéro.

Ella étouffa un bâillement. Ils se retrouvaient de plus en plus souvent désormais, et toujours chez Burns. S'ils pensaient que les « bourses » que le professeur avait réussi à extorquer leur feraient passer un été des plus détendu, ils se trompaient. Burns s'avéra très pointilleux quant à la participation aux réunions et bombardait les étudiants de questions. De plus, il insistait pour qu'ils tiennent méticuleusement leur journal afin d'enregistrer leurs progrès au jour le jour.

— Ce que nous faisons n'a rien à voir avec du bachotage, dit-il plus d'une fois. C'est un travail, un vrai.

Burns fit tout pour faire remonter la courbe descendante de leurs progrès.

— Mais on a déjà fait tout ça, protesta Ella. Ce n'est pas ce qui nous bloque.

— Alors qu'est-ce exactement ?

— Je n'en sais rien.

— Exactement. Vous n'en savez bien. Et moi non plus. Nous en sommes tous au même point. Donc, autant repartir à zéro, reprendre la formule qui nous a permis de progresser jusqu'à ce qu'il se passe ce « quelque chose » ; et il faut tenir une chronique quotidienne de nos exercices et de leurs résultats.

— Mais il n'y a pas de résultats ! firent Brad et Lee en chœur.

— *Donc*, rétorqua Burns, nous notons soigneusement nos exercices pour constater qu'ils ne donnent aucun résultat, puis nous étudions cette absence de résultats. Enfin, mes enfants, qu'est-ce qui vous prend ?

L'irritation du professeur se faisait de plus en plus apparente. Il alla ouvrir la fenêtre.

— Tout ceci est d'un ennui, fit Honora.

— Oh ! Veuillez me pardonner ! C'est vrai que cette méthode de recherche scientifique n'est pas une grande fiesta où tout le monde s'amuse comme un petit fou. Toutes mes excuses.

— Ce n'est pas ce que je voulais dire.

— Alors pourquoi l'avez-vous dit ?

Tous quatre regardèrent le tapis d'un air lugubre.

— Bien. Donc, comme je le suggérais, nous allons reprendre les exercices originaux, répéter la procédure et générer un autre niveau de rêve lucide.

Ella marmonna quelque chose.

— Oui, Ella, je sais que vous appartenez tous à la génération du « moi d'abord » et avez l'habitude d'obtenir ce que vous voulez à l'instant où vous le voulez, du café instantané, de l'argent instantané, du plaisir instantané, un peu de ceci, un brin de cela. Eh bien, laissez-moi vous dire que cela ne marche pas comme ça dans la recherche scientifique. Il vous faudra travailler dur pour finir par arriver peut-être à quelque chose, et j'insiste sur le *peut-être*.

Il se leva et fonça jusqu'à la fenêtre, pour la refermer cette fois-ci.

— Eh bien, comme il semblerait que vous n'ayez pas l'esprit au travail, autant que vous retourniez chez vous. Revenez donc demain, si vous êtes disposés à passer aux choses sérieuses.

Ils marchèrent lentement jusqu'au bout de la rue où habitait Burns, une avenue peuplée de maisons à trois étages dont les énormes pignons chatouillaient les ténèbres.

— Qu'est-ce qui lui a pris ? fit Ella, feignant le calme, mais visiblement ébranlée.

— Peut-être qu'on l'a bien cherché, répondit Honora, s'immobilisant au coin de la rue.

— Nan, grogna Brad. C'est juste un vieux schnoque constipé qu'a pas pris sa ration de pruneaux.

— Si on veut vraiment arriver à quelque chose, trancha Lee, il faut qu'on s'y mette sérieusement.

— Ce n'est pas une question de sérieux ! s'échauffa Ella. On ne peut pas rêver sur commande. Tu ne peux pas appeler un livreur pour qu'il t'amène des rêves tous chauds sur un plateau. Il faut attendre qu'ils viennent à toi.

— Ella a raison, dit Brad. Qu'en sait Burns ? C'est nous qui lui fournissons la matière première. Lui n'est qu'un contremaître avec un stylo derrière l'oreille qui nous engueule parce que ses factures ne sont pas à jour.

Et la discussion continua, Honora et Lee se désolidarisant des autres pour prendre la défense de Burns. Puis Lee finit par douter des motivations du professeur et Ella soupçonna Honora d'intentions malhonnêtes. Ella et Lee se retrouvèrent eux aussi séparés par un mur de ressentiments qu'ils ne firent rien pour abattre lorsqu'ils se retrouvèrent seuls. Dans de telles circonstances, le projet tout entier leur apparaissait comme une obsession vaine qui ne pouvait donner rien de bon.

— Pourquoi as-tu pris la défense d'Honora ? demanda Ella alors qu'ils rentraient chez eux.

— Je n'ai pas pris sa défense : elle avait raison.

— C'est pareil.

— Je pense juste qu'on ne devrait pas jouer avec ça.

— Qu'est-ce que tu veux dire exactement ?

— Je trouve que nous ne prenons pas assez au sérieux nos recherches. Certains ne font pas assez d'efforts, et c'est ça qui nous fait faire du surplace.

— Et tu crois que j'en fais partie ?

— Parfois, oui.

Sur ce, Ella se détourna et s'élança en avant. Lee fit semblant de ne pas s'en soucier, mais n'arriva pas à maintenir cette façade bien longtemps. Il se dit qu'il pouvait la punir en ne courant pas après elle. Il rentra chez lui et alla se coucher seul, allongé dans les ombres, incapable de trouver le sommeil, se torturant en se demandant où elle pouvait bien être et avec qui. Puis, au bout de quelques jours, lorsqu'il se dit que la punition avait assez duré, il revint la voir, demandant à être admis dans sa grotte parfumée, où il fit la tête pendant quelques heures jusqu'à ce que leur différend se fonde dans l'oubli. Pour l'instant du moins.

CHAPITRE IX

> *Mais retirer le pas et se frayer un chemin à travers les airs, voilà la tâche, voici l'œuvre.*
>
> Virgile

Après le départ de ses étudiants, en refermant la porte, Burns peut déjà se figurer les réflexions d'Ella quelques secondes avant qu'elle ne les exprime aux autres. Il secoue la tête. Il est inutile de faire subir ses propres caprices à ses étudiants ; cela n'aide pas le projet et ne fait aucun bien à personne. Cela vous fait ressembler à un vieillard au bord de la sénilité, qui bave et grimace comme un clown triste. Mais qu'est-ce donc qui te ronge ainsi ?

Il retourne dans son bureau — une table près de la fenêtre et trois rangées de livres sur des étagères si hautes qu'il lui faut un escabeau pour les atteindre. Non pas qu'il consulte si souvent les volumes du haut, pas plus que ceux du bas d'ailleurs, mais la femme de ménage qui vient trois jours par semaine prend le tabouret pour faire la poussière : en effet, il refuse de laisser s'accumuler les déchets du temps qui passe sur des livres épuisés depuis longtemps, ce qui, pour lui, symboliserait le commencement des outrages de la vieillesse, le premier pas sur la pente fatale du gâtisme. Ainsi, il paie quelqu'un pour chasser la poussière de ses livres et nettoyer les fenêtres afin que l'aspect extérieur reflète l'impression qu'il veut donner de son moi intérieur. Et en ce cas, se demande-t-il, s'il est si méticuleux quant aux apparences, pourquoi s'est-il donné en spectacle devant ses étudiants ?

Il est tôt, le soleil se couche à peine ; son sale caractère, ses inexcusables sautes d'humeur ont chassé ces jeunes gens. Lequel a subi sa colère cette fois-ci, ah oui, c'est cette malheureuse Ella, il faut espérer qu'elle lui pardonnera vite, il sait qu'elle est plus sensible qu'elle ne le laisse paraître. Burns s'assied dans son fauteuil et tire ses notes de son tiroir du haut, déterminé à reporter ses observations même si ses étudiants se montrent rétifs, mais il doit les laisser tranquilles, leur donner un peu de temps, ils sont jeunes et pleins d'énergie, alors que lui se sent de plus en plus fatigué tandis qu'il tourne les pages et que son stylo parcourt la feuille blanche, laissant des griffonnages qui doivent être des mots d'anglais, mais ressemblent à une mixture d'arabe et de gribouillis qui, même s'il s'agit de rapporter des recherches où il est censé ne rien s'être passé et où rien n'a été fait, réussissent malgré tout à courir sur la page comme des vagues poussées par le vent.

Il écrit comme s'il était possédé par un esprit bavard, mais ce n'est pas le cas, car il est trop conscient de ce qu'il couche sur le papier et trop concentré pour admettre que toute autre autorité, fût-elle issue de l'au-delà, vienne s'interposer entre lui et ses débordements. Il est fatigué, certes, mais ses mains consignent néanmoins des schémas, des idées nouvelles, des pensées à demi formées, des rappels, des références et des informations, tout cela indépendamment, au-delà ou en deçà de son sens critique qui se débat pour comprendre sa propre irritation et ne trouve qu'un vide déprimant, rien qu'un malaise général que les médecins n'ont jamais pu expliquer, sinon par la vieillesse.

Burns s'interrompt et regarde par sa fenêtre ouverte, clignant des yeux face à l'horizon lointain. Le crépuscule pointe à peine dans ce tableau de sable et de soie, tombant avec une lenteur trompeuse et implacable, comme la progression de l'aiguille des minutes d'une horloge. Il allume sa lampe qui jette un halo de lumière jaune sur ses notes, respire l'air doux de ce soir d'été, et sa main arpente à nouveau l'étendue blanche de sa page.

Il doit bien s'avouer qu'il préfère la compagnie des étudiants aux prétentions infantiles de ses collègues universitaires. C'est vrai, car il a toujours redouté, et maintenant plus que jamais, de devenir le vieux birbe qu'il sent peu à peu poindre en lui. Et ces quatre-là ne sont certainement pas pires que les autres ; au contraire, il s'est pris d'une certaine affection pour eux. Peut-être est-ce là la clé de sa précipitation, du fait qu'il veuille hâter leurs pas : d'une façon tout intuitive, il croit qu'il est bel et bien en train de se passer quelque chose, qu'il y a une alchimie entre eux quatre, un courant qu'il a pu ressentir au cours des autres séminaires et dans la comparaison de leurs résultats ; rien de très rationnel, du moins pas encore, mais une étincelle et l'ombre d'une appréhension — ne parlons pas encore de peur — qui l'a surpris le jour où il s'est aperçu de leurs véritables motivations pour continuer cette expérience.

Et il reste un autre problème. Car le projet a toujours eu un double fond, telle une valise de contrebandier : les rêves lucides constituent le but avoué des séminaires (et étaient toujours un espace d'étude bien réel, qui lui fournissait des informations fascinantes), mais Burns poursuit un autre intérêt : une étude interactive de la dynamique des groupes. Bien sûr, il n'a jamais fait part de cette intention aux membres des divers séminaires afin que leur comportement ne soit pas altéré par l'observation. Et l'œil de l'espion surveillait toujours le groupe réduit à quatre participants dans le même but parallèle ; mais maintenant, l'étude des rêves était en train d'éclipser son autre dessein. Ce qui a pris Burns par surprise, l'a choqué même, c'est de constater que, face au manque de passion d'un autre pour ses recherches scientifiques, il n'ait rien trouvé de mieux que, dans sa colère, d'annuler toute une semaine de recherches.

Mais il sait que ce point mort n'est que temporaire ; les rêves ne viennent pas, certes, mais ce blocage ne durera pas. Il a certainement pour cause un facteur externe, comme le changement de dynamique dû à la réduction du groupe originel à quatre membres, ou quelque chose qui était interne au groupe lui-même. Quel que soit ce blocage, il finirait bien par se dissoudre, et les rêves reviendraient. Il avait foi en ces jeunes gens.

Les mains de Burns cessent leurs mouvements mécaniques sur la page, et il lâche son stylo. Il tousse, se reprend et pose deux doigts sur ses yeux fatigués. Toujours, le soir, avant d'achever ses notes, il pense à son épouse Lily, d'une façon tendre et abstraite. Cela fait près de dix ans qu'elle est morte, laissant une vaste absence dans sa vie, un vide qu'il n'a réussi à combler que par une dévotion accrue envers son travail. Il se laisse aller dans son fauteuil et respire les fragrances de la nuit, des arbres et des buissons du dehors, et il pense à elle, à son souvenir, et sourit en se disant que, si elle était encore là, elle viendrait passer une main dans ses cheveux et l'embrasserait en lui reprochant de consacrer tant d'énergie à ses étudiants ; et il lui confesserait qu'il s'était montré irritable sans raisons apparentes, et elle lui trouverait une excuse quelconque et lui dirait que ses étudiants devraient se réjouir d'être jugés dignes de l'attention d'un homme tel que lui. Bien des soirs où il travaille ainsi dans son bureau, et de plus en plus souvent ces derniers temps, Burns se récompense lui-même en pensant à sa chère épouse. Et jamais il ne s'autorise à considérer ses rêveries comme une expression de sa solitude.

Burns taille son crayon et inscrit sa conclusion au bas de ses notes ; sa main parcourt plus lentement la page, maintenant que la fatigue s'est emparée de lui. Puis une trace de parfum féminin entre dans la pièce, une odeur qu'il reconnaît, et il est vaguement conscient d'une présence ; puis une voix pleine de tendresse, vaguement caressante, mais elle ne fait que répéter ce qu'il a entendu bien des fois, toujours la même question, entraînant toujours la même réponse :

— N'est-ce pas assez travaillé pour ce soir, L.P. ?

— Oui, ma chérie.

Obéissant, il pose son crayon et remet ses notes dans le tiroir de son bureau.

Au-dehors, les ombres s'épaississent. Burns se lève et ferme la fenêtre. Voilà que je parle tout seul, se dit-il avec un bref sourire. Ces gamins vont me croire plus sénile encore que je ne le suis. Et il referme la porte du bureau derrière lui.

CHAPITRE X

Nos rêves sont une seconde vie.
Gérard de Nerval

C'est alors qu'il se passa quelque chose d'incroyable. Cela devait arriver le matin de leur rendez-vous suivant avec le professeur Burns. Aux frontières de l'éveil, alors que les ténèbres s'écaillaient et que des flaques de lumière s'infiltraient entre les stores et aux frontières du monde onirique, Lee était endormi dans sa chambre et faisait un rêve exceptionnellement clair, qu'il contrôlait entièrement. Il regardait ses mains et se rappelait très nettement le rendez-vous. Un murmure venu d'un endroit invisible, un message. *Vas-y.*

Il n'eut aucun mal à dissoudre le décor ambiant et se retrouva dans le parc, debout à côté du cerisier, près des courts de tennis, là où Ella et lui avaient fait l'amour pour la première fois. L'endroit était d'un calme absolu, enrobé par la lumière grise d'une fausse aube. Des tentacules de brume planaient au-dessus de l'herbe, tels des morceaux de coton effilochés par le vent. L'air palpitait d'une tension insupportable. Lee pouvait sentir physiquement l'arrivée de l'aube qui fendrait le ciel et sa lumière, ouvrant la voie à une nouvelle journée.

Il attendit. Il ne ressentait aucune impatience. Au loin, il put voir une silhouette prendre forme au milieu des brumes qui encombraient le chemin. Quelqu'un qui marchait vers lui. Ce n'était pas Ella, mais Honora. Elle paraissait incertaine, hésitante. Puis, au fur et à mesure qu'elle se rapprochait, il comprit qu'il se trompait. En fin de compte, ce n'était pas Honora, mais bien Ella. Ella qui avait réussi à trouver le chemin ! Ils allaient se rencontrer.

Lorsque Ella arriva à sa hauteur, elle sourit et tendit une main pour toucher sa joue ; elle n'était ni ombre, ni fantôme, mais bien de chair et de sang, toute chaleur et vitalité. Il pouvait sentir sa paume sur sa joue froide. Une rage surexcitée le prit ; il voulait la serrer dans ses bras et hurler. Mais, en même temps, il sentait naître en lui une sorte de paralysie, inhibant et ralentissant chacun de ses mouvements. Ses membres étaient coincés, ses muscles contractés, l'air qui l'entourait épais et comme pétrifié, l'empêchant de bouger ; et pourtant, son cerveau fonctionnait à toute allure, sa peau se hérissait et un poing se serrait dans son estomac. Il voulait hurler : ça y est ! Nous avons réussi ! Nous allons nous rencontrer ! Mais quelque chose déforma le souffle qui contenait ses mots, et d'une voix qui ressemblait bien peu à la sienne, il dit :

Il y a plus de choses sur la terre et au ciel
Que n'a su rêver toute votre philosophie.

Elle lui sourit en retour, sans un mot, sans un geste. Ils restèrent quelque temps ainsi, sans la moindre gêne, puis le rêve se dissolut.

Lee se réveilla avec une bonne migraine, mais le rêve s'était ancré dans son esprit. Il s'habilla, frémissant d'excitation, et courut jusqu'à la maison d'Ella. Avant de tambouriner à la porte, il s'adossa au mur pour reprendre son souffle, encore tout tremblant ; priant pour qu'Ella confirme le rendez-vous, et pourtant terrifié à l'idée d'apprendre que ce qu'il n'avait vécu n'était qu'une illusion au sein d'un rêve. Il trouva la porte de la maison entrouverte et alla tout droit à la chambre d'Ella.

Elle s'était déjà habillée, assise sur son lit, et écrivait dans un cahier. Elle se leva.

— J'ai laissé la porte ouverte pour toi.

— Donc tu m'attendais.

— Il y a plus de choses sur la terre et au ciel...

Lee poussa un rugissement de triomphe et s'empara d'Ella qu'il entraîna dans une gigue extatique. Puis il courut dans le jardin, bondissant et lançant son poing en l'air comme le footballeur qui vient de gagner le Mondial avant de revenir aux côtés d'Ella.

— Tu m'as appelé !

— Qui, moi ? dit Ella.

— Tu m'as appelé ; c'est toi qui as tout fait. Je t'ai entendue. C'était toi !

— Vraiment, c'était moi ?

Ella choisit de se laisser persuader.

— Réfléchissez bien, Honora. Qu'est-ce que vous avez vu qui vous a fait perdre votre chemin ?

Honora tenait ses mains jointes devant sa bouche comme si elle priait.

— Je me rendais à l'endroit du rendez-vous. J'ai vu le sentier et les courts de tennis ; puis, près des cerisiers, quelqu'un qui attendait. Je me rappelle avoir pensé que c'était peut-être Lee, mais je n'en étais pas sûre. Puis je me suis perdue. C'est tout ce que je peux dire. Je me suis perdue.

— Donc lorsque j'ai cru avoir pris Ella pour Honora, cela pouvait bel et bien être Honora qui allait au rendez-vous ? dit Lee.

— C'est possible, mais ce n'est pas là où je veux en venir. Un blocage quelconque a fait qu'Honora « s'est perdue », comme elle l'a dit ; sinon, il est clair qu'elle allait vous retrouver, Ella et vous.

— Nous pourrions tenter de la guider, suggéra Brad.

— Non, rétorqua Burns. Je ne veux pas trop hâter le processus. Nous pourrions courir le risque de déranger un processus délicat de développement du contrôle des rêves. Mon instinct me souffle qu'il vaut mieux le laisser incuber. Ella, dites-nous à nouveau ce que vous avez ressenti.

Il se pencha en avant, avide.

— J'avais *le savoir*, comme nous en avons déjà parlé, ce savoir qui fait partie du rêve. Ce sens qui est bien plus qu'une croyance, une certitude que les choses sont ainsi et pas autrement ; et en ce sens, je savais que Lee était là, à m'attendre. Pas de doute. Je n'ai même pas pensé à Honora ou Brad. L'excitation était trop forte. C'était un mélange d'allégresse et d'appréhension, et c'est ce qui a provoqué l'espèce de paralysie que nous avons tous deux ressentie. (Lee acquiesça vigoureusement.) C'était aussi quelque chose de sexuel ; nous en avons parlé et conclu que cette sensation rappelait l'approche de l'orgasme. Tout, même la sensation la plus infime, paraissait extrêmement stimulant, et ce qui était excitant l'était au point de devenir insupportable. Voilà pourquoi nous n'avons pour ainsi dire pas bougé : ce sentiment nous paralysait. Je n'ai rien pu faire de plus que toucher le visage de Lee ; et c'était vraiment le summum. Voilà pourquoi, lorsque nous avons cité Shakespeare, ses mots me sont apparus comme ce qui avait été dit de plus profond, de plus intelligent et de plus adéquat à la situation. L'impact s'est atténué, mais sur le moment, c'était incroyable.

— Et comme je l'ai dit, je n'y étais pour rien, ajouta Lee. Je n'essayais pas de me montrer si malin. Je voulais dire « salut Ella » et c'est la citation qui est sortie.

— Ce qui est remarquable, observa Burns, c'est que non seulement vous vous êtes rencontrés, comme convenu, mais que vous vous êtes aussi passé un cadeau, un message que vous avez transféré dans la réalité objective du monde réel. Je ne sais pas si vous réalisez ce que vous avez fait. Vous avez foré un passage dans la membrane qui sépare le monde du rêve de celui du réveil. Maintenant, il faut que ce passage reste ouvert, et qu'Honora et Brad rentrent eux aussi dans le système.

« Donc : pourquoi avoir choisi cet endroit ? Est-ce qu'il a une résonance particulière pour Lee et Ella mais pas pour Brad et Honora ? Ce qu'il nous faut, c'est trouver un arbre où vous quatre pourrez, disons, graver vos initiales. J'y réfléchirai. Entre-temps, voyez si vous pouvez renouveler l'expérience. Vous devriez pouvoir surmonter cette paralysie que vous avez décrite. La faculté de penser, d'évoluer et d'agir sur le rêve comme vous le feriez dans le monde réel doit vous être accessible. Brad, Honora, vous devez vous familiariser avec cet endroit particulier du parc. Pour l'instant, c'est tout ce que je peux vous conseiller. Peut-être en viendrons-nous à un stade auquel je ne pourrai plus vous donner de conseil. Après tout, vous êtes les praticiens, et mes quelques théories sont de plus en plus à la traîne. Tout ce que je peux vous offrir, c'est une critique objective de l'expérience décrite, une évaluation à distance. Maintenant, je suis fatigué. Ce fut une grande journée. »

Depuis que les quatre étudiants sont partis, Burns est courbé sur son bureau, sa fenêtre ouverte pour accueillir l'arrivée des ténèbres et les odeurs d'herbe et de terre gorgés de lune. Sa lampe jette un cercle de lumière sur le papier et illumine sa main squelettique qui griffonne toujours. Le crayon murmure son histoire à la page pendant que déferle cette écriture élégante ; il murmure encore et encore, ne s'arrêtant que rarement, comme un prédateur guettant une proie, jusqu'à ce que la main se remette en action pour reprendre le travail du vieux professeur qui craint de n'avoir trouvé plus de matière à rapporter qu'il n'en aura le temps.

CHAPITRE XI

Le voyageur se repose et rêve sous mes feuilles.

William Blake

Ella n'était qu'une silhouette qui se tenait immobile à côté de l'arbre. À distance, Lee reconnut la courbe de ses épaules et la cascade de ses cheveux. Un instant plus tard, il était près d'elle, et elle lui souriait. Il se dit que ses yeux brillaient comme des joyaux, puis ils devinrent un instant en effet des joyaux, deux saphirs resplendissants, pour reprendre aussitôt leur vraie nature. Ella le toucha, et un frisson le parcourut. Ce contact faillit rompre le rêve.

Puis Ella était assise dans l'arbre ; elle était un elfe, un esprit élémental. Elle cligna des yeux ; il se retrouva à ses côtés.

— Est-ce toi qui m'as fait faire ça ? Où est-ce moi qui...

— Faire quoi ?

Dans le rêve, la communication passait par une zone intermédiaire entre la pensée et la parole. Vous aviez parlé avant même de l'avoir réalisé. Vous pensiez après avoir parlé. Toute communication semblait vouée à l'ambiguïté et l'interprétation. Chaque signification se ramifiait à l'infini.

— M'as fait monter ici, sur l'arbre.

— Sur l'arbre ?

Le magma du langage-rêve les fit éclater de rire. « Sur l'arbre » devint pour eux une expression expliquant l'état d'euphorie et de confusion absolue, parfois proche de la panique, qui s'emparait d'eux dans le rêve.

— Pourquoi toute cette brume ?

Le brouillard était une toile d'araignée luisante qui absorbait les sons, filtrait la lumière du ciel gris, détrempait l'herbe d'une rosée poisseuse.

— Pourquoi tout ce mystère ?

— Dans l'arbre de brume ?

Ils étaient ivres de rêve.

— C'est nous ! Nous ! Tu vois, Ella ? Nous avons créé tout cela. La brume. L'arbre. C'est notre propre... paysage onirique !

— Peut-on le modifier ?

— Débarrassons-nous de cette brume et faisons se lever le soleil. Penses-y. Là-bas.

Il désigna l'horizon. Ella suivit son geste et, ensemble, ils firent se lever le soleil. L'aube des rêves était rose et grise.

— Plus gros, dit Ella, et l'astre s'enfla.

— Encore !

Un soleil animé d'une pulsation lumineuse emplit le ciel de sa présence surnaturelle. La brume s'était évaporée. La rosée avait séché.

— Change de couleurs, commanda Lee.

L'énorme disque passa au rose puis au rouge sang, puis à l'orange, puis à l'or liquide. Ella eut un hoquet.

— C'est incroyable. J'ai l'impression d'être peintre ! D'être...

— ... Dieu.

Ainsi, ils marchèrent ensemble sous le soleil qu'ils avaient créé. Leur monde était encore moite de sa création. Ils avaient peur de se toucher.

— Lee. Lee, je t'aime.

— Je t'aime, Ella.

Le rêve avait une peau, un film mince qu'ils risquaient de rompre à tout moment. Il avait aussi un pouls, qu'ils ressentaient plus qu'ils ne l'entendaient, en phase avec leurs cœurs battants et avec l'énergie du soleil. Ils savaient que, lorsqu'il s'interromprait, le rêve tomberait en morceaux.

— Tu le sens ?

— Oui. Comme quelqu'un qui essaie d'entrer.

— J'ai peur. Embrasse-moi, Lee.

Lee se tourna vers Ella. La simple idée de caresser ses lèvres était plus qu'il ne pouvait en supporter. Alors qu'il la touchait, il vit se fissurer la structure même du rêve, comme une mosaïque qui n'en finissait pas de se morceler.

Puis, soudain, le rêve se brisa.

Et le couple se réveilla, tremblant et épuisé.

Ils devaient se rencontrer bien d'autres fois dans le rêve, avec toujours cette même intensité, mais inhibée par une impression de flou, d'irréel, échappant à tout contrôle. Lee et Ella notèrent que la paralysie qui s'était emparée d'eux la première fois s'était dissipée, ouvrant la porte à d'autres interactions ; mais parfois, ils ressentaient l'impression d'être des figurines enchâssées dans une vitrine immobile. Chaque fois qu'ils s'efforçaient d'agir d'une façon prédéterminée, ils couraient le risque de voir s'effilocher le rêve. Mais ils faisaient néanmoins des progrès et chaque pas en avant, aussi infime soit-il, était dûment reporté au groupe et accueilli avec enthousiasme. Au fur et à mesure que croissaient l'intérêt et l'excitation des membres du groupe, ils devinrent des solitaires repliés sur leurs secrets, tels des conspirateurs.

Burns commençait à s'inquiéter : Brad et Honora n'arrivaient toujours pas à se rencontrer dans le rêve et, bien qu'ils encouragent et soutiennent les deux autres dans leur succès, ils se sentaient peu à peu exclus. Brad se fit moins horripilant et même introspectif, tant il s'efforçait de rattraper son retard. Son contrôle des rêves lucides s'était considérablement accru, tout comme celui d'Honora, mais ils ne parvenaient toujours pas à trouver un chemin vers l'endroit du rendez-vous.

— On dirait une sorte de no man's land, râla Brad. Je peux aller là où je veux, sauf dans ce coin précis. Parfois, j'ai l'impression de pouvoir me retrouver dans la Banque d'Angleterre ou au Kremlin rien qu'en claquant des doigts, mais pour ce qui est de l'endroit du rendez-vous... il est comme hors limite.

— J'ai le *savoir,* confirma Helena. Je sais qu'il est là, quelque part.

Burns avait fini par reconnaître la force de ce *savoir*

onirique dont parlait Honora, et que lui seul, parmi les cinq membres du groupe, n'avait jamais ressenti. Ce *savoir* était une sorte de compréhension fondamentale, bien plus que l'expérience concrète ou l'instinct d'une personne éveillée ; et il avait un respect absolu pour ce qu'il recelait.

— Est-ce un genre de peur ou d'anxiété qui vous éloigne du point où Ella et Lee se retrouvent ?

— Je ne sais pas. Pour nous, c'est un point neutre ; un champ de force négative ; une zone de virtualités inaccessibles.

— En ce cas, nous devons découvrir un nouveau champ ou une nouvelle zone.

— À un moment donné, j'ai ressenti une certaine peur, dit Ella. Je craignais que quelqu'un s'y introduise.

— Vraiment ?

— Puis-je vous demander quelque chose, L.P. ? demanda Ella, profitant de la bonne humeur du professeur pour se faire familière.

— Allez-y, E.I.

— Pourquoi tenez-vous tant que ça à ce que nous nous rencontrions tous les quatre ?

— Est-ce que je me mêle de ce qui ne me regarde pas ? Le rêve vous appartient-il ?

— Non, ce n'est pas ça. J'ai l'impression que vous cherchez une confirmation de ce qui nous arrive.

— Que vous ne nous faites pas confiance, compléta Lee. Voilà ce qu'elle veut dire.

— Oui, Lee, je vois très bien où elle veut en venir. Mais pourquoi ne croirais-je pas vos rapports ?

— Au début de l'exercice, nous vous avons engagé sur une fausse piste. Vous avez de bonnes raisons de vous montrer sceptique.

— Envers vous deux, je ne le suis pas. Néanmoins, peut-être excuserez-vous mon manque de crédulité, reliquat de toutes ces années à perfectionner une discipline qui n'a jamais été qu'un art tentant de se faire passer pour une science. De plus, l'animal humain a un don pour s'abuser lui-même, et la poursuite des rêves est certainement une de ses illusions favorites.

— Donc, pour parler simplement, vous croyez que nous avons tout inventé !

— Non. Certainement pas consciemment ; vous ne

vous amusez pas à raconter des contes de fées à un vieil universitaire en mal de distractions. Mais pour prendre un exemple, il existe un phénomène qu'on appelle la *folie à deux*.

— Une démence partagée par deux personnes émotionnellement liées, dit joyeusement Brad. Lorsque l'un et l'autre amplifient leur propre délire.

— Donc, nous sommes soit des menteurs, soit des fous !

— Ce n'est pas ce que je veux dire, Ella. Ni dans un cas, ni dans l'autre. Je vous en prie, ne me regardez pas comme ça ! Ce que je veux dire, c'est qu'il peut exister des états d'esprit propices à générer l'illusion. Même sans mes lunettes, je peux voir qu'il y a quelque chose entre vous et Lee. Il faut prendre en considération cet état de fait. Mais si un tiers s'incrustait dans le tableau, ce serait une confirmation supplémentaire.

— Donc, si une deuxième personne voit la licorne qui vit dans les bois, elle n'existe toujours pas, dit Lee. Mais si un troisième témoin l'aperçoit, c'est un fait scientifique !

— Bien que je croie moi-même fermement en l'existence des licornes, j'affirme que ces trois témoins feraient mieux de se faire examiner le cerveau !

Tous éclatèrent d'un rire qui se fit un peu plus long qu'il ne l'aurait fallu. Le professeur conclut la session :

— Disons qu'il est plus difficile de partager ses illusions entre trois personnes qu'à deux.

Quoi qu'il veuille dire, tous le crurent sur parole.

Trois jours plus tard, ils revinrent chez le professeur et le découvrirent d'excellente humeur. En ouvrant une bouteille qui devait être réservée pour la soirée de fin de trimestre, il annonça ses intentions :

— Il est temps pour vous de trouver cet arbre dont je vous ai parlé.

— Quel arbre ?

— Celui sur lequel vous allez graver vos initiales. Ce qui veut dire que nous allons changer de lieu de rendez-vous. Il faut choisir un endroit avec lequel vous êtes associés tous les quatre, susceptible de devenir un nouveau point focal. Nous allons tous partir en vacances. C'est l'été, après tout.

— Ouais ! Quand ça ?

— Demain. Pourquoi pas ? C'est le jour du solstice d'été. La météo est particulièrement encourageante, et je connais un très joli coin où nous pourrons passer deux ou trois jours de détente.

— De détente ! Super ! C'est où ?

— Vous verrez bien. Le but sera d'y passer quelques jours en toute tranquillité, à admirer le paysage ; ce qui permettra de resserrer les liens du groupe, nous associer à cet endroit, absorber un peu de sa nature... vous ai-je convaincu ?

— Nous sommes convaincus ! Allons-y !

Le lendemain matin, ils se serrèrent dans la Morris Minor du professeur et partirent en direction du sud. Burns conduisait sa voiture adorée avec une lenteur et une attention exaspérantes. Le soleil se fit brûlant, aspergeant les chromes de la Morris et faisant mijoter ses passagers. Les jambes nues des filles collaient au cuir des sièges et Lee et Brad enlevèrent tous deux leurs T-shirts pour mieux transpirer. Burns, en chemise et cravate, pull et costume de tweed, se cramponnait fermement au volant, résistant héroïquement à chaque fois qu'il pouvait accélérer et refusant de préciser leur destination.

À Coventry, il tourna dans un sens interdit et se retrouva face à une horde de voitures. Un policier passa la tête par sa vitre et lui cria de faire marche arrière. On nota son numéro et Burns, qui pas un instant ne se départit de son calme ni de sa politesse, fut convié de se présenter d'ici deux semaines dans un commissariat quelconque, muni de son permis de conduire.

— Voilà un événement bien malheureux, marmonna-t-il lorsqu'ils reprirent la route.

— Ce n'est rien, le rassura Brad. Vous n'avez qu'à aller leur présenter votre permis, votre assurance et tout le tremblement.

— Je n'en ai pas. De permis, je veux dire.

— Quoi !

— Ni aucun des papiers qu'il m'a demandés. L'assurance et tout le tremblement.

— Hé !

— Je ne sors ma voiture qu'une ou deux fois par an et je fais le tour du quartier pour dérouiller le moteur.

Je refuse de l'assurer pour si peu. Pensez-vous que cela va me causer beaucoup de tracas ?

— Continuez, dit quelqu'un. Essayons de ne pas y penser.

— C'est vrai ; mort aux vaches ! hurla Ella par la vitre ouverte avec une telle ardeur révolutionnaire que Burns, étonné ou tout simplement inspiré, conduisit un peu plus vite.

Ils atteignirent Brecon Hill vers midi et Burns les conduisit à une maison isolée qui, dit-il, appartenait à un collègue. L'endroit était des plus rudimentaires, une sorte de résidence secondaire à l'équipement spartiate. Ils se dépêchèrent de dévaler les escaliers pour se partager les chambres, Ella et Lee en prenant une pour eux deux, Honora une autre pour elle seule et Brad acceptant de bonne grâce un campement provisoire, afin que L.P. n'ait pas à cavaler avec les autres pour se réserver la chambre du rez-de-chaussée. Le voyage semblait avoir épuisé le professeur, et il se laissa tomber sur le premier fauteuil venu. Lorsque quelqu'un cria que ni la douche, ni la baignoire ne fonctionnaient, il prit un air perdu et, sur un ton d'excuse, précisa qu'ils pourraient se baigner dans un lac, à quatre ou cinq kilomètres de là.

Ella se rendit compte de sa grande fatigue et s'approcha de lui.

— Tant pis. Nager dans le lac sera beaucoup plus amusant. Et la maison, le paysage sont formidables.

Ces mots parurent le rassurer, et il se força à sourire. Les autres comprirent qu'il leur faudrait se calmer un peu les jours suivants s'ils ne voulaient pas se retrouver avec un invalide sur les bras.

Ils le prirent au mot, et Brad réussit à le persuader (à force de promesses plus extraordinaires les unes que les autres) de lui laisser les clés de la voiture pour qu'ils puissent aller au lac. Tous se tassèrent à nouveau dans la Morris Minor non assurée, emportant un transat pour que Burns puisse s'y installer pendant qu'ils pataugeraient tout leur saoul. Le professeur râla, prétendant qu'ils le traitaient comme un infirme, mais parut touché par leur considération.

Le lac était frais et accueillant. Ils garèrent la voiture sur le bord de la route et marchèrent jusqu'à sa rive verdoyante. Un vieux chêne se penchait par-dessus les eaux, ses racines et ses branches plongeant dans les eaux sombres. Ils s'installèrent sous une rangée de saules pleureurs qui se trempaient eux aussi dans le lac. Une spirale d'hirondelles surexcitées, ivres de leur propre virtuosité, effectuèrent des figures aériennes étourdissantes au-dessus de leurs têtes.

On installa avec cérémonie le transat de Burns. Ce n'est que lorsqu'il fut confortablement installé que les étudiants se déshabillèrent et plongèrent dans l'eau. Il les regarda nager et étala leurs serviettes sur le sol. Puis il retourna à sa chaise et ne tarda pas à s'assoupir.

Il ne se réveilla que deux heures plus tard. Le soleil s'était éclipsé. Tout l'univers semblait endormi. Le lac avait communiqué sa torpeur à l'atmosphère de cette après-midi. En baissant les yeux, il vit quatre jeunes corps alanguis et quatre visages juvéniles tournés vers lui en souriant, comme s'ils attendaient qu'il leur fasse un discours.

— Avez-vous fait de beaux rêves lucides, L.P. ? demanda paresseusement Ella.

— Vous parliez dans votre sommeil, reprit Honora.

— On a tout entendu, fit Ella en riant. Même les noms.

— Lilly ? J'ai prononcé celui de Lilly ?

— Oui.

Burns sourit et se radossa à sa chaise.

— Lilly était ma femme. Vous savez, cela fait dix ans qu'elle est morte. Ces derniers temps, je rêve souvent d'elle. Ce sont de doux rêves. Nous venions très souvent ici, année après année. L'endroit est toujours aussi beau et calme. Il n'a pas changé. Voilà pourquoi j'ai tout de suite pensé à lui.

— C'est superbe, dit Honora.

— Avant de rentrer, nous pouvons passer quelques moments agréables. Il devrait y avoir une barque dans la cabane. Nous pouvons l'amener ici, ou plutôt, *vous* pouvez vous en charger. Il y a des cannes à pêche, si cela vous tente. Ou nous pouvons nous promener dans les bois.

Tous confirmèrent qu'il avait bien choisi son endroit : calme, isolé, tranquille.

Les trois jours se succédèrent de façon idyllique. Le soleil était de la partie, et le temps parut s'arrêter. Ils nagèrent dans le lac, pique-niquèrent sous le chêne, se promenèrent en barque ou firent de longues marches dans le bois, le long d'étroits sentiers entourés d'herbes géantes, leur conversation à peine interrompue par le vacarme d'un pivert invisible. Burns aimait prendre chacun seul à seul pour le défier avec une tendre ironie.

En revenant de ces promenades, chacun hochait la tête devant l'étendue de son savoir et attendait qu'il s'endorme pour communiquer aux autres l'impression générale qu'il avait retirée de leur discussion. Burns semblait capable d'aborder n'importe quel sujet, de s'emparer de leurs arguments et les pousser jusqu'au bout avant de les démonter en émettant un avis contraire. Lee s'émerveilla de son analyse psychosexuelle des contes de fées, et ils arpentèrent la forêt en débattant de l'imagerie érotique de la Belle et la Bête ; Ella pouvait passer des heures à l'écouter analyser l'histoire des révolutions ou monologuer d'une façon sarcastique sur la psychologie du fascisme ; Honora découvrit en lui un expert en surréalisme ; et Brad passait sans fléchir du football à l'industrie pharmaceutique. Bien qu'ils ne vissent pas la moindre licorne dans ces bois denses et imprégnés de senteurs, ils ne s'en seraient pas étonnés, tant ils baignaient dans l'irréel.

Burns se contentait de rester dans sa chaise longue, et observait la tournure — fort prévisible — que prenaient les événements. Le comportement des quatre jeunes étudiants n'avait rien pour étonner ce grand investigateur des comportements humains, mais il vit — et fut le seul à le percevoir — que la liaison entre Lee et Ella était déjà condamnée, trop brûlante pour ne pas se consumer d'elle-même ; il vit les avances persistantes et peu subtiles que Brad faisait à Honora, qui le rembarrait gentiment mais fermement. Il étudia l'intérêt bien caché que Brad portait à Ella, qu'elle reconnaissait et traitait par le mépris alors que Lee n'y voyait que du feu ; et l'affection tendre que se réservaient Lee et Honora, sujet de plus de spéculations de la part des autres que d'eux-mêmes.

Et, alors qu'il regardait tout ceci avec un intérêt mêlé d'affection, le plaisir qu'ils retiraient de ces quelques jours de détente n'en sortait que grandi et non diminué. Comment pouvait-il en être autrement, alors que l'endroit lui-même ressemblait à un rêve ? Mais, au-delà de ce que pouvait distinguer son œil exercé, il ne pouvait deviner — et n'aurait jamais admis — la présence de ces étranges silhouettes qui croissaient et encerclaient de plus en plus étroitement le petit groupe, comme une liane enserrant un tronc d'arbre, ou comme des algues tapies au fond d'un lac qui se tendaient pour saisir les chevilles des nageurs insouciants.

CHAPITRE XII

Moi aussi, j'ai vécu en Arcadie.
Anonyme

Dans les semaines qui suivirent, le groupe réussit à se rencontrer quatre fois dans le rêve, et ce sans effort particulier. L'endroit du rendez-vous onirique, c'est-à-dire le site où ils avaient passé leurs courtes vacances, était facile à évoquer même durant leurs rêves les plus ordinaires. Ils promirent de s'y retrouver, et tinrent leurs engagements.

Tous brûlaient d'impatience et n'avaient qu'une seule envie, celle de replonger dans le rêve. Mais Burns prêcha la modération : il insista pour qu'ils ne s'y retrouvent pas plus d'une fois par semaine afin d'éviter que leur pouvoir ne s'épuise ou que la routine ne s'installe.

Pour le professeur, l'heure était aux notes interminables et aux longues séances d'analyse post-rêve : il questionnait ses quatre sujets avec une assiduité nouvelle afin d'édifier de nouvelles théories qui n'intéressaient guère que lui. Pour ses quatre étudiants, le professeur souhaitait explorer les ombres alors qu'eux n'aspiraient qu'à se baigner dans une lumière incandescente. Parfois, Burns se fit irascible, frustré de voir qu'ils n'arrivaient pas à surmonter l'enthousiasme futile qu'engendraient leurs insaisissables rendez-vous de l'autre côté du rêve.

— Il suffit d'être là-bas pour comprendre, tenta

d'expliquer Lee durant l'une des rencontres, et pour comprendre, il faut être là-bas.

Burns reposa son calepin et son crayon.

— Si je « comprends » bien, Lee, « il suffit » de quelques beaux rêves pour faire de vous un maître zen.

Il se pencha ; une barre rouge se forma sur son front et une mèche grise balaya son visage alors qu'il crachait ces mots :

— Écoutez, Dieu ou la nature vous a doté du langage le plus précis et le plus poétique qui se puisse concevoir. Vous avez à votre disposition la concision du latin et l'expressivité des langues germaniques, et vous avez eu la chance de naître dans des contrées situées au confluent de ces deux influences. Alors autant en profiter, car JE N'AI PAS DE TEMPS À PERDRE AVEC VOS CONNERIES À PEINE DIGNES D'UN IDIOT QUI AURAIT SOUDAIN DÉCOUVERT LE BOUDDHISME.

Tous restèrent cois, choqués par cette explosion. Visiblement, Burns avait appris à jurer. Mais il se radoucit aussitôt.

— Veuillez m'excuser, dit-il, l'air plus vieux et plus malade que jamais. Voilà que je me mets à radoter.

— Non, dit Lee, vous avez raison ; c'est moi qui racontais n'importe quoi. Reprenons.

— Peut-être peut-on faire une pause le temps de boire un café ? suggéra Ella.

C'est durant cette interruption qu'Honora raconta ce qui lui était arrivé le matin même :

— Je me suis réveillée, lavée et habillée, puis je suis sortie et...

— Tu t'es réveillée, compléta Brad.

— Ah, toi aussi ?

— Une ou deux fois.

— Moi, c'est plus qu'une ou deux.

Tous les quatre avaient expérimenté ce qu'ils commencèrent à appeler de « faux réveils », où ils rêvaient qu'ils se levaient et effectuaient leurs gestes matinaux ordinaires ; des songes si prosaïques qu'ils n'arrivaient pas à les distinguer de la réalité. Lee témoigna avoir vécu deux faux réveils dans la même matinée.

— On finit par ne plus savoir si on est éveillé ou pas.

— Ou si on est sur le point de se réveiller, ajouta Ella.

— C'est un effet secondaire assez intéressant, dit Burns.

Les autres ne savaient pas trop jusqu'à quel point.

L'analyse de leurs progrès se poursuivait. Ils pouvaient décrire sans mal la façon dont ils arrivaient à se retrouver dans le rêve, comment ils s'étaient touchés ou avaient discuté ou même, une fois, avaient nagé dans le lac. Mais pour Burns, ces aventures n'avaient rien de bien fascinant. Ce qui l'intéressait davantage était le fait que, dans le rêve, tout ou presque se déroulait sans qu'une seule parole soit prononcée : s'ils étaient d'accord pour aller nager, ils se comprenaient et plongeaient ; de même, si quelqu'un avait l'idée de prendre une direction quelconque et voulait que les autres l'accompagnent, l'information était transmise à un niveau mystérieux situé au-delà du langage. Burns leur proposa de se communiquer des messages durant le rêve, en général des slogans, des proverbes ou de courtes citations. Un tel exercice exigeait une discipline très stricte. Parfois, les mots jaillissaient mais, comme lorsque Lee y était parvenu pour la première fois, n'étaient pas toujours ceux que l'on voulait former. Ces résultats incertains rendaient la communication verbale instable, moins fiable que leur nouveau sens télépathico-onirique.

Burns se montra de plus en plus pressant jusqu'à ce que, finalement, ils fassent un nouveau pas en avant. Il devint possible de stabiliser le scénario onirique et de délivrer le message approprié qui, en général, franchissait la barrière du sommeil : le récepteur se le rappelait à son réveil. Mais cette transmission exigeait une grande dépense d'énergie de la part de l'émetteur comme du récepteur et, souvent, cet effort de concentration brisait le cours du rêve. Malgré cette difficulté, tous quatre finirent par savoir fort bien maîtriser le flot des rêves et transmettre ou recevoir les mots choisis par le professeur.

Il restait un inconvénient. Le développement de leurs dons s'accompagnait d'une augmentation de la fréquence des faux réveils. Parfois, cette expérience déplaisante se répétait plusieurs fois de suite. Un nouveau mot, à la signification très précise, fit son apparition dans le jargon des rêveurs : la *répétition.*

Burns se passionnait toujours autant pour cette transmission onirique ; ils finirent par s'en moquer en déclarant qu'en réalité, il travaillait pour les services secrets ou, peut-être, pour une puissance étrangère. Burns prit ces railleries du bon côté en rétorquant qu'ils ne sauraient jamais la vérité ; mais il ne se laissa pas détourner de son but. Puis il suggéra qu'un d'entre eux emporte un livre, n'importe lequel, dans le rêve et tente de le lire.

C'était une tâche bien au-delà de leurs capacités. Mais, pour un échec, ce fut un échec spectaculaire, qui fournit de nouvelles informations à Burns et engendra bien des pages de notes griffonnées.

D'abord, personne ne « pensait » à emporter un livre de l'autre côté du rêve. Ils avaient beau tout préparer et même choisir consciencieusement une œuvre d'un de leurs auteurs préférés pour la placer sur leur table de nuit, ils ne s'en souvenaient qu'au réveil, en voyant l'ouvrage oublié. Après quelques tentatives infructueuses de ce style, ils dirent à Burns que, à leur avis, les livres étaient trop « lourds » à « emporter », et Burns hocha la tête, pensant comprendre ce qu'ils voulaient dire.

Ils avaient fini par y renoncer lorsque Brad surgit soudain dans le rêve avec un livre sous le bras ; mais, à sa grande déception, ce n'était pas un texte qu'il avait choisi d'emporter. Brad et Lee l'étudièrent ensemble. Ils ouvrirent une page au hasard et lurent :

J'ai rêvé que je hantais de sombres couloirs
Mes vassaux et mes serfs à mes côtés,
Et de tous ceux qui vivaient dans ce manoir
J'étais la joie et la fierté.

Aucun d'entre eux ne reconnut ces vers, mais lorsqu'ils regardèrent à nouveau le texte quelques instants plus tard, ces mêmes lignes s'étaient modifiées et avaient pris un sens tout à fait différent :

J'ai rêvé que je hantais de sombres couloirs
Et toutes les créatures qui rampent dans le noir
Grouillaient et bavaient pour mieux me recevoir.

Cette transformation leur valut un accès d'hilarité. Mais lorsqu'ils lurent à nouveau le même texte une troisième fois, celui-ci s'était encore modifié :

J'ai rêvé que des oiseaux hantaient des couloirs
Où leurs chants s'étouffaient de désespoir.

Cette métamorphose pouvait se poursuivre à l'infini. Il leur suffisait de détourner les yeux, puis regarder à nouveau la page pour que les mots aient pris une signification différente.

Lorsqu'ils racontèrent l'anecdote à Burns, ils ne purent se rappeler le détail de ces transformations, mais affirmèrent que le texte n'en finissait pas de se modifier, ce qui ne manqua pas de fasciner Burns. Néanmoins, il finit par en conclure que leurs efforts étaient vains et que l'exercice pouvait être abandonné.

— C'est déconcertant, disait Brad. On ne sait pas si cela vaut la peine de se laver les dents le matin au cas où il faille le recommencer.

La multiplication des *répétitions* commençait à les perturber.

— Parfois, c'est vraiment l'horreur, ajouta Honora. On passe la journée entière avec l'impression qu'on va se réveiller d'un moment à l'autre. La seule fois où on sait vraiment où on en est, c'est lorsqu'on est sur le point de s'endormir. Et encore, ce peut être un rêve à l'intérieur d'un rêve.

Burns commençait à s'inquiéter, lui aussi.

— Tout ce que je peux vous proposer, c'est utiliser un signal externe à votre rêve pour vous réveiller ; un coup de fil ou, plus pratique, un réveille-matin que vous mettrez chaque soir sur une heure différente afin d'être définitivement tiré du sommeil. Sinon, peut-être devriez-vous essayer d'apprécier et de profiter pleinement de vos nouvelles « vies ».

— Merci bien, dit Brad.

Bien sûr, durant les répétitions, il était possible de rêver d'une sonnerie de téléphone, mais en général, l'avis du professeur leur fut des plus utiles : si les répétitions ne décrurent pas, l'assurance de disposer d'une porte de sortie les rendit moins effrayantes.

Puis Burns eut une illumination : il se souvint de l'impossibilité de toute lecture dans le rêve. Il leur rappela l'instabilité de l'information lue dans le monde onirique et suggéra d'avoir recours à ce test pour voir s'ils étaient éveillés ou pas. S'ils lisaient une ligne ou deux d'un livre, puis la relisaient pour s'apercevoir qu'elle ne s'était pas modifiée, ils pouvaient en conclure qu'ils étaient bien réveillés. Cette pratique s'avéra elle aussi efficace et ils l'adoptèrent pour les cas critiques. Le remède était encourageant et les aida à surmonter leur peur des répétitions.

Vint la fin de l'été, et les étudiants revinrent en masse sur le campus. Pour Honora, Lee et Ella, l'année qui suivait serait leur dernière. Le jour de la rentrée, Ella se rendit jusqu'à la maison du professeur pour lui donner ses notes. Ce fut la femme de ménage qui lui ouvrit la porte et lui annonça que le professeur avait été emmené à l'hôpital, service cardiologie.

Burns, assis dans son lit, soutenu par une pile d'oreillers, eut un faible sourire.

— Comment ai-je pu deviner que vous viendriez ?

— Je suis la seule ? demanda Ella.

Burns haussa les épaules.

— J'espérais juste que l'un d'entre vous se déplacerait.

— On m'a dit que je n'aurais que quelques minutes. Lorsque les autres apprendront ce qui vous est arrivé, ils viendront sûrement, eux aussi. Avez-vous quelqu'un qui puisse vous apportez ce dont vous avez besoin ? Enfin, je sais que non, mais enfin, bon, est-ce que je peux...

Burns semblait avoir à peine la force de tourner la tête. Il ouvrit et ferma la bouche sans émettre le moindre son. Puis il lui fit signe d'approcher et, lorsqu'elle se pencha, saisit son poignet avec une force surprenante et parla en un murmure rauque :

— J'ai rêvé. De Lilly. Mon épouse. Je vous ai parlé d'elle lorsque nous étions au bord du lac, vous vous souvenez ? Ma si jolie épouse. Vous vous étiez gentiment moquée de moi, vous vous rappelez ? Lilly.

— Oui, je m'en souviens.

— Écoutez-moi. Je rêvais de Lilly. Elle m'a embrassé,

puis m'a passé un savon. Elle m'a dit que je devrais vous ficher la paix une bonne fois pour toutes.

Ella secoua la tête, effrayée par l'intensité du regard de Burns.

— Écoutez, Ella. Je suis satisfait de ce que nous avons réussi, mais je pense qu'il vaut mieux en rester là. Lilly a raison. Comme toujours. Je veux que vous disiez aux autres que vous êtes allés aussi loin que possible et qu'il est temps d'arrêter.

Il lâcha son poignet, laissant retomber sa propre main sur le lit.

— Je ne comprends pas, professeur. Pourtant, nous ne faisons rien de mal ?

— Certes, mais je ne veux pas que vous continuiez.

— Nous avons toujours suivi vos ordres.

— C'est parfait. Maintenant, je voudrais me reposer.

— Je reviendrai vous voir demain, dit Ella sans savoir s'il n'était pas déjà endormi.

Elle retourna sur le campus et alla tout droit chez Lee. Ils s'assirent sur le lit et parlèrent du professeur Burns. Et, durant les heures sombres qui précèdent l'aube, Ella rêva — et sut qu'elle rêvait — que Burns entrait dans leur chambre. Il étendit son bras vers elle, la paume ouverte, et dit :

Il s'est réveillé du songe qu'est la vie.

Au matin, Ella appela l'hôpital. Une voix anonyme confirma ce qu'elle savait déjà.

CHAPITRE XIII

Je n'arrive pas à décider si mes rêves sont le résultat de mes pensées ou si mes pensées sont le résultat de mes rêves.

D.H. Lawrence

— Pour moi, il faut continuer, affirma Brad.

Tous les quatre s'étaient rassemblés dans la minuscule chambre de Lee. Brad regardait dans le miroir, où il semblait avoir découvert quelque chose de si passionnant qu'il n'arrivait pas à s'en détacher.

— Ça, tu l'as déjà dit au moins dix fois. Ce qu'on essaie de déterminer, c'est ce que pensent les autres.

Ella était perchée sur la seule et unique chaise disponible et regardait Honora, assise sur le lit, les genoux ramenés sous son menton. Lee était allongé sur le sol, un calendrier posé sur le ventre, et faisait des ronds de fumée.

Brad continua de s'adresser à son propre reflet.

— On en arrive juste au moment où cela commence à en valoir la peine. Si on laisse tomber maintenant, on aura fait tout ça pour rien.

— J'ai l'impression d'avoir fait une promesse à L.P., dit Ella.

— Tu n'aurais pas dû.

— Non, Brad, mais je l'ai fait. Je n'ai aucune envie d'arrêter l'expérience ; de toute ma vie, c'est ce qui m'est arrivé de plus intéressant. Mais cette nuit-là, à l'hôpital, ce que m'a dit Burns était assez effrayant. On aurait dit un avertissement. Il a vraiment insisté.

— Lee pense qu'il faut continuer, dit Brad.

— Ouaip, acquiesça Lee.

— C'est tout ce que tu trouves à dire ?

Ella jeta à Lee un regard qui se voulait intimidant.

— Ouaip.

— Et toi, Honora ?

— Je crois que nous devons continuer. Mais il faut faire attention.

— À quoi ?

— Faire attention, c'est tout.

Brad se détourna de son reflet pour faire face aux autres.

— Un dernier mot, et j'en aurai fini sur ce sujet.

— Le pied, dit Ella.

— Mais écoutez-moi bien. Vous avez vu à quel point L.P. tenait à ce projet. Pour lui, c'était devenu une passion exclusive, presque une obsession. Nous sommes sur le point de faire des découvertes capitales dans le domaine de la recherche parapsychologique ; il le savait et nous aussi. L.P. était un universitaire, et quel est le plus cher désir d'un universitaire, sinon d'entrer dans l'histoire en tant que sommité de son domaine, même s'il faut pour cela exploiter quelques étudiants talentueux...

Les autres émirent quelques molles protestations.

— Bon, bon, renâcla Brad. Moi aussi, je l'aimais bien, mais ce que je veux dire, c'est qu'il savait que ce truc recelait tout un *potentiel* qui ne demande qu'à éclater.

« Voilà pourquoi il nous a incités à travailler sur la transmission des informations. Nous étions captivés par ce qui nous arrivait, par ce qui se passait dans le rêve, tandis que lui voulait des informations. Si nous arrivions vraiment à dialoguer dans le rêve... pensez un peu aux implications ! Le téléphone serait vite aussi dépassé que les pigeons voyageurs ! Les gouvernements paieraient des fortunes pour qu'on mette nos dons à leur disposition, ils consacreraient des millions à leur développement, et qui plus est, nous leurs serions vite indispensables. Vous me suivez ? »

Personne ne répondit, alors Brad continua :

— Lee, Honora, quelle carrière est-ce que vous avez

en tête ? Le professorat ? Et toi, Ella ? Révolutionnaire à plein temps ? Ce truc pourrait devenir toute notre vie.

— J'ai pigé.

Lee écrasa sa cigarette et se redressa.

— J'ai une proposition à vous faire. Si l'un d'entre nous n'est pas satisfait de la façon dont les choses se développent et veut tout arrêter, alors nous le ferons. Tous les quatre.

— Pourquoi ? demanda Brad. Pourquoi une seule personne pourrait-elle déboulonner tous les autres ?

— Je ne peux pas m'expliquer comme il le faudrait, mais tu sais — tu *sais* — que toute cette histoire de travail onirique a quelque chose de *collectif*. Comme dans : collectivité. Dans le rêve, si l'un d'entre nous fait un geste, les autres le sentent. Nous devons rester ensemble jusqu'au bout. Voilà pourquoi je dis : quatre ou rien.

Ella et Honora acquiescèrent vigoureusement.

— C'est bon, dit Brad.

— Non, « c'est bon » ne suffit pas. Si nous continuons tous ensemble, c'est parce que nous y croyons.

— Autant pour ma promesse à L.P., soupira Ella.

— Faite sur son lit de mort, renchérit Honora.

Ainsi, ils continuèrent leurs recherches, négligeant leur dernière année de fac. Ils tentèrent de maintenir la discipline qu'avait instaurée le professeur Burns lors de leurs premières expériences. Les rencontres en rêve se déroulaient une fois par semaine, avec des objectifs bien définis et des exercices à effectuer dans le scénario onirique, tous conditionnés par son décor : le lac, le chêne et les bois. Ce qui entraînait d'intenses griffonnages, et les notes de chacun étaient ensuite mises en commun. Les rencontres post-oniriques étaient discutées et analysées et les projets enregistrés.

Mais, sans les observations détachées et le charisme du professeur Burns, toute cette rigueur finit par tourner à vide. Face à l'intensité des expériences oniriques, tous quatre commencèrent à croire que leurs notes n'étaient guère plus qu'un mausolée élevé à la mémoire du défunt. Car l'enthousiasme initial ne s'était toujours pas émoussé : dans le rêve, le frisson qu'ils ressentaient était toujours aussi intense, comme à l'approche de l'orgasme ou d'une découverte stupéfiante qu'ils finiraient bien par faire — pas encore, pas maintenant, mais qui était bien là et se dévoilerait en temps voulu.

Et le plus important était encore ce qu'ils ressentaient. Physiquement. Comme si on les avait écorchés pour exposer les terminaisons nerveuses que le moindre souffle de vent faisait vibrer. La simple proximité d'un mouvement envoyait des ondes d'excitations à travers les airs. Chaque pore brûlait de plaisir. Et pourtant, ce carnaval des sens restait teinté par une anxiété sous-jacente, une appréhension beaucoup plus sinistre. Tous la ressentaient mais, curieusement, n'en parlaient jamais. Cette crainte était toujours là, elle aussi, comme un mauvais goût dans leur bouche, et elle croissait proportionnellement au niveau de plaisir qu'ils ressentaient.

Des détails triviaux, ordinaires, paraissaient excitants, et ce qui était excitant à peine supportable. Lorsque Lee embrassait Ella et caressait sa bouche de sa langue, le matériau du rêve se brisait comme une bulle de savon qui s'élève et éclate sans un bruit. Et non pas uniquement pour Lee et Ella, mais aussi pour Brad et Honora.

Il fallait lutter contre cette intensité pour parvenir à faire passer les messages. Face aux multiples possibilités d'exploration des pouvoirs narcotiques du rêve, cet exercice devint vite fastidieux. Sans l'influence du professeur, l'intérêt qu'ils portaient à leur travail dégénéra en une recherche de jeux nouveaux qui n'avaient d'autre but que les amuser : par exemple Lee découvrit une façon d'apparaître derrière le chêne pour réapparaître à un autre endroit, comme un acteur qui peut sortir de la scène à gauche et rentrer à droite. Puis ils découvrirent la barque là où ils l'avaient laissée, échouée sur le rivage. Le faire flotter devint un de leurs passe-temps favoris. Au début, le toucher du canot brisant la surface du lac avait suffi à rompre la trame du monde onirique, mais il devint possible de la mettre à l'eau et d'y grimper avant que le rêve n'éclate comme une bulle. Tout ceci était une source d'enchantements et de surprises et, somme toute, si amusant qu'ils en oublièrent la stricte discipline de l'observation scientifique.

L'automne passa, avec son cortège de couleurs et de feuilles mortes que les étudiants remarquèrent à peine. Le dédain qu'ils montraient pour leurs études fut remarqué en haut lieu, mais les lettres d'avertissement qu'ils reçurent devinrent des certificats de bravoure dans leur entreprise onirique collective. À Noël, ils raccourcirent leurs vacances et revinrent le plus tôt possible pour reprendre leur programme de rêves.

Puis leurs expériences connurent un nouveau fléchissement qui s'introduisit si naturellement dans l'ordre des choses que, si quelqu'un s'en aperçut, il oublia d'en parler ou préféra garder le silence. Du moins pour l'instant.

Quelque part dans l'organigramme strict des rendez-vous hebdomadaires vint se glisser une seconde rencontre qui finit par s'imposer par consentement tacite. Personne n'en avait discuté dans le monde réel, et pourtant, tous les quatre ne furent guère surpris de se retrouver ensemble au bord du lac, comme s'ils avaient été amenés là par des courants ou une marée invisibles. Puis les rendez-vous non officiels se multiplièrent, passant à deux, trois ou plus jusqu'à ce qu'ils perdent toute idée de schéma un tant soit peu régulier.

La seconde perturbation fut d'un ordre plus humain. Brad finit par considérer d'un œil jaloux le comportement d'amoureux qu'observaient Lee et Ella dans le rêve. Entre-temps, Honora préservait jalousement la virginité qu'elle se croyait tenue de conserver. Jusque-là, elle avait résisté aux avances peu engageantes de Brad, autant en rêve que dans la réalité.

L'entreprise de séduction de Brad, faite dans le langage parlé/pensé du rêve — une combinaison de pensées et de murmures dans lesquels se nichaient mille ambiguïtés et malentendus — ne fonctionnait pas.

— Tu es la fille la plus veinarde au monde, lui murmura-t-il lors d'une rencontre onirique. C'est-à-dire que tu peux avoir le beurre et l'argent du beurre ; avoir une première expérience et rester vierge ; dans le rêve, ça ne compte pas...

— Vraiment ?

— Oui ! En rêve, il n'y a pas de péché...

— Ça, je n'en suis pas si sûre. Prenons plutôt le canot.

Brad refusait d'écouter la voix de la raison. Parfois, il se contentait de suivre Lee et Ella et, même dans l'immense espace du rêve, il réussissait à importuner son monde. Lee et Ella finirent par se lasser de l'intérêt qu'il leur portait dans le rêve, comme ils l'auraient fait une fois éveillés. Ce n'était pas la question de trouver un coin tranquille dans les bois ou ailleurs, parce que l'espace et la distance n'avaient pas les mêmes valeurs. S'il le voulait, et c'était souvent le cas, Brad n'était qu'à une pensée de distance ; il respirait leur air et se réchauffait à leur chaleur. Jusque-là, pas un gros mot ou une pensée acerbe ne s'était interposée entre eux dans le rêve, mais parfois, Ella mettait les points sur les i :

— Tu ne peux pas nous lâcher un peu ? On a des expériences personnelles à conduire, des expériences où on ne peut être que deux...

— Ne vous occupez pas de moi. Je prendrai des notes.

Et Ella se retourna pour parler à Brad. Pas dans le langage pensé particulier au rêve, mais haut et fort, transmettant un message immémorial et des plus explicites :

— VA TE FAIRE FOUTRE, COUSINS !

Brad fut choqué, tout comme Lee, des ondes d'énergie pure qui irradiaient de la violence exprimée par Ella. Celle-ci fut elle aussi surprise et posa ses mains sur sa bouche, comme pour contenir ce qui pouvait encore en sortir. L'air même paraissait outragé ; mais, à leur grand étonnement, le rêve absorba l'explosion verbale d'Ella, comme un obus qui aurait rebondi contre sa membrane externe. C'est lorsque Brad leur tourna le dos et, ce faisant, franchit un seuil quelconque, et que, pour lui du moins, tout ce qui les entourait disparut en fumée.

CHAPITRE XIV

Oh Dieu ! Je pourrais être enfermé dans la coque d'une noisette et me tenir pour le roi d'un espace sans limites... mais je fais de mauvais rêves.

Shakespeare

Quand les événements prirent-ils un tour néfaste ? Fut-ce avant qu'Ella n'envoie paître Brad ou peu de temps après la rupture de cette idylle onirique ?

— Cet endroit a quelque chose de pas net, dit Ella à Honora en parlant du territoire des rêves. Il n'est pas tout à fait semblable au véritable lac. Mais je n'arrive pas à mettre la main sur le détail qui cloche.

— Tout d'abord, il n'y a pas d'oiseaux.

Ella sut tout de suite que Honora avait raison. Aucun oiseau, aucun insecte ne survolait la surface du lac. Mais ce n'était pas tout : il y avait un hiatus dans la substance même de l'endroit, une distorsion cachée sous la surface des choses. C'était une présence constante, toujours en face de vous, mais qui s'enfuyait à chaque fois que vous tentiez de le discerner.

Qu'est-ce que cela pouvait bien être ?

Mais personne ne put se rappeler le moment exact où les premiers *élémentals* apparurent. Un rendez-vous percutait un autre, noyant toute tentative de chronologie, toute notion de jour et de nuit en alternance. Il n'y avait que ce soleil onirique qui ne brûlait jamais. Et plus personne ne prenait de notes susceptibles de clarifier la situation.

Maintenant, ils pouvaient maintenir le rêve assez longtemps pour que cet effort les fatigue ; ils savaient bien que ce contrôle permanent sapait leurs énergies. Cet épuisement servait de signal indiquant que, cette fois-ci, ils étaient peut-être restés trop longtemps ; il prenait la forme d'une perte de contrôle des événements, d'une confusion, d'une absence de direction. Puis vint ce jour où, au beau milieu d'un brouillard onirique intense, Honora posa sa tête sur l'herbe, sous la protection du chêne géant, et ferma les yeux.

Elle secoua sa masse de cheveux bruns et sentit sous sa nuque la caresse de l'herbe et des racines noueuses. Les rayons du soleil réchauffaient son visage. Le clapotement des eaux lui donnait une impression de calme absolu, et elle se dit qu'il était possible de s'endormir au cœur même du sommeil, de rêver au milieu d'un rêve.

Les trois autres étaient partis Dieu sait où, disparaissant de la périphérie du rêve. Elle entendit un souffle dolent, comme le bruissement des feuilles secouées par le vent, mais plus intime, presque un murmure venant du lac ou d'ailleurs, chuchotant des mots que, bien qu'incompréhensibles, elle trouva apaisants. Elle se détendit totalement. L'air charriait toutes sortes de senteurs et elle aimait le contact de l'herbe et des racines sous sa nuque, chaudes comme les doigts d'un amant, puis s'enroulant autour des boucles de ses cheveux, les caressant, les saisissant, puis l'attirant doucement dans l'herbe, au milieu des racines, au plus profond de l'humus sombre. C'était si facile de laisser faire, de se laisser entraîner au plus profond de la terre, de se fondre dans le processus alors qu'il se fondait en vous. Honora entendit alors un petit bruit d'eau, loin dans le lac, et comprit ce qui lui arrivait.

Elle dut revenir de très loin pour reprendre conscience. Combattre même. On aurait dit qu'elle devait disputer ses cheveux à la terre et aux racines qui l'entraînaient vers les profondeurs. Il était impossible de les distinguer de l'herbe, du sol et des racines, tant on avait tissé un entrelacs ravissant dans le tapis naturel qui s'étendait au pied de l'arbre.

Honora essaya de reprendre son souffle, sans paniquer, se débattit, son cœur battant dans la terre dont elle cherchait à s'arracher. Finalement, ses cheveux craquèrent et son cuir chevelu la brûla, mais elle réussit à se redresser en hurlant pour voir Brad, Lee et Ella, tous penchés sur elle.

— Était-ce un rêve, un cauchemar ? À l'intérieur de ce rêve, est-ce que tu as fermé les yeux et dormi ?

Lee aida Honora à se relever. Des boucles de ses cheveux restèrent mêlées aux racines.

L'horreur de cet événement les fit frémir jusqu'à ce qu'ils le relèguent au rang de cauchemar qui s'était infiltré dans le cours du rêve. Ils avaient tort. Ils en eurent confirmation lorsque Lee vécut à son tour une expérience similaire.

Lee et Ella avaient pris le canot et voguaient sur le lac. La proue du bateau ne fendait même pas la surface lisse des eaux. Si leur excitation restait la même, ils commençaient à ressentir la fatigue que leur causait l'effort de maintenir le rêve. Ils étaient allongés dans le canot, combattant le second sommeil, la reddition qui les ramènerait au réel ; Ella chantonnait doucement, Lee laissait tremper sa main dans l'eau. La scène était éclairée par un astre blafard qui aurait pu être la lune, mais n'était qu'un soleil languide qui brûlait sans énergie. Lee sentit comme une respiration dans les arbres ou les eaux, ou peut-être une brise s'échappant de ses propres poumons. Peut-être que le secret qu'ils cherchaient était en lui. Il était si facile de trouver la paix, de se fondre au décor, d'abandonner le combat, de devenir fluide comme l'eau qui frémissait entre ses doigts. La température de sa main baissait, le sang pulsait dans ses doigts, ses veines fuyaient, la chair se dissolvait sans douleur et communiait avec l'eau du lac en une douce séduction qui pouvait tout emporter sur son passage.

— NOOON !

Lee se redressa et hurla. Son bras était paralysé. Il lutta pour l'extirper des eaux, mais ses muscles refusaient de le libérer, et il eut un hoquet de terreur. Puis il sentit son bras se libérer dans un bruit évoquant un journal qu'on déchire, et la douleur le cloua sur place.

— Qu'est-ce qu'il y a ? Qu'est-ce qui s'est passé ?

Le hurlement de Lee avait surpris Ella, et elle se leva pour prendre sa tête entre ses mains.

— Je ne sais pas, je ne sais pas.

Lee, horrifié, regarda les fines traces de sang qui se diluaient déjà dans les eaux sombres.

— Je veux m'en aller...

Et le rêve éclata.

Tous connurent des expériences similaires, quoique sous des formes différentes. Pour Brad, ce fut un accès de transpiration qui s'enfla et menaça de le faire fondre comme du plastique sur une plaque chauffante. Pour Ella, la terre transforma ses pieds en humus sombre, comme si le sol voulait l'absorber.

Ces cauchemars lucides étaient plus terrifiants que tout ce qui pouvait rompre le cours d'un rêve ordinaire : car qu'arriverait-il si l'absorption se continuait jusqu'au bout ? Ils préféraient ne pas penser aux implications que le phénomène pouvait avoir sur le monde réel. Ainsi, ils se firent prudents. Leurs explorations du rêve se firent circonspectes, car toujours marquées par la peur d'une nouvelle attaque.

C'est Brad qui leur montra comment réagir face à ces *élémentals*. Il les convoqua tous dans le rêve.

— Regardez, dit-il.

Et il pressa la paume de sa main contre le tronc du chêne et ferma les yeux.

Tout d'abord, rien ne se passa. Puis ses ongles prirent peu à peu une couleur glauque, comme de la mousse ; la couleur envahit peu à peu ses doigts jusqu'à ce que les creux et les lignes et les phalanges de sa main se craquellent et que ses ongles de fendillent. Puis sa main absorba la texture du bois qui s'étendit jusqu'à son poignet, ses doigts devenant eux-mêmes des branches tordues, noueuses ; un arbre vivant.

— Arrête, murmura Honora.

— Pas encore.

Le bois rampant s'aventura le long de son bras, craquelant et reformant ses os en cours de route, les tordant jusqu'au coude.

— Arrête !

— Maintenant, fit Brad, et la métamorphose s'arrêta net.

Sa main restait amalgamée au tronc, et il était impossible de voir où se terminait l'arbre et où commençait la chair ; mais la métamorphose s'était interrompue.

— Vous êtes devenus feignants ! fit Brad avec mépris. Vous avez oublié l'art des rêves lucides ! Ici, le temps n'existe pas : il suffit donc de penser à rebours pour faire partir le processus en arrière. C'est aussi simple que de rembobiner un film. Regardez.

Le phénomène qui s'était emparé de la main de Brad battit en retraite de la même façon qu'il avait progressé, s'extirpant le long du bras, puis des doigts comme un long gant de caoutchouc que l'on retire, sa texture se dissolvant, la teinte verdâtre s'évanouissant jusqu'à ce qu'elle restitue sa main telle qu'elle avait toujours été.

Brad la leva pour que tous puissent voir.

— Regardez et apprenez, dit-il.

CHAPITRE XV

Il n'y a pas de loi pour juger ceux qui vivent en dehors d'elle, ni de canon qui permette de critiquer un rêve.

Charles Lamb

Dans le rêve, l'harmonie et la sécurité étaient restaurés, pour un temps du moins. Brad avait démontré un pouvoir susceptible de contrer la terrifiante influence de ces forces élémentales, et les autres réussirent à reproduire son exploit. Lee et Ella purent se remettre à leur « projet orgasme » : une expérience sexuelle leur permettant de connaître la jouissance dans le monde onirique. Mais ils avaient bien du mal à maintenir le rêve assez longtemps pour en arriver au niveau d'excitation requis. La trame semblait toujours se briser au moment crucial.

Il ne restait plus que Brad pour regarder et Honora pour résister. Brad ne tarda pas à décider que le simple fait d'être dans le rêve ne lui suffisait plus.

— Tu sais ce qu'ils font, Honora ?

— Bien sûr. Et ils aiment ça, j'espère.

— Ça n'excite pas ta curiosité ?

— De les voir faire ? Non.

— Non, non, pas de les voir faire. Mais de *le* faire. Ce qu'ils font. Ce doit être différent ici. Incroyable. Génial. Le bout du monde...

— Comment veux-tu que je le sache.

— En effet. Peut-être devrais-tu les regarder pour voir comment on fait.

— Je ne crois pas qu'ils apprécieraient d'être regardés ; et je n'aimerais...

— Allons. Il n'y a que toi et moi ici.

— Quelle perspicacité.

— Tu sais quoi ? J'ai très envie de toi.

— Ne recommence pas.

— Commencer ? Ça n'arrête pas ! Qu'est-ce que j'y peux ? Et moi, alors ?

— Pauvre Brad ; il se fait toujours rembarrer.

Ils avaient déjà eu cette discussion, dans le rêve et dans la réalité.

— Je suis vraiment si repoussant ?

— Je préfère qu'on reste amis.

— J'ai horreur de celles qui disent ça.

— Alors si tu as horreur de moi, tu ne peux pas avoir envie de moi.

Elle ne s'intéressait pas à Brad, mais savait que celui-ci était surtout attiré par Ella. Honora pouvait distinguer ce qu'Ella aurait repoussé d'un geste futile de la main ; ce que Lee préférait ne pas voir ; et ce que Brad n'admettrait jamais. Et pourtant, il n'y avait pas de doute : en secret, Brad était amoureux d'Ella, et comme il n'avait pas la moindre chance avec elle, il préférait lui opposer un masque de perpétuel antagonisme. Et lui seul souffrait de cette conspiration visant à cacher l'évidence.

Honora ressentait une certaine sympathie pour lui, car elle seule percevait son tourment. Brad ne pouvait exorciser ses sentiments que d'une façon destructrice. En présence d'Ella, il la raillait ou la défiait afin qu'elle le remarque enfin, même si c'était d'une façon négative. Ces frictions constantes lui donnaient de la force. Et lorsque Ella s'éloignait avec Lee, il tournait autour d'Honora. Il devenait un danger pour lui-même.

— Honora, pense à ce que tu rates !

— J'y ai pensé.

— Et alors ?

— Tant pis.

— C'est une expérience que les autres ne pourront jamais connaître ! C'est comme si on avait été choisi ! C'est un des grands miracles de l'existence, et nous seuls pouvons en disposer ! Ne gâche pas tout !

— Tant pis, j'ai dit.

— Tu es une petite conne de vierge naïve des campagnes qui ne sait rien à rien...

— C'est peut-être vrai, sauf que je ne suis pas si naïve que ça.

Elle se leva et s'éloigna de Brad pour aller s'adosser au chêne. Elle pensa, brièvement, à Lee et Ella, tous deux nus et enlacés au cœur des hautes herbes.

— Pas si naïve que ça, répéta-t-elle.

Car Lee et Ella n'étaient qu'à une pensée de distance, allongés sur leur lit de feuilles et de marguerites, frissonnant au contact de la respiration et du corps de l'autre. On aurait dit qu'ils avaient retiré, non pas juste leurs vêtements, mais aussi leurs peaux pour ne laisser qu'une masse de nerfs ultrasensibles prête à exploser au moindre souffle, baiser ou caresse. Ella, si sensible aux changements subtils des courants aériens qui les enveloppaient, était allongée sur Lee et passait sa langue sur son pénis durci, léchant doucement le dôme, *voici l'église,* ses lèvres passant et battant sur lui comme les ailes d'un papillon, *et voici le clocher,* Lee perdu dans une agonie de désir, s'enflant à l'infini, cette voix inconnue et extatique résonnant à ses oreilles jusqu'à ce qu'il se sente au bord de l'explosion, non pas juste de son sexe, mais aussi de son cerveau, de sa tête, de son corps, du rêve, de la vie hors du rêve, de la vie au-delà, jusqu'à ce qu'Ella le rappelle à son attention : il devait maintenir la cohésion de ce monde.

— Doucement, dit-elle. Doucement. Inspire profondément. Imagine que tu as le couteau sous la gorge et que je t'oblige à faire ça, maintenant vas-y, entre en moi...

— Prouve-le, dit Brad.

— Quoi ?

— Que tu n'es pas si naïve.

Brad se leva. Il la dévisageait ouvertement, et elle se vit incapable de détourner les yeux, hypnotisée, comme s'il maintenait sa tête dans une poignée de fer pour l'empêcher de bouger. L'air ambiant était immobile, sans un seul souffle de vent, mais elle sentit un étrange courant se lever dans ses profondeurs, quelque chose comme une brise soulevant ses boucles brunes. Bien qu'elle soit à plusieurs mètres de Brad, elle savait que c'était lui qui irradiait cette force.

— Qu'est-ce que tu fais ?

— Prouve-le-moi, répéta Brad.

— Arrête, dit Honora, toujours incapable de détourner les yeux.

Brad ne fit pas un seul geste dans sa direction, mais continua de la dévisager. Elle ne pouvait pas bouger. Elle sentit la boucle de sa ceinture de cuir se dégrafer et glisser dans les passants de sa jupe, puis s'enfuir comme quelque chose de vivant, un serpent qui tomba à ses pieds. Puis un bouton de son chemisier s'ouvrit au-dessus de sa poitrine, puis un autre, puis le suivant, et le chemisier se souleva de ses épaules, exposant ses seins au regard de Brad.

— Arrête, répéta Honora, les bras pendants, inertes, incapable de résister à la paralysie qui s'était emparée d'elle, de la combattre alors qu'elle désirait de toutes ses forces inverser ce qui se passait, comme lorsqu'elle affrontait les élémentals, mais ne trouvant pas la force requise.

— Si tu le veux, tu peux tout faire cesser, dit-il.

— Je ne peux pas bouger ! Et je ne veux pas, tu peux comprendre ça ?

— Si tu le veux...

Avait-il raison ? Pouvait-elle combattre son influence ? Elle essaya, en vain. Puis elle sentit se libérer le bouton du côté de sa jupe, descendre la fermeture Eclair, et la jupe glissa le long de ses jambes et tomba au sol. Enfin, l'élastique de sa culotte roula le long de ses cuisses et rejoignit la jupe à ses pieds.

Brad fit un pas en avant.

Contrôle. Lee luttait pour garder le contrôle du rêve, s'imaginant que les doigts d'Ella sur sa gorge étaient bel et bien un couteau, jusqu'à ce qu'ils se transforment en une lame sinistre qui lui trancherait la gorge s'il déplaisait à Ella ; *ouvre la porte,* je t'aimerai toujours, il entra en elle et elle le serra contre son corps, sa tête alanguie sur l'herbe. Cette expérience sexuelle et onirique était plus qu'il n'en pouvait supporter, comme de faire l'amour sur des fils électriques dénudés. Continue, murmura-t-elle, continue, mais il savait qu'il lui faudrait en finir ou s'arrêter ou crever le rêve. Dans ses poings, il enserrait ses cheveux à pleines poignées et les marguerites et les plantes qui poussaient autour de sa tête se mêlaient à la chevelure, et elle devint une silhouette humaine faite d'énergie chauffée à blanc, pulsant et scintillante et brûlante. Il eut l'impression de chevaucher un vent violent et, lorsqu'il sentit qu'elle allait jouir, il s'abandonna au courant et au vent et sentit la lumière jaillir par tous les pores de sa peau et le rêve implosa et tout fut terminé.

Le lendemain matin, Lee se réveilla au côté d'Ella avec une étrange sensation, comme si son corps était à la fois disloqué et revivifié. Elle était toujours endormie. Il l'embrassa, et dans ses cheveux, il trouva deux têtes de marguerites et des brins d'herbe. Il réveilla Ella pour les lui montrer.

De l'herbe et des marguerites ; des preuves ramenées du monde onirique.

Honora Brennan se réveilla seule dans son lit et repoussa les couvertures pour étudier les taches écarlates qui souillaient ses doigts, comme si une fleur ou un fruit avaient été écrasés sur les draps.

Honora passa sa main entre ses cuisses, à la recherche du sang de sa virginité déchirée.

CHAPITRE XVI

Alors je t'aurai eu comme un rêve flatteur.
Un roi dans le sommeil, et plus rien au réveil.

Shakespeare

On ne revit plus Honora dans le rêve. De toute évidence, elle avait décidé de ne plus s'y montrer. Ce qui n'avait pas dû être facile. Au début, l'entrée dans le monde onirique se faisait au prix d'une stricte discipline et de grands efforts ; maintenant, ils se retrouvaient pris dans un courant qui les y amenait automatiquement, et c'est pour *ne pas* s'y retrouver dans leur sommeil qu'il leur fallait opposer une farouche résistance.

Ella se doutait de ce qui était arrivé. Elle sentait que Brad Cousins était responsable, percevait quelque chose de maléfique en lui, mais était incapable de deviner quoi. Et pas moyen de lui soutirer la vérité.

— Qu'est-ce qui s'est passé entre vous deux ? lui demanda-t-elle pour la cinquième fois.

Ils étaient assemblés dans un pub, baignés d'un éclairage violacé et abreuvés de Tamla-Motown par un juke-box braillard. Brad se contenta de hausser les épaules.

— N'essaie pas d'ignorer ma question, Brad.

— Je n'essaie pas d'ignorer la question, je l'ignore tout court.

— Il s'est passé quelque chose dans le rêve, quelque

chose qui fait qu'elle s'est coupée de nous, et je sais que c'est ta faute.

— Comment tu peux en être si sûre ?

— Parce que tu as l'âme d'un rat d'égout.

— Calme-toi, Ella, dit Lee en revenant avec trois bières. Dis-nous ce qui s'est passé lorsque tu es allée dans sa chambre.

— Elle était là. J'en suis sûre. Elle ne voulait pas ouvrir. J'ai crié que je savais qu'elle se cachait, mais rien à faire. Elle ne voulait pas me parler. Et c'est de sa faute, dit-elle en tendant un index accusateur à quelques centimètres du visage de Brad.

— Ça fait presque cinq semaines, dit Lee.

— Tu sais de quoi je parle, hein, Brad.

— Lâche-moi. Bon Dieu, t'as qu'à aller lui demander !

— Non, je te le demande à toi.

Ella se tourna vers Lee et reprit :

— Honora refuse de nous parler, il ne nous reste donc plus qu'à cuisiner ce reptile.

Soudain, Brad laissa retomber son verre d'un geste rageur, éclaboussant la table de bière. Lee et Ella sursautèrent.

— Toi, la poufiasse, pourquoi tu fermes pas un peu ta gueule de rat jaloux ?

Et il se leva et quitta le bar, non sans donner un coup de pied dans le juke-box qui émit un glapissement, puis se tut.

— Tu l'as bien cherché, remarqua Lee.

En fait, Ella était allée trois fois frapper à la porte d'Honora, qui n'avait pas répondu. À chaque fois, la lumière était allumée et la radio jouait en sourdine, mais Honora refusait de répondre. On ne la voyait plus ni sur le campus, ni dans les amphithéâtres de la fac.

Soudain, leurs visites au pays des rêves perdirent de leur attrait. Le simple plaisir de leur présence là-bas se trouvait atténué ; ils n'en attendaient plus grand-chose, et toute la poésie de l'endroit s'était évaporée. Autrefois, le paysage onirique sentait la chèvrefeuille ; maintenant, nulle odeur ne venait réjouir sa monotonie à peine troublée par un courant d'anxiété qu'ils ressentaient plus qu'ils ne comprenaient. Ils n'en parlaient jamais, et cette angoisse croissait peu à peu comme si elle se nourrissait de leur mutisme. Toujours sans en discuter, ils finirent par résister au courant puissant qui les entraînait vers le rêve. Tout d'abord, l'effort nécessaire pour résister à ce qui leur était devenu parfaitement naturel les rebuta, mais finalement, leurs visites s'espacèrent, puis devinrent inexistantes.

Dans la réalité, les choses n'allaient pas très bien entre Lee et Ella. Peut-être cette détérioration de leur relation déteignait-elle sur leur monde onirique. Après tout, les meilleurs moments qu'ils aient passés ensemble se situaient dans le rêve et, parfois, leur propre banalité les stupéfiait.

Un beau jour, Lee regarda Ella et, au lieu de voir une prêtresse exotique, ne vit qu'une jeune fille aux chaussures usagées et au rouge à lèvres mal appliqué.

Ella se réveilla un beau matin et, là où elle avait un jour dormi en compagnie d'un jeune guerrier portant une torche brûlante dans les sombres couloirs de son esprit, elle se retrouva à côté d'un type à la barbe ébouriffée qui n'avait pas grand-chose à dire.

Les passions s'exacerbèrent lorsque Brad « avoua » à Lee qu'Ella et lui avaient parfois conclu des rendez-vous privés dans le rêve. Ce qui bouleversa Lee. Il n'aurait jamais cru qu'il pût y avoir d'autres activités oniriques en son absence.

— Il t'a menti, rétorqua Ella. C'est grotesque.

— Peut-être que c'est de ça qu'il parlait lorsqu'il t'a qualifiée de jalouse.

— Je n'y crois pas ! Alors voilà que tu préfères avaler les conneries que te balance ce gorille plutôt que de me croire moi ! Comment est-ce que tu peux me faire ça ?

Cette idée travaillait toujours Lee. Ella, elle, était livide. Ils se lancèrent dans une longue et fastidieuse dispute qui ne déboucha sur rien. Sinon qu'ils se firent la tête pendant une semaine.

Lee, poussé par quelque chose qu'il avait entendu dans un bar, tenta le premier pas vers la réconciliation.

— Elle a fait quoi ? dit Ella, blanche comme un linge.

— Avalé tout un tas de pilules. Ils ont dû lui faire un lavage d'estomac.

— Mon Dieu ! On peut aller la voir ?

— Apparemment, elle est déjà rentrée chez elle.

— En Irlande ?
— Oui.
— Quand est-ce arrivé ?
— Il y a quatre ou cinq jours.
— Mais... et ses cours ? Ses examens ?
Lee haussa les épaules.
— J'étais sûre qu'il finirait par arriver quelque chose dans ce style ! On ne lui a jamais prêté la moindre attention. On était trop obsédés par nous-mêmes.
— C'est vrai.
Ella s'assit et se roula une cigarette.
— Reste avec moi ce soir, dit-elle sans lever les yeux. La nuit, j'ai peur, et je fais des cauchemars.
Lee acquiesça.
— Tu sais bien que je veux rester avec toi.
Ils se réconcilièrent et firent l'amour. Ce qui était arrivé à Honora les rendait vulnérables, et pour un temps, ils s'entendirent bien.

Le lendemain, en fouillant dans les registres de l'université, Ella obtint le numéro de téléphone du domicile d'Honora. Le père de la jeune fille lui répondit, demanda de qui il s'agissait et alla chercher sa fille. Il revint lui dire que Honora se sentait trop mal pour aller jusqu'au téléphone, mais qu'elle allait mieux et merci de votre appel.
Lee était bien decidé à faire cracher la vérité à Brad, mais découvrit que celui-ci avait quitté sa chambre sans crier gare. Cela faisait un certain temps qu'il n'était pas venu aux cours, et aucun de ses collègues de classe ne l'avait vu depuis des semaines. Lee alla voir la logeuse de Brad, qui ouvrit la porte de sa chambre. Elle se tint devant lui, agitant ses clés et se plaignant de ses locataires étudiants pendant que Lee inspectait la pièce abandonnée. Il trouva quelques livres de médecine et tout un rayon de romans de science-fiction ; un vieil électrophone et quelques disques dépourvus de pochette ; une lampe à huile de chantier, une borne lumineuse, le dôme orange d'un lampadaire de passage clouté et d'autres trophées de la rue que, pour une raison inconnue, Brad aimait conserver chez lui ; et quelques vêtements, bien que les plus convenables aient disparu en même temps que ses valises. En tout cas, il ne restait

rien qui ait la moindre valeur. Bien qu'il ait confirmé le contraire à sa logeuse, Lee savait que Brad ne reviendrait pas.

Après la disparition de la moitié du groupe, Lee ne fut pas surpris lorsque, à la fin du semestre de printemps, il trouva un beau matin une enveloppe rose et manuscrite glissée sous sa porte.

Cher Lee,

Je t'aime toujours, mais il faut que je me reprenne en mains. Tu te rappelles, on avait prévu de visiter les îles grecques avant que tout ne tourne au vinaigre ? Eh bien, j'y vais, et je ne sais pas pour combien de temps. Peut-être qu'après ça, je reviendrai finir mes études, quoique pour l'instant, cela ne me serve pas à grand-chose, vu que je n'ai rien foutu depuis que je t'ai rencontré et qu'on s'est lancé dans ces expériences sur le rêve. Je n'ai pas le courage de te dire ça en face, ce qui explique cette lettre. Tu es quelqu'un de bien et je n'oublierai jamais ce qu'on a vécu ensemble, mais il faut que je me tire de là. Je suis en train de pleurer en t'écrivant. J'ai commencé par dire que je t'aime toujours et je le pense. Termine tes études, cela en fera au moins un sur quatre.

Ella.

Lee s'y attendait, mais fut néanmoins bouleversé. Tous quatre avaient vécu en reclus au cœur même de l'université, et maintenant, il se retrouvait tout seul. Honora était partie sur un brancard ; Brad avait filé à l'anglaise ; et maintenant, Ella se cachait. Cela faisait un an qu'ils étaient ensemble. Jour pour jour. Et il savait qu'il ne s'en remettrait jamais.

Il resta à l'université et finit ses études comme un bon garçon. Vivant comme un ermite, il se pencha sur toute une année d'études, qu'il finit par rattraper. Il travailla dur et fut récompensé par un diplôme respectable, mais sans prestige.

Il ne pensait jamais revoir les autres. Durant les premiers mois, il reçut trois cartes postales d'Ella. Elles montraient des maisons d'un blanc brillant sur fond de ciel excessivement bleu, des temples classiques et des couchers de soleil méditerranéens. De l'autre côté, il déchiffrait des messages rédigés d'une écriture serrée et difficile à lire, pleine de descriptions enthousiastes et de détours introspectifs, le tout soigneusement impersonnel. Mais Lee garda les cartes et les punaisa sur son mur, près de son oreiller, comme autant d'amulettes contre les cauchemars et de remèdes pour les souvenirs gâchés.

Il n'en reçut plus d'autres.

TROISIÈME PARTIE

Mars 1986

CHAPITRE PREMIER

Criton, nous devons un coq en sacrifice à Esculape.
Paye notre dette et ne l'oublie pas.

Socrate

— Je l'ai rêvé.
— Ça semble impossible.
— Et pourtant, c'est la vérité.

Ella et Honora, face à face, se cachent dans une des alcôves du Belfast's Crown en buvant une bière sombre et crémeuse qui laisse de fines moustaches de mousse sur leurs lèvres supérieures.

— Mais il ne s'est jamais approché de ton lit ?

— Ella, je rêvais, mais je n'étais pas soûle. À part ce jour-là, Brad ne s'est jamais approché assez près, et personne d'autre depuis. Si ç'avait été Lee, les choses se seraient peut-être passées différemment.

— J'ai toujours su qu'il y avait quelque chose entre vous deux.

— Mais, Ella, je n'aurais jamais pu te le piquer. Il ne jurait que par toi.

— Ce qu'a fait Brad était un viol pur et simple.

— Oui. Du moins c'est ce que j'ai cru à l'époque, et pendant bien longtemps. Mais j'ai repensé à ce qu'il a dit : j'aurais pu l'arrêter si je l'avais voulu. C'était un viol mental, et je l'ai laissé faire. J'y ai énormément réfléchi depuis, et je ne sais toujours pas s'il avait raison.

— Mais il t'a paralysée. Il était le plus fort et en a profité. C'est ce qui se passe dans la réalité.

— Ce n'en était pas si éloigné.

— C'est ça que j'ai du mal à avaler.

— Tu vois ! Même toi, tu ne me crois pas ! Tu as été là-bas, dans le monde onirique. Tu sais comment ça se passe, mais tu n'arrives pas à croire que je sois tombée enceinte à cause de ce qui est arrivé dans le rêve. Peut-être que cette pauvre Honora avait bu, peut-être qu'elle ne se rappelle pas, peut-être qu'elle ne veut tout simplement pas l'avouer ; ne t'inquiète pas, j'ai eu tout le temps d'y penser ! Si même toi, tu ne veux pas me croire, qui le fera ?

— Honora, je te crois ; il le faut. Comme tu l'as dit, je sais ce que c'est, mais à moi aussi, tout ceci me semble si lointain ! Parfois, je ne sais même plus ce qui est vrai et ce qui ne l'est pas.

— Tout était vrai, je te l'assure. On a confirmé le fait que j'étais enceinte.

— Mais tu as perdu le bébé ? Fait une fausse couche ? Était-ce avant ou après ton overdose ?

— Après. C'est le fait d'être enceinte qui m'y a poussée. Je devenais folle. Tu ne sais pas ce que j'ai enduré. Je pensais que je pouvais garder le bébé ; puis je me disais qu'il pouvait naître avec deux têtes ou n'avoir rien d'humain. Et moi, en bonne catholique que j'étais — à l'époque — avec ce problème sur les bras. En tout cas, ma tentative de suicide a provoqué une fausse couche. Fin du dilemme.

Ella posa sa main sur celle d'Honora.

— Tu devrais y aller si tu ne veux pas rater ton ferry.

— Est-ce que tu me tiendras au courant de ce que Lee a découvert sur qui-tu-sais ? Mais je vais te dire une bonne chose, Ella : depuis que tu es là, je n'ai pas eu de cauchemar ou de répétition. Peut-être qu'ils se sont arrêtés pour de bon. Bon Dieu, je l'espère.

— Moi aussi, Honora. Maintenant, ne va pas pleurer un bébé disparu, d'accord ?

— Non. Enfin, si elle vivait, elle me pardonnerait, n'est-ce pas ?

— Essaie de ne pas y penser.

— Tu as raison.

— Tu viendras nous voir en Angleterre ?

— J'essaierai.
— Ce n'est pas « j'essaierai », c'est « je te le promets ».
— Peut-être, quand j'aurai quelques jours de vacances... à Pâques.
— Pâques. C'est une promesse, et tu as intérêt à la tenir.
Elles sortirent du Crown, marchèrent jusqu'au parking et s'embrassèrent, ce qu'elles n'auraient jamais fait lorsqu'elles étaient étudiantes. L'âge vous amollit autant qu'il vous endurcit, se dit Ella. Elle monta dans sa Midget et s'en alla.

Elle arriva chez Lee avant minuit. Il avait entendu le bruit de moteur, et sa silhouette s'encadrait dans l'embrasure de la porte. Le vestibule sentait le curry qui mijotait sur la cuisinière ; une pointe de whisky vint s'y ajouter lorsque Ella serra la main de Lee avant de le suivre dans le salon.
Il leur versa à boire et servit le curry. Ils mangèrent en silence, puis Ella prit son verre et alla s'asseoir par terre, face au foyer, pendant que Lee massait ses épaules douloureuses. Les flammes étincelaient et dansaient d'une façon presque hypnotique.
— Donc, ce pourrait être lui ? fit Ella paresseusement.
— Possible ; il a vraiment dégringolé la pente. Je n'ai pas voulu le questionner outre mesure. Il ne m'a pas vraiment accueilli à bras ouverts. Cela fait si longtemps qu'il est en chute libre que son visage a pris la couleur du whisky.
— Mais est-ce qu'il a... rêvé ?
— Oh, ça oui ; derrière tout cet alcool se cachait un Brad épouvanté. Il a fait tout un discours sur les visiteurs indésirables, mais je ne sais pas s'il parlait de moi ou des rêves.
— Mais est-ce lui qui les fait revenir ? Est-ce qu'il est retourné là-bas ?
— Bonne question. Quels que soit ses rêves, il croit qu'ils peuvent se lever et marcher. Il n'arrêtait pas de regarder par la fenêtre le cottage abandonné d'à côté. Cherchant l'ennemi.
— Qu'en dit ton instinct ?
— Il a trop peur. Et Honora ?

— Pas de doute, elle me cachait quelque chose. Je suis sûre que c'est elle. Elle m'en a raconté juste assez pour me satisfaire et, jusqu'au bout, m'a rationné les informations. Mais elle ne m'a pas tout dit, j'en mettrais ma main au feu.

— Donc, c'est Honora.

— Je peux me tromper.

— Il faut prendre le risque. Comment s'est passé ton voyage ?

— En y allant, j'ai eu comme un pressentiment. En arrivant en Irlande, c'était déjà mieux. Une fois le choc dissipé, Honora s'est montrée très chaleureuse. Bien des souvenirs ont resurgi.

— Moi aussi, en revoyant Brad. Même dans l'état où il était.

— Des souvenirs qui nous concernaient aussi.

— Tous ?

— Tous.

Lee embrassa le cou d'Ella.

— Je n'ai jamais compris pourquoi et comment ça s'est terminé.

— Eh bien, dit Ella avec un sourire, on ne s'est jamais pardonné de n'être que des êtres humains.

— Tu es partie un beau jour, puis tu m'as envoyé trois cartes postales, et treize années ont passé.

— Ces cartes ! Je me rappelle, j'essayais de les remplir avec n'importe quoi, sauf le plus important.

Ils se turent. Soudain, Ella sentit affleurer la solitude de Lee.

— Je ne t'ai jamais oubliée, murmura-t-il. Durant toutes ces années.

— N'en parle plus. Viens. On peut rattraper le temps perdu.

Elle sourit et passa ses mains dans sa chemise.

— Tu te rappelles de notre petit jeu préféré ?

— Bien sûr.

Ella l'attira sur le tapis et ils firent l'amour. Rapidement, goulûment. Comme si rien n'avait changé, comme s'ils étaient toujours dans l'antre parfumé d'Ella et que la lumière du feu était celle de l'aube qui traversait les rideaux de leur ancien monde. Ils pouvaient être à nouveau des enfants. Ils pouvaient se croire victimes d'un repli temporel dans l'écoulement des jours, comme si ces treize années n'avaient été qu'une seule nuit, longue et froide. C'était bien de faire semblant, ensemble, et ce jeu-là n'était pas si dangereux que celui du rêve.

CHAPITRE II

— Dito, Dito ! répéta Twideuldie.
Lewis Carroll

Honora Brennan ne s'est pas encore remise de la visite inattendue de son ancienne amie. Elle a peur. Elle erre dans la maison, un verre de bière brune à la main, et avale des calmants. Dans la pièce de derrière, elle se tient devant son chevalet et retire la nappe dont elle a recouvert le tableau.

Elle s'assied sur un tabouret et contemple son travail en plissant les yeux, car la bière et les calmants lui brouillent la vision et donnent au tableau quelque chose de flou. La toile montre une scène familière : un gros chêne trapu s'étendant au-dessus d'un lac qui semble ne pas avoir de rive opposée. Mais la vue s'est comme modifiée, comme si Honora avait peint un autre pays des rêves, un monde onirique courbé sous le joug d'une autorité nouvelle dont elle ne peut deviner l'origine.

Honora recouvre le tableau avant d'avoir découvert la solution. Elle monte les escaliers vers sa chambre. Les gonds de la porte de dehors couinent, et elle regarde dans la rue. Une petite fille a escaladé sa grille et se balance, en avant, en arrière ; une gamine guère plus âgée que les élèves d'Honora, négligée, portant une robe à la coupe démodée, ses cheveux ternes encadrant des yeux tristes. La fillette lève les yeux. Honora tire le rideau.

Blottie dans les ténèbres, Honora se demande pourquoi Ella est partie si vite. Elle aurait bien voulu qu'elle reste. Peut-être ira-t-elle bel et bien en Angleterre pour la voir. Sa visite a déterré des secrets bien enfouis, des souvenirs qui, maintenant, la montrent du doigt comme des squelettes surgis de leur cercueil ; mais elle a aussi apporté une compagnie, un peu de la chaleur qu'ils partageaient autrefois dans le monde onirique.

Honora passe la moitié de sa nuit ballottée entre le sommeil, l'éveil et le rêve. Le vent secoue la fenêtre et l'effraie. Ella, Lee, Brad, le professeur Burns et d'innombrables autres voix viennent la visiter à travers le claquement de la fenêtre jusqu'à ce qu'elle se lève, exaspérée. Elle prend un livre de prières sur une étagère, arrache quelques pages, les plie et s'en sert pour caler le battant. Puis elle retourne au lit et s'endort à nouveau.

Les branches du chêne sont loin au-dessus d'elle, comme portées par la brume, et elles se balancent doucement, accueillantes ; elle se laisse emporter par le courant. Elle s'en va, c'est tout, c'est ce qu'elle a toujours souhaité, partir sans se débattre, sans encourager le courant jusqu'à ce que, comme une petite vague qui se brise sur une plage, il vous soit donné, ou que vous lui soyez offert.

Mais ce n'est pas le même territoire onirique. Le chêne est mort, les saules ne sont plus qu'un amas de branches tordues dans des poses affreuses ; l'herbe n'est qu'une couche de glace ; et le lac lui-même est entièrement gelé.

C'est ce monde des rêves qu'Honora visite depuis environ dix-huit mois, cherchant ce qu'elle ne peut comprendre. Elle fait le tour du lac en regardant les eaux gelées, attendant un signe qui ne vient pas. Elle fait quelques dizaines de mètres sur la surface du lac. Ses bottes soulèvent une couche de neige poudreuse ; la glace est grisâtre et, en dessous, se cachent des ténèbres impénétrables.

Puis, comme avant, elle entend le bruit sourd d'une explosion qui semble provenir de sous la glace ; peut-être un mouvement de la surface gelée. Puis à nouveau ce *doumph*, plus près cette fois-ci. Ce son terrifie Honora qui, pourtant, l'a déjà entendu un millier de fois.

Pour la première fois (bien que chaque fois soit une première fois), Honora voit naître de minces lézardes dans la glace, pourtant épaisse d'au moins trente centimètres. Elle voit des ombres sinuer sous la couche grise, d'étranges formes se défaire et se refaire.

Quelque chose vit dans ces eaux noires.

DOUMPH ! À nouveau ce bruit, plus près, et la glace frémit sous elle. Qu'y a-t-il sous la glace ? Quelle créature cherche donc à en sortir ?

Honora se penche pour mieux voir, puis — DOUMPH ! — cette explosion se produit à nouveau, juste sous ses pieds et cette fois-ci, la glace tremble et elle manque de tomber. Une grande fissure s'ouvre en zigzag et se dirige vers elle, passe entre ses jambes, fonçant vers le rivage. La fissure s'ouvre toute grande et Honora se met à courir, glissant sur la surface, ses jambes peu à peu paralysées. Elle ralentit sa course. Ses muscles se figent. La glace la recouvre. Elle devient elle-même une statue de givre. Ce n'est que par un monumental effort de volonté qu'elle arrive à se jeter sur le rivage et hors du rêve.

Elle se réveille en sueur, souhaitant avoir quelqu'un à qui parler, quelqu'un qui la prenne dans ses bras, une présence qu'elle se refuse pour mieux se punir. Elle pense même appeler Ella. Décroche le téléphone. Il est 4 h 40 du matin. Peut-être va-t-elle se rendre en Angleterre pour voir si Ella et Lee peuvent l'aider à se dépêtrer de toute cette folie. Elle se laisse aller sur l'oreiller, priant pour dormir en paix, mais sachant que le rêve, comme la petite fille qui se balance sur la grille, ne la visitera pas deux fois la même nuit.

CHAPITRE III

Dans le rêve du rêveur, celui dont il rêve s'éveille.

Jorge Luis Borges

Ella s'est installée chez Lee. Décision unanime, bien que pas un mot n'ait été prononcé. Tous deux se disent : laisse tomber, attends de voir, autant ne pas trop réfléchir. Ils dorment donc ensemble, enchevêtrés comme deux points d'interrogation, et combattent les assauts du rêve.

Lee retourne à son bureau et, malgré la peur et l'épuisement, tente de se mettre au travail. Ella reste chez lui en lisant des romans de poche et effectuant des tâches domestiques qui ne lui ressemblent guère : le nettoyage, les courses, la cuisine et un massage lorsqu'il revient du boulot. En échange, Lee répare la capote de la voiture.

Puis, une nuit, leurs barrières s'effondrent et ils se retrouvent tous deux dans le monde onirique. Leur rêve est lucide et, avec la même excitation fiévreuse, ils passent leurs bras autour de leurs tailles comme si l'autre pouvait à tout instant se dissoudre dans le néant. Horrifiés, ils contemplent les ruines du paysage idylliques qu'ils ont connu : les branches squelettiques, le sol durci, le lac gelé...

Face à une telle désolation, les mots leur manquent, et le rêve se brise aussitôt.

— Que s'est-il passé ? se demandent-ils dès leur réveil.

Ils ont toujours considéré ce pays des rêves comme une île privée et un havre de repos, malgré la menace qui planait lors de leurs dernières visites. Ils ont toujours cru que l'endroit était immuable, à jamais figé dans l'apparence qu'ils lui ont donnée.

— Mais qu'a-t-il bien pu se passer ?

Ce matin-là, Honora les appela pour dire qu'elle passerait bel et bien les vacances de Pâques avec eux. Elle avait pris un billet sur la ligne aérienne Belfast/Birmingham.

Ella vint la chercher à l'aéroport. Lorsqu'elles revinrent, Honora parut gênée de revoir Lee.

— Douze ans ? Est-ce possible ?

— Presque treize. Tu as l'air en pleine forme.

C'était faux. Honora était pâle et des veines bleutées saillaient sur son front et ses mains. Ses yeux étaient ternes.

Bien sûr que c'est elle, se dit-il. Regarde-la.

Ils parlèrent toute la soirée sans aborder le sujet des rêves qui, pourtant, leur brûlait la langue. Ella fit preuve de patience. Elle savait qu'Honora était venue leur dire quelque chose et attendait le moment opportun.

Ce fut le jour suivant qu'elle se décida. Ella avait emmené Honora en promenade ; tout était bon pour distraire leur attente. Le matin, elles prirent la voiture jusqu'au château de Warwick, où elles hantèrent les cachots et tournèrent autour des figures de cire en riant comme des collégiennes. L'après-midi, elles visitèrent la cathédrale de Coventry, où les nouveaux et immenses bâtiments se tenaient à côté des résidus de l'ancienne version gothique, pulvérisée par les bombes allemandes. À l'intérieur des ruines, Honora fit face à l'autel et ses poutres brûlées.

— Tu as tout compris, n'est-ce pas ? dit-elle. Tu sais que j'ai accouché.

— Tu as fait une fausse couche et perdu le bébé.

Honora se tint face à elle.

— J'ai perdu mon bébé. *Et* je l'ai eu.

— Qu'est-ce que tu racontes, Honora ?

— J'ai eu mon bébé et je ne l'ai pas eu. Tu ne comprends toujours pas ? Il faut que je te fasse un dessin ?

— Peut-être. Je pense que tu me crois plus intelligente que je ne le suis.

Elles s'affrontèrent du regard ; Ella scruta les yeux de son amie jusqu'à ce qu'elle comprenne.

— *Dans le rêve ?*

Honora ne cilla pas.

— Tu as accouché dans le rêve ? C'est impossible !

Soudain, Ella sentit le sol se dérober sous ses pieds. C'est elle qui, la première, détourna son regard.

— Tu es sûre que ce n'était pas...

— Pas quoi ? Un rêve ?

Ella prit son bras.

— Allons-y. Il faut que je m'assoie pour réfléchir.

Elles marchèrent le long des murs creux de la vieille cathédrale, descendirent les escaliers et allèrent droit vers le nouveau monument fièrement dressé contre le ciel. Là, elles trouvèrent un banc libre. Honora fixa le sol.

Comment peut-on avoir un enfant et ne pas l'avoir en même temps ? Mais c'est pourtant ce qui est arrivé.

— C'était en novembre. Un mois glacial. Papa et maman croyaient que je deviendrais folle. Peut-être qu'ils avaient raison... je me souviens de tout. Et surtout du froid. Des vents aigres, de la brume, de la pluie.

« C'était mon année sèche. L'année perdue. Après ma tentative de suicide à l'université, je n'ai rien fait, rien du tout. J'avais l'impression d'être... cautérisée. Qu'on m'avait enlevé toutes mes terminaisons nerveuses. Le printemps et l'été passèrent sans que je m'en aperçoive. Papa et maman ne me laissaient jamais en paix, j'étais obligée de les envoyer paître pour ne pas devenir cinglée. Une fois par semaine, j'allais voir un psychologue. Quelqu'un de très gentil. Je lui ai tout raconté. Je me suis ouverte comme une fleur, lui ai parlé de mon enfance, tout ça. Et il n'a pas vu que je gardais pas mal d'autres choses pour moi. »

— Tu ne lui as pas parlé des rêves ?

— Pas un mot.

— Et il n'a rien soupçonné ?

— Je ne sais pas. Pour l'occuper, je lui balançais des tonnes d'informations sur d'autres sujets. C'était comme un robinet qu'on ne peut pas fermer. Il avait l'air de s'en contenter. Mais plus je parlais, plus je gardais mon secret, et plus je le sentais croître en moi. Je savais que j'avais rendez-vous dans le rêve. Celui-ci s'enflait en moi, insistait, m'appelait.

« J'ai fini par ne plus lutter, et une nuit, je me suis retrouvée là-bas. C'est drôle, tu sais : il faisait nuit et je ne pouvais pas faire venir le jour. Et la lune était toujours pleine, et dans le rêve, je sentais cette rondeur qui croissait en moi. Tout était différent. Il faisait froid. Du gel, des nuits baignées de lune, des arbres en ombres chinoises. Et le lac était calme, comme une mer d'huile.

« Ella, j'étais morte de peur. Chaque fois que je me retrouvais là-bas, j'étais un peu plus grosse. J'ai voulu empêcher l'inévitable. Tu as déjà essayé de rester éveillée durant plusieurs jours ? Je ne te le conseille pas. Ça te brise complètement. D'abord, il y a des glissements, lorsque les mots se dérobent ou s'enchevêtrent. Puis tu n'arrives plus à faire quoi que ce soit, pas même les tâches les plus simples. Et tu perds ta concentration, tu es "ailleurs" ; puis tu te mets à rire de toi-même, mais ce fou rire n'est pas sain et il te déchire un peu plus. Tu en oublies la raison pour laquelle tu ne veux plus t'endormir. Et tu continues de te battre, alors que tu ne peux jamais gagner.

« Finalement, je me suis retrouvée dans le rêve avec l'impression que, s'il devait se passer quelque chose, ce serait ici et maintenant. Il faisait si froid. Et il y avait quelqu'un... quelque chose. Une ombre... comme un écho déplaisant. Les arbres n'étaient plus que d'affreuses silhouettes, des traits de charbon, et la lune ressemblait à une coulée de cire sur le lac. J'aurais tout donné pour ne pas être là ; et c'est alors que j'ai ressenti la première contraction. Comme une onde de choc. Mon instinct m'a guidée, et j'ai cherché un endroit où m'agenouiller. Je suis allée auprès du chêne. Je n'étais plus qu'une bête face à la lune, une louve prête à mettre bas.

« J'ai pensé à mon corps allongé dans ma chambre. Mais à quoi bon ? Je ne pouvais rien arrêter. Cela a duré des heures. Il n'y eut pas d'aube, pas de lumière. Rien que la douleur. La solitude et la douleur. Les contractions se sont multipliées et prolongées. Puis les eaux ont coulé. J'ai saisi mes chevilles et ai retenu mon souffle.

Les contractions se sont faites régulières, toutes les deux minutes.

« En me penchant en arrière, je pouvais sentir poindre la tête du bébé. Je délirais ; je croyais que le rêve allait se rompre ; non, c'est impossible, il ne viendra jamais, il n'y a rien ; et pourtant, il est venu. Comme un fer rouge, dans mes tripes. Je frissonnais de peur, de douleur ou de froid. J'ai fait sous moi, sans pouvoir me retenir. J'ai cessé de pousser et ai dû ouvrir la bouche pour respirer. Puis, lorsque je me suis remise à pousser, la tête du bébé est apparue. Je mordais littéralement l'air pour ne pas étouffer.

« Le reste du bébé a glissé, comme une bulle. Je savais que je pleurais, hoquetais, tremblais, mais mon instinct m'a guidée. J'ai arraché la membrane qui recouvrait sa bouche, puis il a inspiré et s'est mis à pleurer. Mon bébé. Il était dans mes bras.

« Après un temps, il y eut d'autres contractions et le placenta est venu. J'ai retenu ma respiration et l'ai expulsé. Puis j'ai posé l'enfant sur l'herbe gelée, ai mordu le cordon et l'ai noué comme si j'avais fait ça toute ma vie. J'ai pris le bébé et suis allée le laver dans l'eau du lac, qui était si froide, puis je me suis nettoyée.

« C'était une fille. Entière, pure, propre ; et belle. Si belle que j'ai éclaté en sanglots, épuisée et soulagée à la fois. Puis le rêve s'est brisé. »

Elle expira longuement.

— Tu as fait tout ça seule, toute seule ?

— Je n'avais pas de sage-femme sous la main.

— Mais nous y sommes retournés. Nous ne t'avons pas vue. Tu n'es jamais venue.

— Je ne suis jamais allée vers vous. Mais je n'y pouvais rien. Dans le rêve, je grossissais, même si, là en bas, mon ventre était normal. Je l'ai portée et ai accouché.

— Mais tu ne m'as jamais rien dit. Nous aurions pu t'aider. Faire quelque chose.

— Mais je ne voulais pas. Je ne voulais voir aucun d'entre vous, et surtout pas lui. Bon sang, je n'arrive même pas à prononcer son nom. J'ai accouché là-bas, sous cet arbre, et je l'ai fait en hurlant et jurant si fort que tout le rêve en a tremblé. Dieu me pardonne, quand j'ai vu l'enfant, je l'ai maudit, au milieu de tout ce sang.

Je sais que c'était affreux et que les malédictions se retournent toujours contre vous, mais c'est ce que j'ai ressenti. J'ai maudit son nom et l'ai maudit *par* son nom.

« Tu te rappelles cette fois où tu as insulté Brad dans le rêve — et il le méritait ! — avant que cela ne devienne réalité ? Des mots devenant quasiment réalité ? Eh bien, j'ai fait pareil et j'ai offert l'âme de ce bébé onirique pour sceller la malédiction que j'ai lancée sur Brad Cousins. »

— Mais ce ne sont jamais que des mots, Honora. Rien de réel. Juste des mots.

— Non, pas dans le rêve. Là, les mots *sont* réalité. J'ai maudit le bébé, je l'ai lavé, puis j'ai souhaité qu'il s'en aille. Alors le rêve s'est brisé.

— Comme toujours.

— Oui.

— Est-ce que tu y es retournée ?

— Volontairement, non. Je m'y suis fait entraîner. Je ne sais pas si quelque chose m'y attirait ou si je m'y transférais inconsciemment pour chercher le bébé. En tout cas, il n'y était pas. Je ne l'ai jamais revu.

Ella, pensive, regarda les spires de la cathédrale qui égratignaient le bleu du ciel.

— Tu vas toujours à la messe ? demanda-t-elle soudain.

— Quoi ? Tu veux rire ? Je n'y suis jamais retournée !

— Pas depuis tout ça ?

— Oui.

—Tu étais catholique pratiquante ; crois-tu que cela ait quelque chose à voir avec tes retours dans le rêve ?

— Je n'ai jamais dit ça.

— Non, en effet. Honora, tu devrais retourner à l'église.

Honora secoua la tête, étonnée.

— Je vois. Demain, c'est vendredi saint. Tu devrais aller à la messe.

— Ne va pas me dire ce que je dois faire. Depuis l'université, je n'ai plus mis les pieds dans une église et je n'irai ni demain, ni un autre jour.

— C'est important. Je le sais !

— Tu te rends compte de ce que tu dis ? Toi, athée, tu me dis d'aller à la messe !

— Je ne me prétends pas croyante ; toi si.

— J'ai perdu la foi il y a des années et je me sens beaucoup mieux ainsi, merci bien.

— Je n'y crois pas. Tu sais ce qu'on dit : catholique un jour...

— Qu'est-ce que tu peux en savoir ?

— Je sais que ce que tu as vécu aurait rendu fou n'importe qui et que tu t'en veux toujours d'avoir perdu ce bébé...

— *Avorté.*

— C'est toi qui le dis, pas moi. Et voilà où je veux en venir : tu n'arrives pas à te débarrasser de ta culpabilité, alors tu retournes dans le rêve, nuit après nuit, pour tenter d'assimiler le fait que tu as cru, ou rêvé, ou su que tu as accouché dans le rêve. C'est de culpabilité que je parle, Honora, et ton église sait ce que c'est. Elle t'offre une porte de sortie. En treize ans, tu n'en as parlé à personne d'autre qu'à moi. Il faut que tu trouves quelqu'un à qui tout raconter, quelqu'un de plus important que moi. Il faut que tu ailles te confesser !

— C'est bien joli, tout ça, mais tu ne sais pas de quoi tu parles. Tout d'abord, je n'ai ni foi ni croyance ; pour moi, cela ne signifie plus rien.

— C'est ce que tu crois ; mais n'est-ce pas là le cœur du problème ?

— Et deuxièmement, tu n'as pas idée de ce que cela représente que d'aller se confesser et d'annoncer gaillardement, en plus de quelques petits trucs véniels, une avalanche de péchés mortels. Oh non, mon père, cela fait treize ans que je ne suis pas allée à la messe, pas même le vendredi saint, puis il y a cette histoire d'avortement ou de fausse couche provoquée, c'est comme vous voulez, ah, et puis il y a aussi une toute petite tentative de suicide. Le prêtre va en faire une crise cardiaque. C'est hors de question.

— C'est ton seul moyen de t'en sortir.

— Hors de question, j'ai dit.

Elles revinrent à la maison de Lee dans un silence lugubre. Lee fit la bêtise de demander ce qui n'allait pas.

— Parles-en avec elle, fit Ella dès qu'Honora eut le dos tourné. C'est avec toi qu'elle s'entend le mieux.

Mais finalement, c'est Ella qui lui raconta toute l'histoire pendant qu'Honora faisait la tête, enfermée dans sa chambre. Lee resta assis, silencieux et désespéré. Il commençait à douter de tout et du reste. Il comprenait qu'Honora était perturbée et commençait à se poser des questions sur la santé mentale d'Ella. Le psychodrame dans lequel se complaisait ces deux folles l'inquiétait, et il ne voulait pas s'y engluer à son tour. Elle employait ses méthodes habituelles pour l'obliger à faire ce qu'elle voulait. Depuis un certain temps, il cherchait une opportunité de mettre la pédale douce, et crut l'avoir trouvée.

— Je ne sais pas ce que tu attends de moi, dit-il, mais si elle est opposée à cette idée, ça ne marchera pas.

— C'est une question de culpabilité ; le bon vieil abcès qui n'en finit pas de s'enfler et qui te dévore peu à peu. Il faut le crever. Une bonne confession fera sortir le pus et désinfectera le tout. C'est à ça que sert l'église et c'est ce qui lui manque. Ainsi, les rêves prendront fin. Parle-lui ; toi, elle devrait t'écouter.

— Si elle dit qu'elle n'a plus la foi, il faut que tu l'acceptes. Tu ne peux pas réactiver ses croyances à sa place. Ce n'est pas comme de renouveler ton adhésion au club de tennis.

— Elle est catholique, pas anglicane comme nous. On les marque au fer rouge à la naissance, ou presque.

— Je ne lui demanderai rien.

— Qu'est-ce qu'il y a ? Peu importe si elle dit avoir perdu la foi. Elle est catholique pour le meilleur ou pour le pire.

— C'est bien ce que disait le prêtre, dit Honora, qui venait d'apparaître derrière eux. J'y ai réfléchi. Tu as peut-être raison. Au moins, je peux essayer.

Ella sourit, mais uniquement à l'adresse de Lee.

CHAPITRE IV

> *Lorsque je dis que mon lit doit être mon réconfort et ma paix, alors tu m'envoies des rêves terrifiants et des visions qui m'emplissent d'épouvante.*
>
> Job

Vint le vendredi saint. Honora changea plusieurs fois d'avis, mais Ella finit par la déposer devant une petite église moderne qui se trouvait près de chez Lee. Ella la regarda entrer, la tête basse, et resta dans la voiture, à l'attendre en écoutant la radio.

Honora suivit toute la cérémonie d'un œil terne. Lorsque vint son tour, elle alla embrasser consciencieusement la croix et avala mécaniquement l'hostie consacrée, sans ressentir quoi que ce soit. Mais, une fois dans le confessionnal, elle demanda au jeune prêtre de la bénir et révéla toute l'histoire sous forme d'un catalogue de péchés jusqu'à ce que le prêtre, comprenant l'ampleur de sa détresse, lui demande d'arrêter sa litanie.

Elle sortit de l'église et alla tout droit à la voiture d'Ella.

— Alors ?

— C'est un peu comme d'aller chez le dentiste après une longue absence. Il faut que je retourne demain pour qu'on en finisse.

— C'est ce qu'on fait d'habitude ?

— Uniquement pour les pécheurs récidivistes comme

moi, dit-elle avec un sourire. En fait, c'est de ma faute : je lui ai demandé s'il voulait bien me voir demain. Il y avait toute une queue de gens qui attendaient de lui balancer leurs fausses confessions, et je les retardais.

— Il était comment ?

— Jeune. Plutôt sympa.

— Mignon ?

— Laisse tomber, Ella. C'est un prêtre !

Le fait qu'Honora puisse encore plaisanter rassura Ella. Elles gardèrent pour elle la blague à propos du prêtre et ne la révélèrent pas à Lee qui se demanda pourquoi elles se marraient toutes seules. Cette nuit-là, Honora dormit paisiblement, et ne se sentit nullement attirée dans le monde onirique. C'était la première fois depuis que le rêve avait repris.

Au matin, Ella conduisit Honora à l'église, la regarda entrer, et attendit.

Lee, par contre, n'avait toujours pas trouvé la paix. Bien qu'il ne connaisse plus d'expériences oniriques directes, il passait des nuits que l'angoisse rendait fiévreuses. Maintenant, deux drôles de bonnes femmes habitaient sa maison et cherchaient à l'entraîner dans leurs plans tortueux, tous basés sur des événements fantômes. Il sentait se refermer sur lui un piège qu'il avait jusque-là réussi à éviter. Par leur seule présence, Ella et Honora ouvraient une fissure entre les mondes et lui faisaient croire en ce qu'il avait eu bien du mal à refouler, bouleversant l'ordonnance de son univers monotone.

Et pourtant, Lee n'arrivait toujours pas à croire en l'histoire d'Honora, concevant et accouchant d'un enfant dans le rêve ; mais Ella refusa de le laisser remettre en question son récit.

— Essaie d'être un peu réaliste, lui dit-il.

— Tu as oublié tout ce que tu avais appris, siffla-t-elle. Essaie de le dire à Honora. Dans la réalité, dans le rêve, dans l'esprit, fit-elle en tapotant sa propre tempe d'un index raide. Peux-tu vraiment faire la différence ?

— Il y en a une. Une différence très nette.

— Laquelle ?

Lee avait passé plusieurs heures dans son lit, à fixer les ombres lugubres qui emplissaient sa chambre obscure, à chercher des différences très nettes.

Mais ce n'est que lorsqu'il se retrouvait seul chez lui qu'il avait vraiment assez d'espace pour réfléchir. Il ne voulait plus suivre les autres. Après tout, qui était cette Ella ? Certainement pas la même personne qu'il y avait treize ans, en un temps où son désir de croire en quelque chose, n'importe quoi (du moment que c'était suffisamment bizarre), était plus important que la réalité. Lee ne savait plus très bien ce qui s'était passé entre eux, à part quelques cavalcades érotiques. Qu'était-il censé en retirer ? Et quelle place pouvait-il trouver dans ce scénario sur lequel il n'avait pas voix au chapitre ? Il leur était arrivé tant de choses depuis leur adolescence qu'ils ne pouvaient être restés les mêmes.

Mais pourquoi s'étaient-ils empressés de revenir en arrière, de faire l'amour sur le tapis et de retrouver cette obsession pour le rêve ? Il connaissait la réponse : Ella. C'était elle qui voulait que les choses se passent ainsi. Lui n'était qu'un figurant passif. Elle entrait dans sa maison comme une rafale de vent, se déshabillait sur la moquette et le dominait de toute sa stature ; elle dormait dans son lit et le faisait rêver à nouveau. Puis elle attirait dans son délire cette malheureuse Honora, la faisait venir d'Irlande pour qu'ils puissent tous devenir fous ensemble.

Lee commençait à soupçonner Ella d'être à l'origine du retour des rêves. Il alla jusqu'à la cabane du jardin et en ramena une échelle. Il l'amena à l'intérieur et l'installa juste en dessous de la trappe qui menait au grenier. Puis il se mit en quête d'une torche électrique.

À l'intérieur de l'église, le père Boyle arrosait un bouquet d'iris. Il n'y avait personne d'autre en vue. Sur un mur était inscrit en grandes lettres dorées : LÀ EST MA DEMEURE.

Il était plus jeune qu'elle de deux ans, avec un visage piqueté de taches de rousseur et des cheveux blonds et courts. Ses yeux d'un bleu intense étaient humides d'enthousiasme. Jusque-là, tous les représentants de la puissance sacerdotale qu'Honora ait jamais rencontrés étaient des hommes d'un certain âge. Elle ne pensait jamais devoir un jour respecter l'autorité spirituelle d'un plus jeune qu'elle.

Il leva les yeux en entendant se refermer la porte.

— Entrez donc, Honora. Vous voyez, je ne vous ai pas oubliée. Vous savez, hier soir, il m'est arrivé quelque chose de bizarre. Je me suis endormi et j'ai rêvé, enfin, tout est un peu confus ; mais par-dessus tout, j'étais conscient de rêver.

Il posa son arrosoir.

— C'était la seule chose qui soit vraiment claire : que j'étais en train de rêver. Qu'en dites-vous ? Ne m'avez-vous pas parlé d'une expérience similaire ?

— À peu près, mon père.

Il lui parut ridicule d'appeler ce jeune homme « mon père ».

— Voulez-vous m'en parler à nouveau ? Pas en confession ; je crois que nous en avons terminé avec ça — du moins en ce qui concerne l'avalanche de péchés mortels que j'ai cru discerner, ajouta-t-il d'un ton badin. Mais je n'ai pas compris si vous les avez effectivement commis ou uniquement en rêve.

— De la façon dont je vais vous le raconter, vous ne serez guère plus avancé.

— Essayez toujours.

Il voulait l'aider, elle le sentait. Pas de la façon solennelle qu'elle attribuait aux prêtres dans ses souvenirs, mais par le biais d'un arrangement plus humain, plus terre à terre. Soudain, il dit :

— Oubliez toute notion de péché. Vous êtes là, moi aussi, alors parlons-en.

— Vous êtes gentil, mon père. Alors voilà.

Honora emmena le prêtre dans les méandres de son récit, sans rien oublier. Il l'écouta avec attention en hochant la tête tout en caressant son menton imberbe. Il ne l'interrompit que deux fois ; l'une pour clarifier sa découverte du sang de l'hymen, puis pour lui demander des détails sur sa tentative de suicide.

— Vous devez vous dire que j'ai plus besoin d'un psychiatre que d'un prêtre, dit Honora.

— Pas du tout.

— Mais si. Vous me prenez pour une hystérique.

— Non. J'avoue être étonné, stupéfié, incertain quant à tout ce que vous me racontez. Tout ceci dépasse... le rayon de mon sacerdoce. Mais je dois croire en votre confession.

Il y eut un silence. Le prêtre toussa et la regarda, mal à l'aise.

— Beaucoup parmi ceux qui désirent... se soulager ainsi ne peuvent admettre leur propre péché. Souvent, ils me disent qu'ils n'étaient pas... maîtres d'eux-mêmes. Ils étaient en état d'ébriété, ou avaient pris des drogues ; parfois, ils prétendent qu'ils étaient comme somnambules, ou en transes, dans le brouillard ; parfois, plus rarement, ils me disent...

— Qu'ils ont agi comme dans un rêve.

Honora détourna les yeux.

— Excusez-moi, fit le prêtre. Je ne voulais pas faire usage d'un lieu commun.

— Tout ne s'est pas déroulé dans ma tête, mon père. D'autres gens ont vécu la même expérience et peuvent en témoigner ; je vous l'ai déjà dit. L'une d'entre elles est là-dehors, dans sa voiture, à m'attendre.

— Cette femme... est-elle catholique ?

— Ha !

— Cela m'intéresserait de savoir si c'est elle qui vous a demandé de venir.

— Ce que je veux dire, c'est que si j'étais la seule personne impliquée, je pourrais toujours croire que c'est moi qui déraille ; mais d'autres m'ont accompagnée là-bas. Nous n'avons pas halluciné, nous n'avions pas bu ou pris des drogues et, en ce temps-là, nous étions tous relativement sains d'esprit, Dieu nous pardonne, tout ce que nous faisions, c'est... rêver, *rêver,* bien qu'il devrait y avoir un autre mot pour décrire ce qui nous est arrivé !

— J'essaye juste d'assembler votre récit sous une forme que je puisse comprendre.

— Ne vous fatiguez pas ! Cela fait treize ans que nous essayons de comprendre, et sans autre effet que d'aller nous coucher la peur au ventre.

— Croyez-vous que les péchés par omission soient aussi forts que ceux de commission ?

— Bien sûr. Je veux dire : je comprends qu'il y a une différence. Quant au fait de croire, eh bien, ces derniers temps, je ne sais plus vraiment ce que je crois ou pas.

— Les péchés de commission, comprenant tout ce que nous avons fait de mal, appartiennent à ce monde tel qu'il est, tel que nous l'avons fait. Les péchés d'omission, ce que nous n'avons pas fait, appartiennent au monde tel qu'il aurait pu être. N'est-ce pas la même chose pour vos rêves ? Ils n'appartiennent pas à ce monde tel qu'il est, mais tel qu'il devrait être.

— Mais cette fausse couche... et j'ai bel et bien tenté de me tuer. Tout ceci était bien vrai.

Sans cesser de sourire, il approcha son visage du sien.

— Honora, peut-être que tout ceci est un rêve, mais celui de Dieu.

De grosses gouttes de pluie se mirent à tomber et vinrent tambouriner sur le toit. Honora fit un effort pour se concentrer.

— Imaginez que le monde, l'univers tel que nous le connaissons, soit le rêve de Dieu. Lorsqu'Il se réveillera, tout sera fini. Mais peut-être n'est-ce pas un univers, mais un multivers, pourquoi pas ? Vous savez, des rêves dans des rêves dans des rêves, de plus en plus petits ou de plus en plus larges selon le sens que l'on considère. Entre-temps, nous autres pécheurs vivons dans Son rêve tout en rêvant nous-mêmes. Et c'est là que tout se complique. Si nos rêves échappent à notre contrôle, qu'importe ! N'est-ce pas saint Augustin qui remercia Dieu de ne pas être responsable de ses propres rêves ! Mais si nous commençons à vouloir contrôler nos rêves, et de ce fait pouvons choisir entre le péché et la vertu dans cet autre univers, voilà qui est nouveau. Ce n'est que dans le multivers qu'un tel choix serait possible. Je veux dire de choisir le niveau dans lequel on admet son péché. Et vous le choisiriez Lui, et ses rêves.

— Voulez-vous dire que, même si on sait ce qu'on fait dans le rêve, cela n'a aucune importance ? Que, dans le monde onirique dont vous parlez, il n'y a ni bien ni mal ?

— Je dis que Dieu l'a placé hors de portée de notre théologie, dit-il en souriant.

— Mon père, l'Église a-t-elle vraiment tant changé au cours de ces treize années ?

— Pourquoi me demandez-vous cela ?

— Parce que vous n'avez rien à voir avec les prêtres que j'ai connus en Irlande. Enfin, êtes-vous sûr que cette histoire de rêves n'a rien de... *démoniaque ?*

— C'est ce qu'on vous a raconté en Irlande ?

— Non. Ce n'est pas ce que je veux dire.

— Alors j'aurais préféré que vous ne le disiez pas.

Son sourire s'était fané, et sa voix avait pris une intonation froide.

— Écoutez, je pensais que nous pourrions mieux exorciser... pardon, je veux dire chasser ces rêves par la discussion. Si vous le préférez, nous pouvons avoir recours à la prière, puis je vous administrerai une pénitence.

Cette dernière remarque faite sur le ton d'un médecin de campagne proposant à un autre docteur de prescrire de l'eau colorée.

— Comme vous le jugerez bon, mon père, fit Honora, soumise.

— Allons devant la statue de la Vierge, dit-il doucement, apparemment réconcilié avec cette idée.

Ils allèrent s'agenouiller dans les ombres de l'alcôve, sous une statue de plastique représentant la Vierge Marie qui effraya quelque peu Honora. Elle était un peu trop réaliste ; une icône en robe bleue et châle blanc la dominant de toute sa taille, la main levée en une bénédiction douteuse. Dans la pénombre de l'alcôve uniquement éclairée par des bougies, elle semblait luire faiblement. Honora évita de croiser son regard.

— Fermez les yeux, dit le prêtre. Je veux que vous pensiez à ces rêves. Puis je veux que vous les évacuiez de votre esprit pour ne plus penser qu'à Dieu.

Une fois Ella et Honora sorties de chez lui, Lee put plus facilement déprécier tout ce qu'il savait sur les rêves. Ce qui, somme toute, ne faisait pas grand-chose. Leurs dernières discussions à propos d'une *conception* et d'un *accouchement* dans le rêve... tout ceci était bien abscons. Il en était à se demander s'ils n'en avaient pas inventé la majeure partie ou, tout du moins, ne s'étaient pas trompés eux-mêmes pour mieux caresser l'impossible. Au fond, tous avaient voulu y croire, de toutes leurs forces. Et en fin de compte, que s'était-il vraiment passé ?

Il s'était bel et bien produit quelque chose, il ne pouvait le nier. Une expérience de lévitation hors du corps. Et ils s'étaient bien retrouvés en un endroit qu'ils appelaient le territoire des rêves, mais tout ceci ne pouvait être confirmé qu'a posteriori. Peut-être ces phénomènes n'étaient-ils pas connectés à un plan onirique sur lequel ils pouvaient vivre réellement les événements, mais ne témoignaient-ils que d'un vague contact télépathique entre les membres du groupe. Les résultats obtenus à l'époque, lorsque le professeur était encore de ce monde, corroboreraient certainement cette théorie. Ce n'est qu'après la mort du professeur Burns que la discipline s'était étiolée et que tout avait dérapé, l'expérience échappé à tout contrôle.

Quant à eux quatre, ils se passionnaient tant pour cette fichue expérience qu'ils n'avaient quasiment plus aucun contact avec l'extérieur. Ils étaient toujours prêts à admettre sans discussion les affirmations les plus délirantes sur leurs pouvoirs de rêveurs. Classique : une hallucination collective renforcée par l'isolation. Sur quelles bases pouvait-on prétendre qu'il s'était effectivement passé quelque chose ? Ne s'étaient-ils pas plutôt perdus dans un labyrinthe de miroirs ?

Il monta sur l'échelle et poussa la trappe menant au grenier, puis alluma la torche et illumina les murs nus. Il y avait là en haut quelque chose dont il avait besoin, quelque chose qu'il y avait entreposé trois ans plus tôt, bien après qu'il eut tout oublié du rêve — ou fait semblant d'oublier... cela faisait des années qu'il n'était pas monté au grenier. En ouvrant la trappe, il avait l'impression de réveiller un dormeur.

Dans leur dernier épisode onirique, lorsque Ella et lui s'étaient accidentellement retrouvés dans le rêve, ce n'était pas à l'endroit où ils s'étaient rencontrés lors de leurs précédents rendez-vous, mais dans un autre décor. Ce qui confirma son impression que le territoire des rêves n'était pas un véritable lieu, mais une projection mentale. Parfois, nos désirs sont si forts qu'ils soulèveraient des montagnes.

Et maintenant, Honora prétendait avoir laissé quelqu'un là-bas. De toute évidence, elle était dingue.

Faire l'amour dans le rêve ; était-ce vraiment le but du jeu ? Ella et lui s'étaient tant obnubilés avec cette projection de leur relation sur un autre niveau que leur véritable liaison, faite de sang et de larmes, s'était vue reléguée au second plan. Peut-être entendaient-ils se donner ainsi une importance qu'ils étaient loin d'avoir. On ne pouvait pas aller bien loin avec juste de l'encens et des bougies. Pour continuer ce petit jeu, il fallait de l'aide, et là, ils avaient eu recours à l'artillerie lourde.

Lee traversa soigneusement le grenier, passant d'une solive à l'autre jusqu'à ce qu'il trouve une caisse à thé recouverte par une vieille couverture. Lorsqu'il l'enleva, un nuage de poussière s'éleva dans le faisceau de la torche.

Brad sue et souffle, en proie à une fièvre qui l'abandonne dans un espace intermédiaire entre le sommeil et la stupeur, nageant contre un courant qui l'attire vers cet endroit tant redouté. Ces derniers temps, l'océan de ses rêves est infesté de requins et, tout en agitant frénétiquement ses bras et ses jambes, il avale des gorgées d'eau salée. Il se réveille, secoué de frissons, une plaque chaude se refroidissant peu à peu contre sa jambe, là où il s'est pissé dessus.

Par la fenêtre, il ne pouvait rien voir à travers le brouillard opaque descendant des landes. Il était onze heures du matin en ce samedi de Pâques, et la brume avait déposé de grandes traces d'humidité sur l'herbe et soufflé des dessins vaporeux sur la vitre. Il faisait un froid de canard. Il regarda le petit cône de lumière bleue de son radiateur à paraffine et découvrit qu'il s'était éteint. Il enfouit sa tête entre ses mains et se donna l'autorisation de pleurer.

Puis il se souvint de Lee Peterson. Ou n'était-ce qu'un autre rêve ? Un autre cauchemar ? Il s'était réveillé sur le canapé pour voir Lee penché au-dessus de lui comme un boxeur qui venait de l'envoyer au tapis. Un Lee marqué par les treize années écoulées, un peu grassouillet, le visage bouffi, perdant ses cheveux, respectable à en mourir, mais en même temps, bien plus que cela. Il ressemblait à quelqu'un qui jamais n'aurait fait un seul rêve de sa vie.

— D'où que tu viennes, retournes-y vite fait.

C'est ce qu'il disait aux serpents et aux scorpions qui peuplaient ses hallucinations, et cela semblait fonctionner.

Mais Peterson, lui, s'était présenté en chair et en os ; il avait laissé sa carte sur le manteau de la cheminée. Brad l'avait lue et rejetée, écœuré. Il ne pouvait pas se rappeler le détail de leur conversation, mais savait de quoi ils avaient discuté. Lee devait certainement avoir une idée de ce qui se passait dans le territoire onirique ; et cette salope d'Ella Innes devait bien y avoir fourré son nez. Brad se pencha contre le battant de la fenêtre et regarda le cottage désert et délabré qui se dressait en face de lui, de l'autre côté du jardin.

Le rectangle de pierre était enveloppé de brumes, mais à travers l'une des fenêtres brisées, il pouvait voir la silhouette qui le regardait. La visibilité était si faible qu'il dut plisser les yeux. Il connaissait ce visage. Il pensa à courir jusqu'à l'autre maison et saisir la fillette par les cheveux ; mais s'il le faisait, elle aurait disparu bien avant son arrivée. Comme toujours. Le visage à la fenêtre se perdit dans les brumes.

— Pourquoi est-ce que tu ne veux même pas me parler ?

Les brumes flottaient au-dessus du jardin, étouffant tout bruit. Brad crut voir scintiller une faible lumière aux fenêtres du premier étage.

— *Des oniriques.*

Parfois, il pouvait voir les étincelles bleues et jaunes à travers les vitres et des braises rougeoyantes suspendues dans l'air. Il rêvait souvent du cottage d'en face ; des élémentals sortaient de la terre pour envahir la maison, passant le seuil du rêve pour entrer dans le monde réel, tels des enfants malveillants, préparant leur assaut avant de déferler sur le monde. À chaque fois qu'il s'adonnait au sommeil, il craignait de leur donner ainsi plus de temps pour regrouper leurs forces, pour emprunter le pont séparant leurs deux mondes. Il vit à nouveau scintiller la lumière. Il passa des chaussures, saisit une bouteille de whisky presque vide et fonça dans le jardin.

— D'où que vous veniez, retournez-y vite fait ! brailla-t-il, vidant sa bouteille avant de la jeter sur le cottage.

Elle se brisa et la lumière s'éteignit.

— Je sais à quoi vous jouez. C'est moi qui vous ai laissé entrer, et je peux vous renvoyer là-bas !

Il rentra chez lui en coup de vent, saisit la boîte de paraffine et retourna vers le cottage d'en face. La porte grande ouverte pendait sur ses gonds arrachés. Il se glissa dans l'ouverture. Des briques, des débris et des plaques de plâtre se mirent en travers de son chemin, et il tituba et dévala les ruines dans l'obscurité, ses narines pleines d'une odeur de décomposition. Quelque chose s'agitait au cœur des ténèbres.

— Des rats, des chauves-souris et des oniriques, marmonna-t-il.

À tâtons, il finit par trouver l'escalier et posa un pied sur la première marche. La maison puait le moisi. Il craignait que tout ne s'effondre sous son poids, le propulsant à la cave. Au sommet des escaliers, il trouva une porte entrouverte. Il la poussa et vit des poutres brisées et des flaques noires sur le plancher, des trous béants directement sur l'étage d'en dessous. Il se tourna vers l'autre porte.

Dans la seconde pièce, les fenêtres, le plafond et les planchers étaient intacts. Tout était propret et nettoyé, et quelqu'un avait accroché un poster et quelques morceaux de bois en guise de décoration. Face à la porte, accrochés l'un à l'autre, un garçon et une fille terrifiés partageaient un seul et unique sac de couchage, adossés au mur, leurs yeux écarquillés comme de grandes pièces d'argent dans la lumière grise.

— De forme humaine, dit Brad depuis l'entrée.

— On ne fait de mal à personne, dit la fille.

— Oniriques ! Quel est votre nom ? Répondez-moi, et vite.

— Victoria.

— Victoria, fit-il en imitant sa petite voix effarouchée. Non, tu es Honora Brennan. Et toi, mon gars ?

— Keith.

— Non, tu es Brad Cousins. Oniriques !

— Il a bu, dit la fille.

— C'est ta fille, eh ? Eh ? Elle est à toi ?

— Quelle fille ?

— Joue pas au con avec moi, fiston. Elle est à toi, Onirique ? Dévoreur de fillettes ?

Il entra dans la pièce en dévissant le bouchon du bidon d'essence.

— Je ne sais pas pour qui vous nous prenez, mais vous faites erreur ! cria le jeune homme.

Brad s'arrêta un instant et le regarda. Puis il secoua la tête.

— Je ne prendrai pas ce risque.

Et il se mit à asperger la pièce de paraffine.

— Bon Dieu, c'est de l'essence ? Lève-toi, Vicky !

Les deux étudiants ramassèrent leurs vêtements et le sac et s'enfuirent tout nus. Brad vida le bidon, le rejeta, gratta une allumette et la jeta sur le liquide. Puis il les suivit au bas des escaliers et dans le jardin, où ils enfilaient leurs jeans à la hâte. Ses poumons s'emplirent de brume.

— Restez donc, dit-il. Regardez comme ça brûle ! Flanque-la dans les flammes !

Mais ils déclinèrent son invitation et dévalèrent la route en boutonnant leurs vêtements. Brad leur fit signe de la main et, non sans une grande satisfaction, se tourna vers le feu qui ronflait à travers les fenêtres aveugles.

Pendant que, à l'intérieur de l'église, Honora affrontait les théories du jeune prêtre, Ella baillait, s'étirait et finit par mettre la radio. Il y eut un crachotement statique, et une voix éthérée de femme-enfant se mit à chanter :

Et tes rêves sont comme des billes
Dans les poches d'un garçon.
Et comme la plus belle des filles,
Ils te chantent leur chanson.

Ella tourna le bouton pour obtenir une meilleure réception, mais le signal disparut dans le néant statique. Elle éteignit la radio et, en se relevant, eut la surprise de voir un visage qui la regardait de l'autre côté de la vitre. C'était une petite fille qui se tenait là, sous la pluie, à quelques mètres de la voiture. Leurs regards se croisèrent. Elle était pâle et maigre et portait des vêtements de l'armée du salut. À peine adolescente, elle paraissait néanmoins meurtrie, et son regard était celui d'une gamine qu'on a battue pour la punir d'avoir volé des bonbons. Ella se laissait facilement émouvoir par les enfants perdus, et sentit une affection mêlée de pitié pour la jeune fille. Elle pouvait toujours lui donner quelque chose, de quoi l'aider. Ella prit son sac et descendit de voiture.

Trop tard : la fillette était partie. Ella regarda des deux côtés de la rue : personne. Elle se tourna vers les portes de l'église, haussa les épaules et remonta dans la voiture pour se protéger de la pluie battante.

Elle se rassit devant le volant et, alors seulement, réalisa qu'on avait écrit quelque chose sur la buée à l'intérieur du pare-brise. Des gouttelettes d'eau s'étaient condensées et dégoulinaient des lettres grossièrement tracées. AIDEZ-MOI.

Ella crut surprendre un mouvement et regarda dans le rétroviseur. Puis elle se retourna pour regarder pardessus son épaule. La fille était plantée là, à côté des portes de l'église ; elle les ouvrit et se tourna vers Ella, comme pour l'inviter à la suivre. Lorsqu'elle entra dans le bâtiment, Ella descendit de voiture et partit à sa recherche.

Dans le grenier, Lee tira de dessous la caisse à thé des paquets de cahiers, des classeurs emplis de feuilles, des albums de photos et deux journaux abandonnés. Puis il retrouva d'autres souvenirs moins encombrants : des affiches, des tickets pour des bals du lycée, des photos de l'université et toutes sortes de bribes de sa période estudiantine : d'anciens poèmes qui, maintenant, lui donnaient la chair de poule, des programmes de théâtre, une photo dédicacée d'une obscure chanteuse de rock *à Lee, avec toute mon affection, Carla Black, XXX,* des lettres d'amis. Et, tout au fond de la caisse, il trouva une valise de Plexiglas.

Il osait à peine l'ouvrir. Tout s'était-il vraiment passé comme dans leurs souvenirs ? Peut-être que ce qui les avait liés, Ella et lui, n'était qu'une illusion — quel terme avait employé le professeur ? *Folie à deux* — une romance adolescente qu'ils avaient montée en épingle en la gratifiant un décor flamboyant. Peut-être n'était-ce jamais qu'une métaphore pour définir un amour de jeunesse.

Il posa la lampe-torche en équilibre sur le coin de la caisse et ouvrit la valise. Il y trouva un béret noir ; un paquet entamé de papier à cigarettes Rizla à la réglisse, un chandelier à encens, une demi-douzaine de photos défraîchies montrant Ella seule ou en sa compagnie, et trois cartes postales provenant des îles grecques. Son temple à la mémoire d'Ella. Toutes ces années, il l'avait gardé, préservé. Et il y avait autre chose dans la valise.

C'était un coffret en bois hindou gravé de dessins, à peine plus gros qu'une boîte à pilules, qu'Ella lui avait donné après qu'il se fut produit un événement important. Il l'ouvrit et vit des pétales séchés et racornis, une corolle momifiée, mais parfaitement reconnaissable. Une tête de marguerite. Il la sortit et la tint sur sa paume. Ella devait avoir gardé l'autre. A moins qu'elle ne l'ait perdue. Il faudrait qu'il lui pose la question.

Lee s'assit dans le grenier faiblement éclairé par la lampe-torche, dont le rayon tombait sur la tête de marguerite posée au centre de sa main.

Honora était agenouillée dans l'église vide dont le silence n'était rompu que par le crépitement de la pluie sur le toit et les grincements du prie-Dieu. Elle laissa son esprit dévider librement des images tirées de ses incursions oniriques.

Ces souvenirs l'emplissaient de leur douce intensité. Elle put ressentir l'anxiété et le plaisir à l'état pur que procurait le contrôle du rêve. Son corps se languissait du monde onirique en un désir plus impératif que tout ce qu'on pouvait ressentir dans le monde réel. Mais elle retrouva aussi la peur, le courant sombre qui sous-tendait la terre et les eaux et le soleil cireux du paysage rêvé.

Le plaisir et la peur étaient indissociables. Elle ne les avait jamais ressentis avec une telle acuité ; ce sentiment était comme un être vivant qu'elle aurait fait venir de son univers onirique pour qu'il se love en elle. Elle avait invoqué l'essence même du rêve ; une chose protéiforme, une dévoreuse d'âme, un prédateur, rejetant sa peau comme un serpent, prenant de nouvelles couleurs, brisant sa volonté, la recouvrant de terre chaude, la reconstituant, comme une mort sans mort jusqu'à ce qu'elle ne soit plus qu'une épice relevant les plaisirs de la terre. Voilà ce dont le prêtre voulait la soulager. Le péché qu'elle pouvait lui confesser.

Elle voulait être purifiée. Le prêtre absorberait sa souffrance et sa culpabilité et ses doutes et les dissoudrait. Elle pouvait les sentir, ces souvenirs qui se liquéfiaient, changeaient de nature alors que son esprit se libérait peu à peu de ces incarnations oniriques.

Elle ouvrit les yeux... Le prêtre avait cessé de prier et

le regardait. Choqué. D'instinct, elle sut qu'il avait eu un aperçu de ce monde onirique ; il avait regardé dans l'abîme et s'en était écarté. Il ne pouvait la soulager. Ce qui aurait dû se dissoudre s'était tout simplement immobilisé. Maintenant, l'air avait pris une amertume nouvelle. Ses mains tremblaient.

— Vous l'avez senti, dit Honora.

Le prêtre ne put répondre.

Désespérée, elle se tourna vers la statue de la vierge. Sous ses yeux, la silhouette se mit à enfler et pulser ; le battement de son propre cœur. Elle voulait tant trouver la paix. Mais tout était fichu. Le prêtre ne pouvait plus rien pour elle. Elle regarda le visage de plâtre de la vierge, ses couleurs fanées. À combien de confessions avait pu assister ce simulacre de plâtre ? Combien de prières étaient-elles retombées dans le vide du remords ?

Honora voulait pleurer, pleurer son enfance. Pour chaque office du dimanche et chaque messe à laquelle elle avait assisté, des cérémonies qui, à leur façon, évoquaient des rêves lucides — l'invocation de l'espoir pour pourfendre l'horreur. Ses yeux étaient humides. Elle leva les yeux et vit remuer la Vierge ; sa robe bleue se déploya et Honora l'entendit soupirer. Un relent de putréfaction planait dans l'air.

Honora sanglota et ferma les yeux. Sa mémoire plongea jusqu'aux racines de sa foi vacillante ; elle eut l'impression de voir s'assembler les morceaux d'un miroir. La lumière traversait des carreaux sales ; des odeurs d'encens planaient dans l'air ; il y avait la flamme vacillante des chandelles, des mots de latin, des fragments de souvenirs accaparant tour à tour son attention. Elle rouvrit les yeux, et cette fois-ci, la Vierge bougea. Ses paupières s'ouvrirent et ses lèvres tremblèrent. Honora la vit frissonner, vit qu'elle était faite de chair, que ses larmes étaient mouillées et étaient issues d'une vraie souffrance.

Mais ses sanglots devinrent hoquets lorsque la statue entama sa métamorphose. Peu à peu, elle devint une petite fille. Celle qui se balançait sur la grille, celle qui ne la laisserait jamais en paix. L'incarnation du péché d'Honora. Elle se sentit étourdie, perdue, et une vague de terreur la submergea.

Quelque chose se brisa en elle. La fillette la regardait

sans ciller, tout en descendant vers elle, luisant faiblement dans la pénombre, les bras étendus. L'air se fit glacial ; Honora pouvait voir geler son propre souffle.

Elle resta là, paralysée. La fille était si près qu'elle aurait pu la toucher. Elle irradiait une rafale d'air froid, et ses mains étaient comme gelées, craquelées. Honora eut un mouvement de recul. L'apparition émit des mots silencieux : ICI JE SUIS CHEZ MOI ; ICI JE SUIS. La fillette se rapprocha. Les hurlements d'Honora éveillèrent mille échos contre la voûte.

La silhouette s'était à nouveau transformée et était redevenue l'image de la Vierge, mais plus effrayante encore, son corps tordu de douleur, des blessures béantes déchirant la chair peinte, des bubons suintant et saignant, le visage contorsionné en un long cri muet. La statue oscilla et tomba en avant ; le plâtre se brisa en heurtant le sol de marbre.

Ella entra dans l'église au moment où le prêtre essayait d'entraîner une Honora secouée de sanglots loin des débris de la statue.

CHAPITRE V

Je crains que vous ne soyez un rêveur peu soigneux, dit Bertie avec colère.

Saki

Ella referma doucement la porte de la chambre.

— Elle dort, murmura-t-elle à Lee, et ils passèrent dans le salon.

— Le prêtre m'a aidé à la porter jusqu'à la voiture. Pas très fiable, le cureton. Il était dans un état ! Mais il avait surtout l'air embêté de devoir ramasser les morceaux de sa statue.

— Honora l'a vraiment fait tomber sur elle ?

— Ça y ressemble, bien qu'elle prétende le contraire.

— C'est dingue. Qu'est-ce qu'elle t'a dit ?

— Pas grand-chose. Mais quoi qui ait pu se passer, le prêtre a tout vu. Il était complètement perturbé. Il n'a pas pu ou pas voulu me dire quoi que ce soit. Tout ce qu'il désirait, c'est qu'on fiche le camp. Mais, de toute évidence, il était tout aussi choqué qu'Honora. (Elle soupira.) Je ne prendrais pas tout ce qu'elle raconte pour argent comptant, mais... Honora est persuadée que *quelque chose* est sorti du rêve. Un fantôme, un démon ou Dieu sait quoi.

— Oh, Ella, je t'en prie...

— Lee, Honora s'imagine que son... *enfant*... a trouvé un moyen de quitter le monde onirique.

— Et tu penses qu'elle a peut-être raison.

Inutile de répondre. Lee avait l'air très fatigué. Il se rappela la caisse qui reposait au grenier.

Honora eut un gémissement, et ils se précipitèrent dans la chambre. Elle s'était assise sur son lit.

— Je suis bien réveillée ?

— Est-ce que tu as eu des répétitions ? demanda Ella.

— Plusieurs.

— Tu es bien éveillée.

— J'aimerais le croire.

— Lee, donne-lui un livre.

Il trouva un bouquin et le tendit à Honora, qui l'ouvrit et lut les premières lignes avant de recommencer. Elles ne se modifièrent pas.

— Je ne sais pas, dit Honora, mais ce truc ne m'inspire plus confiance.

— Tu n'as qu'à te rendormir, fit Ella. Tu en as bien besoin.

— Pas question ! cria Honora.

— Bon, d'accord ; écoute, j'ai une meilleure idée.

— Quoi que ce soit, ajouta Lee à l'adresse d'Honora, si tu dis non, j'en fais autant.

— Adjugé, vendu.

— Non, mais pourquoi est-ce qu'on est là, d'après vous ? rétorqua Ella. Et moi ? Et vous ? Est-ce une réunion entre vieux amis ? Au cas où vous l'auriez oublié, on est dans les ennuis jusqu'au cou. Je ne sais pas ce que vous deux avez en tête, mais moi, je n'ai pas l'intention de passer le reste de ma vie à avoir peur de m'endormir ! Je veux qu'on en finisse !

Et elle quitta la pièce, claquant la porte derrière elle.

— Elle a raison, hein ? marmonna Honora.

— Elle a toujours raison. D'une façon ou d'une autre.

Lee retrouva Ella dans le jardin, qu'il avait rempli de grandes plantes et de fleurs. En été, l'endroit se métamorphoserait en une aquarelle de delphiniums, de gueules-de-loup, de digitales et d'iris protégés par l'ombre du mur de briques rouges. Au sommet de celui-ci courait une rangée de pierres bleues fanées servant de chaperon, et qui ne restaient guère en place que par habitude.

Dans un coin du jardin, une treille était envahie par une masse anarchique de chèvrefeuille. Dans un autre coin, contre le mur, poussait un petit arbre décoratif.

Elle restait là, lui tournant le dos, tripotant les bourgeons. Lee vint derrière elle.

— Des pousses de cerisier, dit-elle. Prêtes à éclater. Je ne savais même pas que tu en avais.

— Je les ai plantées il y a des années. En guise de souvenir. Mais maintenant, elles menacent de faire tout s'écrouler.

Il désigna la base du mur où les racines et les briques s'affrontaient en une guerre silencieuse.

— Il suffit de pousser un bon coup pour que tout s'effondre. Alors, ce plan ?

— Tu ne vas pas aimer.

— On ne peut imaginer pire que ce qui s'est passé à l'église.

— C'est à propos de Brad Cousins.

— *C'est* pire.

— Écoutez-moi avant de râler.

— Ça ne me plaît pas, je peux te le dire d'office, et il y a des chances qu'Honora pense comme moi.

— Il faut bien faire quelque chose.

Ella posa le pied sur une brique qui saillait du mur. Elle monta dessus et posa les coudes sur le chaperon. Lee s'avança.

— Si tu continues, le mur va nous tomber dessus.

Ella ne répondit pas. Elle regardait quelque chose au-delà du jardin. Là, dans le terrain vague, se trouvait la petite fille qu'elle avait vue ce matin même, qu'elle avait suivie dans l'église.

C'est elle qui nous porte malheur, pensa Ella.

La fille leva les yeux et regarda la jeune femme, puis prononça deux mots muets, douloureux, et aussi clairs que s'ils flottaient au-dessus d'elle comme une bulle de bande dessinée. Toujours les mêmes. *Aidez-moi aidez-moi aidez-moi.*

— Qu'est-ce qu'il y a ? fit Lee.

— Rien. Aide-moi à descendre.

— Ça va ?

Lee s'exécuta et lui jeta un regard interrogateur avant de monter lui-même sur le mur pour voir ce qui l'avait étonnée.

— Il n'y a rien !
— Non. Rentrons. J'ai froid.

Une fois à l'intérieur, Ella prit la parole.
— Lee, tu as vu dans quel état est Honora. Elle n'est pas folle, même si, d'ici à ce que tout soit fini, elle peut bien le devenir. Et si elle est la première, elle ne sera pas la dernière. Nous sommes tous en danger. Quelque chose s'est mis en place.
— Quoi ?
— Je ne sais pas. Je le sens, c'est tout. Et nous sommes tous concernés. Tu rêves ces derniers temps ?
— Chaque nuit. Et ce n'est pas facile.
— De lui échapper ?
— De rester hors du rêve. J'ai surtout peur de m'endormir.
— Et les répétitions ?
— Pires que jamais.
— Alors tu sais qu'on est en danger. Toutes les horreurs qui résident dans le rêve sont en train d'en sortir pour nous menacer lorsque nous sommes éveillés. On ne peut pas se voiler la face. Il faut que ça cesse.
— Comment ?
— Je ne sais pas. Je n'ai que de vagues idées. Mais pas question de mettre ma tête dans le sable et de prétendre qu'il ne s'est rien passé. Et il faut que tu sois fort. (Elle se cramponna à ses manches.) Si tu t'effondres, nous sommes tous fichus.
— Quoi ? Pourquoi moi ?
— Parce que tu es le plus... solide.
Elle voulait dire insensible, il le savait. Et il savait aussi que, d'eux quatre, c'était elle la plus forte. Il lui faudrait supporter le poids des autres. Et maintenant, elle essayait de lui donner un peu de sa force. Il la regarda et se dit que, si elle le lui ordonnait, il essaierait de faire tourner la terre à l'envers.
— Alors, quelle est ton idée ?
— Ça ne sera pas facile. Il faut qu'on retourne dans le paysage onirique, mais avec Brad et Honora cette fois-ci. Il faut qu'on soit ensemble pour enterrer ce qui s'y trouve.
— Ou ce qui y rôde. Je dirais que tu auras cinquante

pour cent de résistance. La moitié d'entre nous s'opposeront à ce retour aux sources.

— Tant que ce n'est pas plus que la moitié.

— J'ai dit que je le ferais et je ne vais pas changer d'avis.

— D'abord, il faut s'occuper d'Honora. C'est toi qui as de l'influence sur elle. Je le sais. Elle t'a toujours eu à la bonne. Il faudra que tu la persuades de nous suivre. Et elle acceptera. Elle sent le danger avec une acuité plus forte que nous tous, et elle va bientôt manquer d'énergie. Elle se bat depuis plus longtemps que nous. Elle doit comprendre qu'il faut affronter cette chose si elle ne veut pas avoir à la supporter toute sa vie. C'est ce que tu vas lui expliquer. Tiens-lui la main. Il faudra peut-être que tu couches avec elle.

— Tu veux rire, j'espère !

— Vas-y à fond. Toi, tu peux la pousser à agir ; pas moi. Elle viendra, je le sais. En mon absence, tu pourras mettre les bouchées doubles. Moi, je m'occuperai de Brad.

— Tu coucheras avec lui ?

— Jamais sans mon scaphandre, si ce que tu m'as raconté est vrai. Occupe-toi de ta part du boulot. Tu ne peux pas forcer Brad à coopérer et Honora ne s'y risquera jamais ; il ne reste que moi. Brad viendra, même si je dois le porter sur mon dos. Je pense le trouver dans le même état qu'Honora. En ce cas, il ne me restera plus qu'à le ferrer comme un poisson, et crois-moi, il sautera de lui-même dans l'épuisette. Je partirai demain matin, à la première heure. Il ne nous reste pas longtemps avant qu'il n'arrive malheur à l'un d'entre nous, et je veux partir avant qu'Honora se réveille. Je ramènerai Brad dans les quarante-huit heures ou pas du tout. Je t'appellerai pour te tenir au courant. Et tu sais où nous retrouver.

— Oui, je le sais.

— Il faudra aussi que je puise dans tes affaires.

— Prends ce que tu veux, Ella. C'est toi qui m'as entraîné là-dedans, tu peux bien m'en sortir.

— *Moi,* je t'ai entraîné ?

— C'est vrai, je ne te l'ai jamais dit. Si je suis allé assister à la première réunion, il y a toutes ces années, c'est à cause de toi. Je me tenais derrière toi dans un couloir, excité comme un cabri, et je t'ai entendu dire que tu irais à cette réunion. J'y suis allé, moi aussi. Je ne savais pas dans quoi je m'engageais.

— Aucun d'entre nous ne le savait. Et je vais te dire une bonne chose. Si tu n'avais pas été à côté de moi dans le couloir, et si je n'avais pas parlé si fort pour être sûr que tu m'entendes... Ah ! Te voilà bien attrapé ! Maintenant, embrasse-moi. Cela me fera beaucoup de bien.

CHAPITRE VI

Bien sûr que si, que je suis réelle, protesta Alice, en se mettant à pleurer.
Lewis Carroll

Le lendemain matin, Ella était déjà loin lorsqu'un Lee terrifié s'éveilla en sursaut — pour la troisième fois. Chaque faux réveil équivalait à rompre une fine pellicule qui se briserait en mille morceaux pour ne révéler qu'une autre barrière. Cette fois-ci, il eut l'idée de sortir de son lit et prendre un livre. Il l'ouvrit, lut deux fois un paragraphe et, à son grand soulagement, constata que les mots restaient les mêmes.

Honora le rejoignit dans la cuisine, alors qu'il marmonnait sur ses œufs brouillés.

— Tu es bien réveillé, lui dit-il. Tu as eu des répétitions ?

Cette question était devenue aussi automatique que de dire bonjour. Le sentiment comptait davantage que les mots.

— Quelques-uns. Où est Ella ?

Honora avait l'air un peu mieux. Ses joues avaient repris quelques couleurs et ses cheveux cascadaient librement sur ses épaules.

— Elle est allée chercher quelque chose.

Il lui dirait la vérité plus tard. Ella lui avait conseillé de regagner sa confiance afin de pouvoir la ramener dans le rêve. Plus facile à dire qu'à faire.

Il pensait toujours à ce qui s'était passé dans l'église et à l'autel de polystyrène qui reposait dans son grenier. Il ne pouvait plus ignorer les problèmes d'Honora et tous ces événements, faire comme s'ils ne le concernaient pas. Toutes ses objections rationnelles n'avaient plus raison d'être, et il était bien obligé de reconnaître le bien fondé de la mission d'Ella.

— Où est-elle partie ? J'ai mal entendu, dit Honora au cours du petit déjeuner.

— Elle a dû partir chercher quelque chose.

— Quoi ?

Cette fois-ci, il la regarda droit dans les yeux avant de marmonner un mensonge :

— Elle ne me l'a pas dit.

Se retrouver ainsi seul avec Honora mettait Lee sur les nerfs. Il ne savait pas exactement d'où provenait cette tension qui alourdissait l'atmosphère. Il débarrassa la table et s'affaira autour de l'évier. Honora resta un moment sur les talons, puis passa dans le salon. C'est alors qu'un mouvement de l'autre côté de la fenêtre attira le regard de Lee.

— Je me demande ce qu'elle veut, dit-il à voix haute.

Il sortit, laissant la porte de la cuisine grande ouverte. Un courant d'air froid s'engouffra dans la maison. Honora, qui avait elle aussi vu la petite fille, resta dans le salon en retenant son souffle. Lee revint à l'intérieur en refermant la porte derrière lui.

— Elle est partie, fit-il. C'était une gamine. Triste et toute bleue de froid. Elle m'a regardé comme si elle voulait que je fasse quelque chose pour elle.

Honora ne dit rien.

Lee retourna à l'évier. Il ne serait pas facile de persuader Honora. Elle préférerait être jetée dans une fosse à serpents plutôt que de revoir Brad Cousins, que ce soit dans le rêve ou ailleurs. Quant à regagner sa confiance, eh bien, Lee avait une vie sociale si restreinte qu'il ne savait plus trop ce qu'il convenait de faire. Néanmoins, à un moment ou à un autre, il s'arrangerait pour que la conversation bifurque sur Brad.

Lee plongea son bras dans l'eau chaude et prit une assiette. Il entendit un *ping !* et sentit qu'elle cédait entre ses doigts. L'eau bouillante l'avait fait éclater.

Une ligne ténue comme un cheveu apparut au centre

— C'est une philosophie qui a fait ses preuves, non ?

— Tu as tort. J'ai vécu toute ma vie ballotté par les vents !

— Arrête de te sous-estimer.

Lee se dit qu'en effet, tout aurait pu se passer différemment. C'eût été si facile ! À un moment, il y a des années, dans l'ombre d'une porte, Honora et lui auraient pu vivre autre chose. Mais ils s'étaient laissé distraire, et Ella était venue l'attirer sur un chemin différent.

Lee posa sa main sur le nid de boucles brunes nouées sur la nuque d'Honora et les sentit cascader entre ses doigts comme des êtres vivants. Mais lorsqu'il voulut l'attirer contre lui, elle résista.

— C'est trop tard, dit-elle.

— Peut-être, mais je vais t'embrasser quand même.

Cette fois-ci, elle le laissa faire. Elle posa sa bouche sur la sienne et sa langue caressa celle de Lee. Ses yeux mi-clos virent les boucles brunes d'Honora cascader et s'enrouler dans sa direction. Il pensa à ce qu'avait dit Ella avant de partir et sut qu'elle ne plaisantait pas, qu'elle avait prévu tout cela. Ou peut-être lui attribuait-il trop de crédit, peut-être avait-elle juste redouté qu'il ne se passe quelque chose dans ce style. Mais il ferma les yeux, et ses pensées se consumèrent dans leur étreinte. Les lèvres d'Honora étaient douces et son manque d'expérience très excitant.

C'est alors qu'elle sentit l'odeur de la pluie.

Puis il ouvrit les yeux et, à la place du visage d'Honora, vit celui d'un enfant. Une petite fille à la peau cireuse ; le faciès maladif de la gamine qu'il avait vu le matin même au fond du jardin.

Et ce qu'il vit n'était pas les boucles d'Honora, mais un nid de vipères. Ses yeux étaient désormais dorés et glauques comme ceux d'un serpent venimeux. Il voulut se retirer, mais sa langue s'était pétrifiée dans la bouche de l'apparition et sa salive était devenue une colle qui les emprisonnait dans leur étreinte. Il dut forcer et s'arracher la peau pour se libérer. Lee eut un hoquet et se jeta en arrière, bousculant la table et brisant l'armoire de verre posée au coin de la pièce.

— Qu'est-ce qu'il y a ? fit Honora en venant à son secours. Qu'est-ce qui s'est passé ?

— Non ! Non ! Ne me touche pas !

La vision avait déjà disparu. Il ne voyait plus que l'expression horrifiée d'Honora, les bras tendus vers lui, des traces de sang sur sa bouche. Mais il ne pouvait la laisser l'approcher.

CHAPITRE VII

J'ai constaté que chez certains individus, les plus hautes aspirations ne marquent que la souveraineté du rêve sur le fantasme. En cherchant à définir cette condition, nous pourrions aussi nous demander si, en retour, il est possible de subir une pénitence psychologique pour le crime de mener une vie si futile.

L.P. Burns

Un instinct particulier guidait Ella, sondant ce qui rôdait dans les profondeurs, lui soufflant la route à suivre pour éviter les écueils et les périls qui s'amassaient autour d'elle. Tout en avançant, elle laissait son intuition gouverner son pas, et se trompait rarement.

L'autoroute étouffait sous sa propre stratosphère de gaz d'échappement. Ella se blottit dans son blouson fourré d'aviateur et mit le pied au plancher, propulsant la Midget vers la voie rapide. Son fourre-tout de cuir fendillé, bourré d'objets appartenant à Lee, était posé sur le siège du passager. Bien que son pied appuyât résolument sur le champignon, elle ne se sentait pas si sûre d'elle-même.

Le sonar personnel d'Ella n'était nullement responsable du fait que, une fois consciente des ennuis ou des difficultés qui pouvaient se dresser sur sa route, elle y fonçait tête baissée. De par sa nature, elle était toujours celle qu'on faisait passer à travers des cercles enflammés ; mais, et c'était tout à son honneur, elle n'en rejetait jamais la responsabilité sur quelqu'un d'autre. Lorsqu'elle s'engageait dans quelque chose, elle allait toujours jusqu'au bout de son entreprise. Et, en l'occurrence, reculer était hors de question.

En fonçant vers le sud, elle croisa une voiture en panne sur la bande d'arrêt d'urgence. Un peu plus tard, elle se fit dépasser par un gros break blanc sale, débordant de bagages. Un gamin au sourire malsain lui fit des grimaces et des signes à travers la vitre arrière. Il lui rappelait Brad Cousins.

Ella avait raison. Et ce qui s'était passé à l'église, entre Honora et le prêtre, en était la preuve, même si cela n'avait rien résolu. Si Ella avait tort, Honora serait sortie de sa confession avec un rosaire et une conscience toute propre, ce qui, d'ailleurs, n'aurait guère arrangé les affaires du groupe. Maintenant, il ne restait plus qu'une solution, celle qu'elle avait toujours proposée : il fallait qu'ils se retrouvent tous les quatre.

Ce n'est pas si agréable d'avoir toujours raison.

Avant tout, il faudrait qu'elle s'occupe de Brad. Il devait se reprendre. Alors il repartirait avec elle. De gré ou de force. Lee lui avait décrit l'état de délabrement physique dans lequel se complaisait Brad, et elle s'imaginait très bien au cœur de quels marécages mentaux il devait se débattre. Des quatre, Lee semblait être le seul à supporter la tension renouvelée qui les étreignait, les fissures qui apparaissaient dans le matériau même dont était faite la réalité, peu à peu envahie par le monde onirique. Elle n'avait pas fait mention de ses propres expériences — mieux valait ne pas ouvrir la boîte de Pandore. Si, jusque-là, Lee avait réussi à éviter les effrayantes distorsions qui l'avaient elle-même assaillie ces derniers jours, sa force ne s'en trouverait que décuplée.

Depuis quelque temps, Ella subissait ces attaques sans rien en dire à Lee. Elle n'y avait survécu que grâce aux techniques de réversion apprises autrefois, qui lui permettaient de remonter le cours du rêve pour annihiler les phénomènes qui l'assaillaient ; cela fonctionnait certaines fois et pas d'autres. Lee n'avait aucune idée de ce qu'elle avait pu voir de l'autre côté du mur, cet après-midi-là. Elle ne lui avait rien dit pour mieux le protéger de ce qui tourmentait les autres. C'était lui qui était le moins conscient de l'approche du danger.

Quant aux autres, Honora était dans un état des plus instables. Sa rencontre avec le prêtre montrait qu'elle était le point focal situé au confluent de toutes sortes d'énergies. Mais, dans ses analyses, Ella considérait Brad comme le plus faible de tous. C'était le rêveur le plus fort ; en conséquence, toute l'énergie qu'il avait déployée dans le rêve se retournait contre lui. Il était le plus susceptible d'être attaqué. C'est sans doute pour cela qu'il se trouvait probablement vautré dans un coin, imbibé jusqu'à l'os.

Ella croisa une voiture en panne arrêtée sur la voie d'arrêt d'urgence. Un peu plus tard, elle se fit dépasser par un gros break blanc sale, débordant de bagages. Un gamin au sourire malsain lui fit des grimaces et des signes à travers la vitre arrière.

Est-ce qu'elle ne l'avait pas déjà vu ? Tout cela n'était-il pas déjà arrivé ?

Cette impression de déjà vu vint la hanter, forte et entêtante comme un parfum capiteux, mais elle la mit sur le compte de la fatigue et pensa à autre chose. À son face à face imminent avec Brad, par exemple. Si Lee n'avait pas noirci le tableau, lorsqu'elle arriverait, elle aurait de la chance si elle le trouvait conscient. D'un autre côté, Lee était certain que Brad n'irait nulle part. Il ne lui échapperait pas.

Pour la troisième fois, Ella vit la voiture en panne sur la voie d'arrêt d'urgence, mais cette fois-ci, le chauffeur ouvrait sa portière. Elle appuya sur le champignon, mais se fit malgré tout dépasser par le gros break blanc sale débordant de bagages, et le gamin au sourire malsain était fidèle au poste. Le paysage entourant l'autoroute se fit uniforme sur des kilomètres et des kilomètres, un grand vide dans un territoire dépourvu de tout signe distinctif. Ella ne savait plus du tout où elle se trouvait. Elle continua néanmoins son chemin.

Depuis quelques jours, elle devait se battre contre les hallucinations et les distorsions. Elle savait comment réprimer les premiers accès de panique ; ceux-ci s'annonçaient par un goût métallique dans sa bouche qui lui était familier, mais qu'elle eût été bien en peine d'identifier.

Mais ce qui lui arrivait ici et maintenant était différent. C'était toujours différent. Elle passa à nouveau devant la voiture abandonnée et, avec une parfaite conscience de cet écœurant phénomène, vit se répéter la même séquence d'événements.

Cette fois-ci, alors que le break la dépassait, elle put identifier le visage maléfique pressé contre la vitre. Elle l'avait déjà vu, et plus d'une fois. Elle pouvait reconnaître le moindre trait du visage maladif de la fillette ; et elle savait de qui il s'agissait.

L'air s'emplit d'une substance incolore, inodore et insipide, et en même temps dense et oppressante. Elle savait que *cela* contrôlait la boucle temporelle où elle s'était aventurée, et que *cela* décidait de la tournure que prendraient les événements. À ce moment même, *cela* régulait le flot du trafic, le faisant plus dense afin qu'elle ne puisse changer de voie. Des voitures obstruaient la file de droite, l'empêchant de sortir de la boucle.

Ella continua son chemin. Au loin, elle vit approcher la voiture en panne. Elle ralentit et clignota pour se ranger sur le bas-côté, mais personne ne lui laissa la place de manœuvrer. Elle agrippa le volant et vira abruptement devant la voiture sur sa gauche. Des pneus crissèrent, des klaxons meuglèrent, mais elle réussit à insérer la Midget dans un espace réduit entre deux pare-chocs chromés, où il y avait à peine la place de glisser une carte à jouer. Mais, par miracle, elle y parvint, faisant tanguer son engin, égratignant la Midget contre les barrières de sécurité et s'arrêtant à quelques centimètres de l'auto immobile.

Le conducteur descendait de son siège. Il alla ouvrir la portière de la Midget et dit à Ella :

— Il s'en est fallu de peu.

Ella alluma une cigarette de ses mains tremblantes.

Elle était trop choquée pour répondre ou lever les yeux sur l'homme. Elle entrevit une silhouette entre deux âges engoncée dans un long imper beige et chaussée de mocassins bruns soigneusement vernis. Elle savait très bien de qui il s'agissait.

Elle entendit sa voix provenir comme de très loin.

— J'étais sûre que vous vous arrêteriez. La foi peut déplacer des montagnes, mais pas réparer un moteur.

Elle tira sur sa cigarette alors que l'homme s'installait sur le siège du passager. Elle put à peine murmurer :

— Mon Dieu, est-ce que je rêve ?

— N'ayez pas peur. Vous avez besoin de moi.

C'était presque la même voix douce, rassurante, celle que le professeur Burns avait empruntée pour les guider lors de leurs premières expériences. Il posa sa main sur le bras d'Ella. Son étreinte était chaude, mais lui donna le frisson.

— Aidez-nous, professeur.

— Roulez un peu, Ella.

Raide de peur, elle fit démarrer le moteur et ramena la voiture sur l'autoroute. C'était toujours plus facile que de regarder Burns dans les yeux. Elle continua son chemin en clignant des yeux, tout en pensant : comment vais-je faire pour me réveiller ?

Après un long silence, Burns prit la parole.

— Ella, vous êtes en danger. L'heure est grave, pour vous quatre. Vous êtes restés trop longtemps dans le rêve. Vous y avez laissé une partie de vous-même ; un désir, un frisson. Et c'est lui qui vous rappelle. Et il vous reprendra. Vos esprits s'effilochent. En ce moment même, ils vous coupent le souffle.

Burns avait l'air agité.

— Mais que peut-on faire ? Que *doit*-on faire ?

Burns s'interrompit. Ella ne pouvait le regarder en face. Ses yeux fixaient les mains du professeur, qui se tordaient comme des poissons hors de l'eau.

— Vous devez défaire ce qui a été fait.

— Comment ? Comment peut-on défaire ce qui n'existe pas ?

— Comment tout a-t-il commencé ? Pour le détruire, vous devez repartir à zéro. C'est le meilleur conseil que je puisse vous donner. Mais faites bien attention. Le principal danger du paysage onirique, c'est que ceux qui y sont restés trop longtemps peuvent se voir en interdire l'accès. Et vous quatre y êtes restés trop longtemps.

Le professeur pressa ses mains l'une contre l'autre, comme pour une prière. Puis il jeta un regard par-dessus son épaule et fixa la route qui défilait derrière eux.

— Vous avez froid, professeur ?

— Oh, oui. Toujours. Si froid. Arrêtez-vous. Je descends ici. Ensuite, persuadez-vous que cette rencontre n'a jamais eu lieu.

Ella gara la voiture sur la bande d'arrêt d'urgence. Burns descendit et referma la porte. Ils n'échangèrent pas un mot de plus. Dans le rétro, elle put voir le professeur qui la regardait s'éloigner. Elle cligna des yeux, puis, à l'endroit même où se trouvait Burns, vit la petite fille.

Ella commençait à perdre les pédales. L'extraordinaire devenait son lot quotidien, tant et si bien qu'il n'y avait plus rien à faire, sinon se laisser porter par le flot. Il fallait abandonner tout formalisme et apprendre les nouvelles règles du jeu de la survie : *Est-ce que je sens ce qui/peut-il m'arrêter ?* Qui était monté dans sa voiture ? Le professeur ? La petite fille ? Ou ni l'un ni l'autre, juste des fantômes surgis de cette zone de démence qu'ils appelaient le *monde onirique ?*

Il fallait qu'elle reprenne le dessus, qu'elle tienne le coup, au moins le temps de ramener Brad. Rien d'autre n'avait d'importance. Elle continua son voyage, prête à affronter toutes les horreurs. Trois heures plus tard, elle s'arrêtait devant un cottage isolé.

Lee lui avait dit de chercher *deux* maisons, mais elle ne voyait que celle-ci et les restes carbonisés d'une construction adjacente. Le toit et un pan de mur s'étaient écroulés. Là où se trouvaient des portes et des fenêtres, il ne restait que des trous béants aux contours fardés de suie noire, comme des haillons couleur de nuit. Elle crut sentir une odeur de brûlé suspendue dans l'air.

Néanmoins, à côté de la porte du cottage encore debout se trouvait une plaque portant le nom d'Elderwine, tout comme Lee l'avait décrit. Ella ne prit pas la peine de frapper.

Dans la première pièce où elle entra, elle tomba sur Brad Cousins, affalé sur un vieux canapé dans ses vêtements sales. Ses pieds étaient ramenés sous lui, et il envoyait des ronds de fumée vers le plafond.

— Je t'attendais, dit-il.

— Tu n'es que le deuxième aujourd'hui, rétorqua Ella.

CHAPITRE VIII

MERCY : J'ai rêvé que je me trouvais seul dans un endroit isolé et me plaignais de la dureté de mon cœur.

John Bunyan

— C'est tout ce que tu trouves à dire ? fit Ella.

Celle-ci, engoncée dans son blouson d'aviateur, se découpait sur la porte plongée dans l'obscurité. Brad vit en elle une Walkyrie moderne, ou tout autre messager des dieux venu picorer son foie.

— Tu es toujours aussi belle, dit-il. Les poches sous tes yeux te donnent un certain caractère. On en oublie que tes seins tombent un peu. Et puis ta mâchoire s'est resserrée, ce qui a asséché les sacs à venin sous tes lèvres. Vraiment, tu es mieux comme ça. Où as-tu posé ton Spitfire ?

— J'aurais pu le faire atterrir dans ta grande gueule. Pour ça, tu n'as pas changé.

— File-moi une de ces clopes de frimeuse que tu t'obstines à fumer.

Ella dégagea une chaise des vieux journaux et des bouteilles de bière vides qui y traînaient, inspecta le siège avec attention, puis se décida à s'asseoir. Elle roula une de ses cigarettes d'une main experte avant de la lancer à Brad.

— Cet endroit me donne la gerbe.

— Je ne savais pas que la princesse Ella daignerait me rendre visite.

— J'ai cru t'entendre dire que tu m'attendais ?

— Les serviteurs sont en congé.

— Tu m'étonnes : tu arrives à faire des phrases presque cohérentes. Donc, quelque chose ne va pas. Je croyais te trouver bourré.

— Chère Ella, toujours aussi maligne. Et pour quatre sous, elle baiserait avec n'importe qui.

Ella se contenta de hausser les épaules.

— Tu peux mieux faire, un teigneux comme toi.

— Est-ce que tu es vraiment venue me picorer le foie ?

— Ne joue pas les mystérieux, ça ne te va pas.

— Peu importe, ma vieille princesse.

Il se releva péniblement, s'avança d'un pas hésitant et resta là, bien trop près d'elle, dans son T-shirt crasseux et son pantalon souillé. Ses cheveux étaient gluants et emmêlés, son menton mal rasé taché d'une sauce jaune, sans doute au safran. L'odeur rance qui émanait de son corps souleva l'estomac d'Ella.

Il resta là, les bras ballants, tirant sur sa cigarette, et une lueur mauvaise s'alluma dans ses yeux. Il attendait une réaction de sa part. Elle voulait lui dire qu'il puait comme une vieille carcasse pourrissante que la marée aurait ramenée sur la plage. Elle préféra la patience à l'agressivité ; elle tira sur sa cigarette et croisa son regard avec toute la douceur possible, parce que, qui sait, il pouvait toujours lui envoyer un coup de poing.

Il claqua bruyamment des doigts et se tourna pour prendre sa bouteille.

— Tu veux boire un coup, ma princesse, ma duchesse, mon impératrice ?

— Oh, c'est donc un bar à cocktail, ici ! Et moi qui me croyais dans un taudis ! Non merci, mais ne te gêne pas pour moi, abrutis-toi encore un peu plus.

Brad s'affala sur le divan avec sa bouteille.

— Comment va ton copain ? Il m'a rendu visite il n'y a pas longtemps — tu sais, ça fait longtemps qu'on se connaît. Il voulait que je m'inscrive dans son club de golf. J'ai dû décevoir ses espérances. Je ne sais même pas pourquoi il est venu. Et deux semaines plus tard, te voilà. Tu parles d'une rigolade.

— En effet. Un de plus et le quatuor infernal est reconstitué.

Brad fit la grimace.

— Mais pourquoi Honora aurait-elle envie de me voir, hein ? Que me voudrait cette vieille harpie ?

— Tu fais toujours semblant, pas vrai ?

— Semblant de quoi ?

— De ne pas faire semblant.

— C'est des conneries avec un grand C.

— Pourquoi nous as-tu appelés, Brad ?

Il lui jeta un regard de mépris.

— Quoi ?

— Tu nous as appelés.

— Mon cul.

— J'ai toujours lu en toi comme dans un livre, Brad. C'est pour ça que tu ne m'aimais pas, hein ? Et maintenant que je te vois, j'en suis plus sûre que jamais. C'était bien toi.

— Tu n'es pas venue jusque-là pour me faire la leçon, non ? Je sais très bien ce que tu es. Une salope. Une tarée de première !

Elle se leva et s'agenouilla à côté du divan, puis passa sa main dans ses cheveux gluants.

— Tu es toujours un gamin, pas vrai ? Un grand garçon, mais un gamin tout de même.

— Casse-toi ! Fous le camp d'ici !

Mais il ne fit pas un geste pour la repousser.

— Tu sais, Brad, pendant longtemps, j'ai cru que c'était Honora qui retournait dans le rêve avec sa culpabilité en bandoulière. Mais c'était toi, pas vrai ? Tu as tout fait recommencer. Pendant des années, nous sommes restés endormis ; puis tu as eu besoin de nous, alors tu nous as réveillés. Pas vrai, Brad ? Tu nous as appelés.

— Va-t'en, s'il te plaît. Va-t'en.

Quelque chose s'était brisé dans sa voix.

— Je suis là, Brad.

— Non.

— Il faut que tu me dises tout, Brad. Tu n'as pas le choix.

— Non !

— Cela ne peut pas continuer. Tu le sais bien. Alors raconte-moi.

Il la regarda avec dans ses yeux un désespoir tel qu'elle n'en avait jamais rencontré.

— Elle est là, quelque part.

— Qui ?

— Elle est là. Et elle a faim.

— Qui est là ? Honora ?

— Non non non non non. Pas Honora. *Elle.*

— Mais qui est *elle ?* Dis-le-moi.

— Elle est là. Elle a faim. Elle veut me dévorer... la petite fille.

— Comment une petite fille peut-elle te faire du mal, Brad ?

— Ce n'est pas une petite fille. Elle fait semblant. C'est un déguisement. Elle me déteste. Elle veut me dévorer. Arrête de me regarder comme ça. Arrête ! cria-t-il en enfouissant sa tête dans les coussins.

— Pourquoi ne veux-tu pas que je te regarde ?

— Parce que je suis dégoûtant. Une vraie plaie. Ne me regarde pas.

Elle l'attira contre elle et posa sa tête sur ses genoux, caressant ses cheveux sales, et il pleura. Ce ne fut qu'au bout d'une heure que ses sanglots s'éteignirent.

Plus tard, ils se retrouvèrent dans la cuisine.

— Quand as-tu dormi pour la dernière fois ?

Ella avait retrouvé et nettoyé quatre grandes casseroles. Elle les avait remplies d'eau et les faisait chauffer sur les plaques de la cuisinière crasseuse. L'eau se mit à bouillir.

— Je suis éveillé depuis trois jours et trois nuits. J'ai trop peur pour dormir.

— Comme nous autres. Alors ? Tu t'amènes ?

Brad se déplaça lentement, mal à l'aise.

— Allez, allez, encouragea Ella.

Il emprunta la porte de derrière et revint en tenant maladroitement une vieille bassine de fer-blanc.

— Où est-ce que je la mets ? demanda-t-il, pathétique.

Ella frotta la bassine avec un chiffon jusqu'à ce qu'elle ne puisse plus la nettoyer davantage sans l'aide d'un détergent industriel, puis versa l'eau chaude. Le niveau se stabilisa à cinq centimètres ; elle fit l'appoint avec de l'eau froide, remplit aussitôt les casseroles et les remit sur le feu.

— Qu'est-ce que tu attends ? dit-elle. Tu n'espères tout de même pas que je te déshabille ?

Brad la dévisagea et finit par obtempérer. Puis il grimpa dans la bassine et ramena ses genoux vers lui.

— C'est pas très chaud, fit-il, bougon.

Ella sortit son fourre-tout de cuir et en tira du savon, une éponge, une brosse, des serviettes, un rasoir, un blaireau, des ciseaux, un peigne, du shampooing, du déodorant et de l'eau de Cologne. Puis elle se mit au travail, frottant vigoureusement le cou et les épaules de Brad.

— Doucement ! cria-t-il.

Ella fit celle qui n'avait rien entendu.

— T'es dégoûtant.

— Ça t'amuse, pas vrai ?

— Oh, bien sûr. Ça fait longtemps que je n'avais pas autant rigolé.

Elle aspergea sa tête d'eau savonneuse et n'alla pas plus bas que sa taille.

— Dans le temps, tu ne te serais pas arrêtée en si bon chemin.

— Jamais. Ne l'oublie pas.

Et, en guise de ponctuation, elle vida un broc d'eau froide sur sa tête.

L'eau virait au noir. Elle remplit à nouveau le bain avec les casseroles mises sur le feu. Après lui avoir lavé les cheveux, elle s'y attaqua à grands coups de ciseaux. Elle prétendit que ce genre de coupe, qui vous faisait ressembler à un clodo des années 30, était très à la mode. Il n'y crut guère.

— J'ai rencontré quelqu'un en venant ici, dit-elle en s'approchant de Brad. Je l'ai pris en stop. Il m'a donné des conseils avant de descendre de voiture. Il a dit...

— Attention à mes oreilles, bon Dieu !

— Pardon... Il a dit que nous devions défaire ce qui a été fait.

— Vachement utile.

— Tu sais ce qu'il voulait dire ?

— Mais fais donc gaffe à mes oreilles ! Cette fois-ci tu l'as fait exprès !

— Désolée. Cet homme — enfin, au premier abord, j'ai cru que c'était un homme, puis je l'ai pris pour un fantôme venu du monde onirique — était là pour m'aider. C'était un ami. Du moins en apparence.

— Il est arrivé plus étrange.

Ella prit soin à ne révéler qu'une partie de la vérité. À ce point, si elle lui parlait de la petite fille, tout serait terminé.

— C'est là que tout dérape. Je veux dire : lorsqu'on n'arrive plus à faire la différence entre le rêve et la réalité. Voilà le danger.

Brad se contenta de fixer l'eau trouble qui refroidissait autour de ses organes génitaux. La brosse avait rosi sa peau et ses oreilles avaient goûté la lame des ciseaux, par pur sadisme de la part d'Ella, ou peut-être pas. Il commençait à dessoûler et à se sentir ridicule. Ella s'occupa de préparer de la mousse à raser, en barbouilla ses joues et attaqua au rasoir.

— Je suis contente que tu acceptes de nous seconder, Brad. C'est le seul moyen de s'en sortir.

— Honora a accepté ?

— Cela ne saurait tarder.

— Mais je ne vois pas en quoi ça peut nous aider.

— Ne change pas d'avis, et je me charge du reste.

— Tu as raconté à Lee ce qui s'est passé entre nous ? demanda-t-il solennellement.

Elle continua son rasage.

— Il n'y avait rien à raconter.

— Je parle de cette seule et unique fois. Nous deux. Dans le rêve.

— Il ne s'est rien passé, Brad. Pas entre nous deux.

— Je sais que c'est vrai. On en a déjà parlé il y a des années de cela, et là aussi, tu as nié l'évidence.

— Comme je le fais aujourd'hui. Quel que soit le rêve que tu aies fait, et même si j'y figurais, je n'y étais pas.

— Maintenant, c'est facile à dire, fit-il en s'essuyant les yeux.

— Tu as tort.

— Que non.

— Fais gaffe. J'ai un rasoir en main. Je te dis que je n'étais pas là.

Brad allait la contredire, mais il vit dans ses yeux une lueur ressemblant au reflet du rasoir qu'elle avait en main, et se tint coi. Cela s'est passé il y a si longtemps !

Peut-être que les contours de la réalité s'étaient quelque peu brouillés. Ce n'était qu'un rêve, lucide ou pas.

— J'ai froid, dit-il.

Ella lui versa une autre casserole sur la tête et l'enveloppa d'une serviette. Elle lui passa ses diverses lotions parfumées avec les instructions d'emploi ad hoc et toutes sortes de vêtements appartenant à Lee. Il alla les essayer dans la cuisine.

Lorsqu'il revint, ses cheveux peignés en arrière, les manches d'un costume trop grand pour lui rabattues sur ses poignets, Ella se mit à rire. Ulcéré, il battit en retraite dans la cuisine et refusa d'en sortir, la menaçant de ne pas la suivre. Mais elle finit par le persuader. Il monta dans la Midget et resta là, les bras croisés, la tête basse.

— Il faut que je prévienne les autres de notre arrivée, dit Ella.

À cet effet, elle s'arrêta devant une cabine téléphonique. Elle allait descendre de voiture, puis se ravisa et retira les clés de contact.

— Pourquoi tu fais ça ? dit Brad, qui n'avait pas prononcé un mot depuis leur départ du cottage.

— Simple réflexe.

— Qu'est-ce qui te prend ? Tu crois que je vais te piquer ta voiture et partir avec ?

— Calme-toi. Je passe juste un coup de fil.

— Mais tu emmènes quand même les clés !

Une fois à l'intérieur de la cabine elle soupira et posa sa tête contre le combiné. Cela faisait six heures qu'elle s'occupait de Brad. Sa conduite restait imprévisible, et lui-même totalement erratique. Jusque-là, elle avait réussi à l'entraîner, mais s'il changeait d'avis et lui échappait, elle ne pourrait plus le retrouver. Il fallait qu'elle garde l'esprit clair. La simple idée de ce qui pouvait arriver s'ils subissaient une attaque en cours de route lui donnait le frisson.

Elle composa avec soin le numéro de téléphone de Lee. La voix qui répondit était celle d'Honora, bien qu'elle soit difficile à reconnaître et encore plus à comprendre. La communication était traversée d'interférences, d'étranges crépitements électroniques et d'innombrables conversations fantômes, comme si une centaine d'autres personnes tentaient de s'emparer de la ligne. Ella reposa le combiné et essaya à nouveau pour obtenir le même résultat. De guerre lasse, elle retourna à la voiture.

— Le téléphone est hors d'usage, dit-elle à Brad. Les autres attendront.

Brad fixait la route, boudeur.

— Cette bagnole va nous claquer entre les doigts.

Ella pouvait sentir deux forces contraires qui tiraillaient Brad. L'une s'en remettait totalement au jugement d'Ella et, avec une foi aveugle, lui demandait de s'occuper de tout et de le délivrer de ses mauvais rêves. L'autre était une épouvante palpable qui croissait avec une telle rapidité qu'elle pouvait presque la sentir sur son haleine ; il redoutait à la fois de faire face à ses terreurs et de retrouver ses compagnons du rêve, en qui il avait instillé ses propres cauchemars. C'est cette crainte qui lui soufflait qu'il avait eu tort de venir avec elle ; et, à chaque kilomètre parcouru, il redoutait de plus en plus les conséquences de cette erreur.

La nuit tombait. Elle s'arrêta à une station service proche de l'autoroute et essaya à nouveau d'appeler les autres. Elle n'obtint à nouveau qu'une communication disjointe, hantée de murmures, de conversations qui se modifiaient dès qu'on essayait de les écouter. Lorsqu'elle retourna à la voiture, Brad n'était plus là.

Elle le trouva à la réception de la station service. Il s'escrimait sur un jeu vidéo, une patrouille de l'espace quelconque. Sa main s'affairait sur les commandes alors qu'il fixait un kaléidoscope de minuscules lumières en mouvement derrière le verre sombre.

— Il faut qu'on y aille, dit Ella.

— Mais je n'ai pas encore rétamé tous les envahisseurs. La terre est toujours en péril.

— Pour que ça marche, il faut que tu mettes des pièces.

— Oh... c'est vrai.

Il abandonna les boutons et la suivit jusqu'à la voiture.

Peu après qu'ils se furent engagés sur l'autoroute, Brad parut sortir de sa torpeur.

— Faut que je boive un coup, dit-il.

— Il vaudrait mieux que tu laisses tomber la bouteille.

Il enserra son poignet avec une telle force qu'elle arrêta la voiture.

— Il *faut* que je boive un coup.

La peur et le manque de sommeil avaient allumé une lueur de démence dans ses yeux.

— Tu as peut-être raison. On va bien trouver un pub.

Elle dut parcourir un long chemin le long d'une départementale vide balayée par le vent. Le crépuscule se muait peu à peu en nuit. Elle trouva un pub dont la faible enseigne lumineuse disait : *The Corn Man.* L'intérieur était empli du murmure habituel des pubs qui venaient d'ouvrir alors que, pour la majorité des clients, il était encore trop tôt. Brad alla tout droit au bar et commanda deux doubles Brandy, qu'il but coup sur coup, laissant Ella se commander une limonade. Il demanda la même chose, et la serveuse lui décocha un regard interrogateur en mettant le verre sous le doseur.

— Vas-y doucement, dit Ella. Lee te fournira plus d'alcool qu'il ne t'en faut.

— Lee, Lee, toujours Lee. Ça commence à bien faire.

Brad gardait une main posée sur son verre comme s'il craignait qu'on n'essaie de le lui voler. Ella attendit patiemment, en silence, jusqu'à ce qu'il finisse par se lever.

— Faut que j' pisse, dit-il.

Ella resta là, buvant sa limonade à petites gorgées, jusqu'à ce qu'elle comprenne qu'il ne reviendrait pas. Elle alla même jusqu'à la porte des toilettes pour hommes et appela son nom, mais elle savait qu'il n'était plus là. Elle retourna à la voiture et s'assit derrière le volant sans savoir que faire.

Une demi-heure s'écoula avant qu'il ne sorte de l'ombre et remonte sur le siège passager. Elle crut sentir un relent de vomissures.

— Qu'est-ce qu'on attend ? dit-il.

CHAPITRE IX

On a souvent constaté qu'une poule n'est jamais que le moyen qu'emploie un œuf pour faire un autre œuf.

Samuel Butler

— C'était Ella, j'en suis certain.

Mais Honora n'avait pas l'air si sûre que ça.

— Qu'est-ce qu'elle a dit ?

— Je n'y ai rien compris. On aurait dit qu'elle appelait d'une autre planète.

Lee n'avait pas récupéré de la métamorphose d'Honora en Gorgone. Ç'avait été le second assaut des élémentals en l'espace de quelques minutes et, pour l'instant, il se souciait moins des difficultés que rencontrait Ella que des siennes. Il n'avait pas eu le temps de penser à ce qui aurait pu se produire entre Honora et lui si l'hallucination n'était pas venue s'interposer. De plus, il ne lui avait pas encore expliqué l'absence d'Ella.

— D'où penses-tu qu'elle appelle ?

— Pas de très loin.

— Pourquoi est-ce que tu refuses de me dire où elle est allée ? Tu ne veux pas me répondre ?

Lee était à bout d'échappatoires et de détournements de conversation. En fait, il envisagea même de simuler une attaque de serpents pour faire diversion. Une intuition lui conseilla de ne pas jouer à ça.

Heureusement, Honora finit par y renoncer. Il tenta

de se distraire en battant des cartes laissées sur la table à café et entamant une réussite, mais il manquait de concentration. La dernière attaque l'avait laissé pantelant, et il se sentait écœuré.

Honora s'ingéniait à lui taper sur les nerfs ; elle restait là, les mains jointes, en une attitude de profonde sérénité qui ne pouvait que trahir son tourment intérieur. Pire encore, Lee s'était rendu compte qu'Honora avait peut-être compris, par intuition ou simple bon sens, qu'Ella était partie recruter Brad Cousins afin de mettre en exécution son plan de bataille. Un sentiment déconcertant s'empara de lui. Il sentait, d'une façon irrationnelle, qu'il projetait des images mentales à Ella, ou qu'elle-même avait trouvé une façon peu élégante de le saigner de ses informations.

Ses distorsions ponctuelles étaient déjà assez déconcertantes sans qu'il faille y rajouter des visions télépathiques. Peut-être s'agissait-il d'un nouveau débordement du monde onirique, le résidu de la conversation mentale qu'ils partageaient dans le rêve. En tout cas, quoi que ce soit, *cela* existait. Et lorsque Lee finissait par l'admettre, il trouvait une résonance équivalente chez Honora. Ils s'assirent et se regardèrent, échangeant des intuitions muettes. Il savait qu'elle savait, et elle savait qu'il savait qu'elle savait, et ainsi de suite dans l'infini de l'espace.

Lee continua de retourner ses cartes alors que ses visions antérieures le tourmentaient par flashes successifs.

Honora alla à la fenêtre et scruta le crépuscule avant de refermer les rideaux.

— Veux-tu que je te tire les cartes ? demanda-t-elle soudain. Je peux te dire ton avenir.

— Dans des circonstances comme celle-ci, j'aime mieux ne pas le connaître.

— Tu n'es pas obligé d'y croire !

— C'est ce que je me suis dit l'autre jour. Que je n'ai pas besoin de croire en la puissance du rêve. Je me le suis dit et répété, mais ça n'a servi à rien.

— Ridicule. Passe-moi les cartes.

Honora s'agenouilla à côté de la table et ramassa le paquet. Lee se rassit à bonne distance de toute autre hallucination potentielle. Honora battit rapidement les cartes, puis les retourna une par une de chaque côté de la table tout en murmurant :

— Celle-ci te couronne, celle-ci te croise, celle-ci t'encercle ; ceci est derrière toi et ceci devant ; ceci parle pour toi, ceci te trompera, ceci te défendra, et tout ceci est devant toi.

Lee ne lui demanda pas de décrypter son avenir, parce que le téléphone se mit à sonner. Cette fois-ci, il alla répondre.

— C'est Ella, dit-il. Ella, parle plus fort ; plus fort ! Je te dis... bon Dieu, c'est inutile... puisque je te dis que je ne peux pas t'entendre !

Lee pouvait reconnaître la voie d'Ella, mais ses mots se perdaient dans une cacophonie de crépitements et d'interférences. Le combiné déversait un véritable mur du son dans l'oreille de Lee et au milieu de tout ce bruit résonnait la voix d'Ella, distante et dépourvue de toute amplitude. Il n'en restait qu'une fréquence restreinte, une simple oscillation sur un fil qui aurait pu s'étendre sur toute la longueur de la galaxie. Ella était bien là, il pouvait l'entendre, mais pas identifier un seul mot. La ligne s'emplissait de murmures et de respirations et de vagues statiques conspirant pour l'étouffer. Lee pressa son oreille contre l'écouteur.

— PARLE PLUS FORT, ELLA ! CRIE S'IL LE FAUT !

Sa voix continua sa litanie suraiguë, ressemblant au gazouillement d'un oiseau mécanique.

— ELLA, QU'EST-CE QUE TU DIS ?

Le lobe de son oreille était pressé contre l'écouteur, et Lee eut l'impression qu'il devenait de plus en plus chaud. Voire brûlant. Puis une pointe de douleur, une aiguille acérée traversa son tympan. Il écarta le combiné et sentit une résistance. On aurait dit que son oreille était collée au répondeur. En tirant, il n'obtint qu'une douleur accrue, comme si sa chair se détachait par bandes.

— Honora ! cria-t-il.

Cette fois-ci, elle comprit ce qui se passait et bondit sur ses pieds.

La douleur s'accrut au point de devenir un rasoir cisaillant ses chairs, une paire de ciseaux accrochés à son lobe. Il essaya d'inspirer profondément pour reprendre le contrôle de l'hallucination, comme il l'avait fait bien des fois dans le rêve ; revoyant les événements dans l'ordre de leur apparition, adoucissant le début de l'attaque. Puis il perdit le peu de contrôle qu'il avait réussi à regagner et sentit les premières atteintes de la panique.

— Il y a quelque chose à l'intérieur du téléphone ! cria Honora.

Lee en était bien conscient ; en écartant le combiné, il pouvait apercevoir à la périphérie de son champ de vision le scintillement fade de lames jaunâtres et animées et le sang qui jaillissait de son oreille martyrisée. Une tête recouverte de plumes noires sortit du combiné en se tortillant, roulant des yeux écarquillés de terreur, et il comprit que ce qui le déchirait n'était ni un rasoir, ni des ciseaux, mais le bec acéré d'un oiseau. Honora poussa un cri et resta là, indécise, ne sachant comment l'aider. Lee arracha le combiné de son oreille. L'oiseau, de la taille d'un corbeau, s'extirpa du combiné en battant frénétiquement des ailes, libérant l'une, puis l'autre, non sans lacérer plus encore l'oreille de Lee.

Lee lâcha le combiné et le rejeta par-dessus sa tête. L'oiseau se mit à voleter dans la pièce, se cognant aux murs, griffant la fenêtre. Lee tomba à genoux et vomit tripes et boyaux. L'oiseau paniqué se mit à dévaster la pièce et tous les objets qu'elle contenait. Ses ailes noires, magnifiées par l'espace réduit, leur décochaient des rafales d'air glacial. Des nuages de plumes jaillissaient et tombaient lentement dans toute la pièce. Finalement, en désespoir de cause, Honora saisit la table à café et, avec un grand cri, la jeta sur la fenêtre. La table retomba dans la pièce dans un jaillissement de verre brisé et un fracas assourdissant. L'oiseau s'enfuit par l'ouverture ainsi formée et disparut dans le crépuscule.

Honora tituba jusqu'à Lee, toujours effondré par terre. Elle le prit par la taille et l'aida à se relever.

— Allons, il faut que tu te lèves, il faut que tu te lèves, haleta-t-elle.

— C'était vrai, souffla-t-il. Cette fois-ci, tu as tout vu. C'était vrai. Ce n'était pas une hallucination.

Son oreille déchirée en était la preuve.

— Bien sûr que j'ai tout vu. Il faut que tu te lèves. Il faut qu'on s'en aille d'ici, pas vrai ? C'est ce qu'Ella voulait nous dire. Ils vont bientôt arriver tous les deux, pas vrai ?

Lee acquiesça. Il commençait à comprendre pourquoi Ella voulait précipiter les choses.

— Prends tes affaires. Et des couvertures. Je m'occupe du reste. Puis va à la voiture.

Ils chargèrent le coffre en silence, puis partirent dans la nuit tombante, laissant derrière eux le trou béant de la fenêtre fracassée.

Un vent mauvais se leva et fouetta la pièce qu'ils venaient de quitter, comme un commando aérien arrivé trop tard. Les rafales soulevèrent les lourds rideaux derrière la fenêtre brisée et soulevèrent les cartes qu'Honora n'avait pas pu lire, créant une nouvelle donne emplie de sombres présages que seul le vent pouvait déchiffrer.

CHAPITRE X

« On peut éprouver le besoin d'établir des distinctions entre les erreurs et les déviations de nos désirs ; à travers les souvenirs, les fantasmes, les névroses, les rêves et finalement à travers ces amours démentielles qui s'enfoncent de plus en plus profondément dans la folie.

L.P. Burns

Quelque part dans les Brecon Beacons, Ella, guidée par un souvenir et une confiance à infrarouge capable de percer la nuit sans lune, finit par trouver son chemin. Le moteur de la Midget se mit à hoqueter sévèrement. Aux premières heures du matin, la voiture cala enfin devant la maison, à l'endroit exact où, treize années plus tôt, la vieille Morris Minor s'était arrêtée. Ella descendit la première, laissant Brad regarder d'un œil morne le paysage et la maison vide.

— Treize ans plus tard, dit Ella, c'est toujours la résidence secondaire d'une vieille barbe de l'université qui a dû y mettre les pieds au moins deux fois pendant tout ce temps.

Brad descendit de voiture. Il n'arrivait pas à envier l'universitaire en question.

— Comment est-ce qu'on va entrer ? fit-il d'une voix qui suggérait : « Faisons demi-tour ».

Elle ouvrit le coffre de sa voiture.

— Tu n'as pas beaucoup d'expérience de la vie, Brad Cousins.

Elle en tira un pied-de-biche et un marteau et passa à l'arrière de la maison. Brad la suivit pas à pas. Elle choisit une fenêtre à guillotine, fourra le pied-de-biche entre la vitre du haut et du bas, leva le marteau, donna un grand coup, et la fermeture se brisa net. Il lui suffit de pousser légèrement sur la vitre qui glissa comme si elle était montée sur vérins hydrauliques.

— Où as-tu appris ce truc ?

— Au dos d'un prospectus. Va à la voiture et ramène nos affaires.

Brad s'éloigna, obéissant, alors qu'Ella escaladait l'appui de la fenêtre. Lorsqu'il réapparut avec son sac, elle avait déjà ouvert la porte de derrière.

— Non, n'allume pas la lumière. Inutile d'attirer l'attention. Et puis, il fera bientôt jour. Tire les rideaux et allume des bougies.

— C'est si romantique.

— Tu crois ?

— Pas vraiment.

À la lueur des flammes de chandelles qui dansaient et allongeaient des ombres tremblantes sur les murs, ils purent voir que la maison avait été récemment rénovée. On avait nettoyé les planchers, remplacé les vieilles armoires par des unités modernes et l'évier en émail avait cédé la place à un rectangle de métal. Ils firent du café et s'amusèrent à inventorier tout ce qui n'était pas là dans le temps, parcourant la maison à grandes enjambées nerveuses.

— Quand les autres vont-ils arriver ?

— On verra bien.

— Tu veux bien me donner une de tes ridicules cigarettes à la réglisse ?

Il était un peu plus de trois heures du matin lorsqu'une voiture s'arrêta devant la maison. Ella passa à la fenêtre et tira le rideau, puis alla ouvrir la porte.

— On s'est perdu, dit Lee, et on a tourné en rond pendant des heures. Pas très rassurant, comme coin.

Il jeta un étrange regard à Ella.

Maintenant, pensa-t-elle, c'était à lui de comprendre ce contre quoi ils luttaient. Il y avait goûté, lui aussi. Quel genre d'attaques avait-il dû endurer ?

— Ne t'en fais pas. Vous êtes là, c'est l'essentiel. Rentre donc, Honora.

— *Il* est là ?

Ella acquiesça, et elles passèrent le seuil. Brad était assis, très raide, dans un coin de la pièce. Lee ne s'étonna pas tant que ça de le voir rasé de frais, coiffé et vêtu d'un de ses vieux costumes. Honora se contenta d'ignorer sa présence. Brad jeta un coup d'œil dans sa direction, ou peut-être n'était-ce qu'un jeu de lumière sur ses yeux.

Lee se frotta les mains avec une ardeur simulée, fit les cent pas et parla de faire du café, de prendre ses aises ; n'importe quoi pour tempérer l'ambiance d'amertume qui imprégnait la pièce. Ella était plus sage. Elle savait quels ingrédients il convenait d'ajouter pour faire bouillonner le chaudron. Qu'ils le sentent eux-mêmes, se dit-elle.

Lee découvrit à quel point il était difficile de tenir une conversation avec trois personnes qui n'avaient aucune envie de se parler. Son enthousiasme factice finit par s'émousser. Les chandelles brûlèrent et tous quatre restèrent là, en silence, leurs tasses de café vides entre les mains, leurs yeux seuls reflétant la lumière. De temps en temps, un courant d'air faisait frissonner les flammes qui émettaient des tentacules de fumée noire et vaporeuse.

— On dirait une séance de spiritisme, dit Lee. Essayons donc de contacter les vivants.

Personne ne prit la peine de rire. Lee se rappela les séminaires de rêves lucides, lorsqu'ils devaient se farcir une vingtaine de minutes de silence gêné en attendant que le professeur ne prenne la parole. Il allait demander à voix haute ce que Burns aurait pensé d'une telle situation, mais préféra ne pas rajouter de l'huile sur le feu. Honora fixait le tapis comme si elle tentait d'en déchiffrer le dessin, et Lee eut l'impression que son silence à elle était le plus lourd de sous-entendus. Brad contemplait avec délectation un coin du plafond. Ella avait l'air bien trop à son aise, et les recoins de sa bouche se dressaient en ce qu'il prit pour un sourire vaguement malveillant.

C'était elle le chef ; aucun doute là-dessus. Les trois autres avaient implicitement reconnu son autorité. Tous savaient pourquoi ils étaient ici, mais attendaient qu'Ella leur donne l'ordre d'agir. Elle semblait capable de leur soutirer leur énergie, de distiller leur silence boudeur pour en extraire une essence particulière. Lorsqu'elle parla, tous l'écoutèrent comme si leur vie en dépendait.

— Personne n'a envie de dormir, et nous savons tous pourquoi. En tout cas, je suis bien éveillée, et il nous reste une heure ou deux avant l'aube. Mieux vaut garder notre fatigue pour demain soir, lorsqu'il nous faudra absolument dormir. Lorsque nous devrons retourner tous ensemble dans le monde du rêve.

Elle s'interrompit pour donner plus d'emphase à son propos, puis soupira.

— Demain, continua-t-elle, ou plutôt lorsqu'il fera jour, nous irons jeter un coup d'œil au lac. Nous passerons la journée ensemble, tout simplement, aussi pénible que cela puisse être. C'est la leçon que nous a donnée Burns. Cela a déjà marché et marchera à nouveau. Demain soir, nous dormirons et nous retournerons *là-bas.* C'est d'accord ?

Le regard d'Ella passa de l'un à l'autre, mais tous détournèrent les yeux.

— Ce sera tous ensemble ou pas du tout, et « pas du tout » est hors de question.

— Ella, fit Brad en tendant une main.

— Bien sûr. Lee, j'espère que tu n'as pas oublié les médicaments de Brad ?

— Quoi ?

— Tu lui as amené quelque chose.

— Oh, bien sûr, fit Lee, heureux de se rendre enfin utile.

Il sortit et revint avec une bouteille de whisky à moitié pleine.

— Ne fais pas cette tête, il y en a d'autres dans la voiture.

— Ne lui donne pas des idées, fit Ella attendant quand même que Brad se soit envoyé une bonne rasade.

Avant que les bougies ne finissent de se consumer, les premières lueurs d'un jour gris entrèrent dans la pièce, suivies d'une lumière plus intense. Honora alla éteindre les bougies, lentement, comme une acolyte dans une église. Ella la regardait, craignant pour sa raison. Elle avait passé la nuit dans le silence le plus total, et son regard braqué vers l'intérieur d'elle-même avait quelque chose d'inquiétant. Et là, elle se dressait devant la dernière des bougies, humectant son pouce et son index pour écraser la flamme, mais restait figée en plein geste. Elle fixait la lumière, sans ciller. On aurait dit que son âme était un fil très fin qui se dévidait pour se jeter vers le cœur de la flamme.

— Regarde-la, murmura-t-elle à Lee. Quelque chose est en train de la dévorer, morceau par morceau.

— Qu'est-ce que c'est ?

Ella secoua la tête.

— Arrête-la.

Lee alla se poster derrière Honora et tendit doucement le bras par-dessus son épaule pour éteindre la chandelle. Elle parut se réveiller.

— J'ai dormi ? demanda-t-elle.

Lee regarda Ella, mais ils ne répondirent pas. Puis Ella tira les rideaux, examina le ciel et décréta que la journée serait belle. Brad eut un reniflement de mépris.

— On va se promener, ajouta Ella. Jeter un coup d'œil au lac.

— Je reste, grogna Brad.

— Non. Que deviendrons-nous sans ta charmante compagnie ?

Le soleil d'un rouge sanglant ne tarda pas à se lever, puis il perdit ses couleurs pour n'être plus qu'un cercle blafard. L'étrange petite troupe partit à l'assaut des collines, marchant en silence le long du chemin de terre. Honora ouvrait la marche. Ella et Lee voulaient se tenir par la main, mais quelque chose les en empêchait. Le trajet jusqu'au lac était bref et ils y arrivèrent bien vite, traversant l'air humide du petit matin.

Le lac était mort.

Ou du moins figé dans un état de laideur suspendue, malsaine. Le souffle du printemps avait touché la campagne, mais évité ses eaux jaunes recouvertes d'une mousse grasse, comme un détergent qui dessinait d'étranges schémas à la surface. Son écume s'accrochait aux branches mortes, aux boîtes de Coca et aux débris divers qui souillaient la rive. Les chênes n'avaient pas fleuri et perdaient peu à peu leur écorce. Le saule qui s'était trempé dans le lac n'en guérirait jamais : il s'était recroquevillé et avait pris la couleur de la rouille. Les colonies d'oiseaux et d'insectes qui auraient dû apporter un peu de vie étaient mortes avec le lac ou étaient partis sous des cieux plus cléments.

— D'où vient toute cette pollution ? dit Brad.

À l'entendre, il prenait cela comme un affront personnel.

Ella trouva un semblant de réponse sous la forme d'un avis placardé sur un arbre : un appel à une réunion publique placé là par un groupe écologiste.

POLLUTION

S'il vous attriste de voir cet endroit et bien d'autres beautés locales défigurées par le rejet illégal de déchets toxiques, veuillez participer à l'enquête publique tenue à l'hôtel de ville de Penmarthern, en présence de représentants de la compagnie de produits chimiques Lytex.

L'avis était déjà dépassé : la rencontre avait eu lieu deux jours plus tôt.

— Lytex ? fit Lee étonné. Ça me dit quelque chose.

— Laisse tomber, grinça Brad.

Honora alla jusqu'à l'extrême bord du lac.

— On l'a empoisonné, fit-elle en scrutant ses profondeurs.

Son visage prit alors la même expression qu'Ella avait déjà reconnue. Elle resta là face aux eaux souillées, oscillant doucement comme si une corde invisible la retenait, alors qu'une partie d'elle-même se fondait déjà dans le lac. Oui, c'était bien ça : Honora était pâle et belle et étrange, mais surtout pâle, comme si elle perdait son sang, sa vie. Cette fois-ci, ce fut Brad qui s'avança pour l'assister, mais Ella l'arrêta d'un geste. Puis elle fit un pas en avant, passa son bras autour de l'épaule d'Honora et l'entraîna loin de la rive.

— Je suis en train de perdre la tête, fit Honora.

— Ne t'en fais pas. Je veille sur toi.

Lee toucha l'écorce malade du grand chêne. Ella posa son regard sur des iridescences vénéneuses qui serpentaient sur les eaux. Même au milieu de toute cette corruption chimique, elle pouvait voir les écailles luisantes d'un dragon ou d'un lézard ailé, ou une garnison en armures d'argent, leurs bannières claquant sous la surface. Elle eut du mal à détourner les yeux.

— Fichons le camp d'ici, dit-elle.

Elle les entraîna loin du lac, vers les bois où ils avaient passé des après-midi à se promener en compagnie de Burns, les yeux écarquillés, absorbant ses définitions si sensées et ses révélations placides. Même lorsqu'ils étaient éveillés, Burns avait fait de cet endroit une île au trésor, un lieu magique habité par les driades et les satyres. Et aujourd'hui, ils erraient sans but à travers les broussailles moisies d'un taillis détrempé.

Ella marchait avec circonspection, regardant sans cesse à droite et à gauche comme si elle s'attendait à découvrir quelque chose ou quelqu'un. Si les autres le remarquèrent, ils ne le montrèrent pas.

Ils reprirent le chemin de la maison, Honora ouvrant toujours la marche, les deux autres s'interposant entre elle et Brad. De temps en temps, ils changeaient de position. Ella ne voulait pas laisser Honora seule avec ses idées noires ; elle n'était qu'une nageuse débutante aux prises avec un fort courant. Ella envoya Lee pour qu'il lui parle ; Ella essaya d'engager la conversation avec Brad ; puis ils échangèrent les places, mais Honora et Brad ne dirent pas un mot. Et durant tout ce petit jeu, ils étaient conscient de la menace qui planait sur eux, prélude à la nuit et ce qu'elle leur réservait. Cette nuit où il leur faudrait dormir. Et rêver.

Brad baissa la tête, les yeux baissés sur l'étroit sentier, Ella à ses côtés.

— Pourquoi est-ce qu'on fait tout ça ?

— Pour établir une connexion, fit Ella en regardant autour d'elle.

— C'est fait. Je peux m'en aller, maintenant ?

Ella prit son bras. Son désespoir commençait à déteindre sur elle.

— Tu ne te rappelles vraiment rien, Ella ?

— De quoi ?

— De nous. Dans le rêve. Cette seule et unique fois.

— Ne recommence pas.

— Pour moi, c'est important.

— Je n'en doute pas.

— Il y a une raison à ça, fit-il, soudain presque timide. Tu as dit qu'il ne s'était rien passé...

— Parce que c'est vrai.

— Je n'y peux rien ; c'est tes souvenirs, et de toute façon ce n'était que dans le rêve, mais Ella, c'était un rêve *lucide*, pas de doutes, nous savons les reconnaître, et toi et moi, on était là, seuls et c'était un moment particulier, un moment de bonheur pour toi et moi, et pour moi, c'était la seule fois...

— *Quoi ?*

— Pas la première fois que je le faisais, non, mais la première — dans le rêve comme dans la réalité — où c'était réel et agréable.

Il y avait une ferveur presque effrayante dans la voix de Brad. Ella ferma les yeux. Elle se demanda si elle pouvait bel et bien se rappeler une situation semblable et dut admettre que, en grattant leur éternel antagonisme, on pourrait trouver une certaine tension sexuelle. S'agissait-il d'un fragment de rêve qu'elle aurait totalement éradiqué de sa mémoire ? Ella savait à quel point il était facile d'oublier les rêves lucides. Elle rejeta cette idée.

Devant, Lee et Honora étaient engagés dans une conversation similaire.

— Pourquoi tout ça ? demanda Honora.

Lee ne savait pas. C'était la volonté d'Ella. Parfois, il se disait qu'elle était trop compliquée pour lui. Il ne comprenait pas la moitié de ses paroles et de ses actes, mais il la suivait toujours. Elle agissait, il réagissait. Elle était vif-argent, il était plomb. Il avait vécu sa vie d'une façon trop futile, ce qui fait que, depuis le premier jour, elle l'avait mené par le bout du nez, parfois dans des directions qui ne lui plaisaient guère, et depuis, eh bien, il la suivait toujours. Honora était si différente. Elle avait l'air pâle et vulnérable, mais si jolie avec sa robe de coton et ses nattes.

— Tu crois que nous aurions eu une chance, tous les deux ? demanda-t-il.

— Inutile d'y penser maintenant.

— C'est vrai.

Mais, après un silence, elle admit :

— Je me suis toujours cramponnée aux sentiments que j'avais pour toi. Ce n'était pas de l'amour, ou peut-être pas, et puis mieux vaut ne pas employer ce mot. Et je crois que tu le savais.

— Non, je ne m'en suis jamais douté, dit Lee.

Il l'embrassa doucement. Cette fois-ci, il ne vit pas de serpents. Il sentit une odeur fraîche comme celle d'une pluie claire et admira le jeu du soleil sur ses cheveux. À quelques pas derrière eux, Ella les regardait.

Plus tard, Brad s'éloigna de Lee et Ella pour aller voir Honora. Celle-ci frissonna en le voyant approcher.

— Je voudrais te parler, Honora.

— Qu'est-ce tu veux que j'aie à te dire ?

— Pourquoi pas quelque chose comme : excuse-moi ?

— Parce que c'est moi qui devrais m'excuser ? Non seulement tu es un poivrot, mais en plus, tu es complètement cinglé.

— Toutes ces fois où j'ai tenté de te joindre, de t'aider. Et tu n'as jamais pris la peine de répondre. J'ai essayé, encore et encore, durant toutes ces années. Pas une seule fois. Pas un mot. Est-ce que ces deux-là sont au courant ? Ça m'étonnerait. Ils préfèrent me faire jouer le rôle du sale type. Celui qui a martyrisé cette pauvre, pauvre Honora.

— Je ne te dois rien. Rien du tout.

— Tu as tort, Honora. Tu me dois la vérité. Est-ce que tu leur as dit que j'étais avec toi lorsque c'est arrivé ? J'étais là, je t'ai tenu la main, t'ai réchauffée et t'ai aidée à accoucher du bébé dans le rêve — est-ce que tu leur as raconté tout ça ?

Elle s'arrêta et le regarda, interdite. Il n'avait jamais été là, non, jamais.

— Ce n'était pas le même rêve. Impossible.

— C'était le même. J'étais là, que tu le veuilles ou non. Tu ne t'en serais jamais sortie toute seule. Tu serais morte. C'est pour ça que tu as dédaigné les lettres que je t'ai envoyées. Tu t'es contentée de modifier le rêve. Tu l'as remonté, censuré, pour être sûr que je n'y apparaissais pas. Tu ne connais qu'une version expurgée. Tu fais tout pour m'en chasser !

— C'est impossible.

— C'est la vérité. Mon rêve et ton rêve étaient bien les mêmes.

— Mais pourquoi est-ce que tu tiens absolument à remuer la boue ? Tout ceci était mort et enterré ! Pourquoi ne pouvais-tu pas nous laisser tranquilles ? C'est *toi* qui as réactivé les rêves. Ils pensent que c'est moi, ils l'ont toujours cru. Ils sont persuadés que ma culpabilité m'a poussée à agir. Mais je savais que c'était toi. J'espérais le contraire, mais je connaissais la vérité.

— Tu ne comprends pas. Je ne pouvais pas abandonner la partie. Il y avait là quelque chose qui nous appartenait, qu'il fallait arranger une bonne fois pour toutes. Je ne l'ai pas choisi ; de temps en temps, cette même chose m'attirait dans le rêve et me montrait ce qui y était resté. Et je ne pouvais l'empêcher.

— Comme tu ne peux pas t'empêcher de boire, par exemple ?

— Peut-être. Je ne sais pas. Mais je n'avais pas l'intention d'y attirer quelqu'un d'autre.

— Tu n'avais pas l'intention.

— Écoute-moi, Honora. J'essaie de tout réparer. (Il lui prit le bras.) Peu importe ce que tu en dis. J'en ai marre de me battre.

— Brad Cousins, en ce qui me concerne, tu peux aussi bien en avoir marre de respirer.

Brad laissa retomber ses bras et partit dans la direction opposée.

Ils avaient presque rejoint la maison lorsque Ella et Lee réalisèrent sa disparition.

— Où est-il ?

— Parti.

— Mais est-ce qu'il va revenir ?

— Je ne sais pas, dit Honora en pensant « probablement pas ».

CHAPITRE XI

Qui perd ses rêves risque de perdre la tête.

Mick Jagger

Sans Brad, tous les projets d'Ella étaient voués à l'échec. Mais l'espoir devait renaître lorsque, quelques heures plus tard, Lee constata que Brad n'était pas allé bien loin. En fait, il était simplement retourné dans la maison, ou plus exactement dans le vieux cabanon au fond du jardin, là où on rangeait jadis le canot.

Lorsque Lee essaya d'ouvrir la porte, il s'aperçut qu'elle n'était pas fermée à clé, mais que quelque chose la bloquait. Il força un peu, gagnant quelques centimètres qui lui permirent de passer la tête par l'ouverture, et découvrit une nouvelle relique de leur été. Le canot, dont la peinture s'écaillait, était toujours là. Il contenait un étrange chargement : Brad Cousins, profondément endormi, les jambes passées sur les rebords, tenant dans ses bras une bouteille vide de whisky pur malt. Une deuxième, tout aussi vide, gisait sur le sol. Des rayons de soleil chancelants caressaient ses joues bouffies.

— Ohé, du bateau ! cria Lee, heureux de l'avoir découvert, même dans cet état.

Brad ne se réveilla pas. Lee l'appela à nouveau, sans plus de résultats, et retourna à la maison.

— J'ai retrouvé la Belle au bois dormant. Mieux vaut faire du café.

— Noir ?

— Comme l'enfer.

Lee était soulagé : on pouvait encore sauver le plan d'Ella. Il retourna au cabanon, portant une tasse de café noir fumant. Il s'inséra dans l'étroit espace, posa la tasse sur l'établi et entreprit de réveiller Brad.

Il commença par secouer son bras, puis lui claqua doucement les joues et lui cria aux oreilles sans pour autant le ranimer. Il le gifla à nouveau, plus si doucement. Brad continua son somme. En désespoir de cause, Lee pensa à employer une méthode éprouvée, celle dite du seau d'eau glacée.

Lee remplit le seau en question avec solennité, et Ella et Honora le suivirent pour profiter du spectacle. Elles se tinrent derrière la vitre, riant comme des collégiennes, alors que Lee levait le tout et aspergeait consciencieusement le dormeur. Mais alors qu'ils s'attendaient à le voir s'éveiller, toussant et crachotant, il continua de dormir. Pour la première fois, Lee se dit qu'ils n'arriveraient peut-être pas à le faire émerger.

Ils eurent bien du mal à sortir Brad du cabanon. Le bateau bloquait les portes, et le poids respectable du dormeur rendait toute manipulation délicate. Et le sortir du canot ne fut pas non plus une partie de plaisir. Ils n'avaient pas beaucoup de place pour passer et Brad, inerte, n'était qu'un poids mort. Finalement, Lee réussit à glisser le corps dégoulinant dans l'interstice pendant qu'Ella poussait le bateau. Lee était lui aussi trempé, mais de sueur lorsqu'il déposa Brad sur l'herbe en jurant comme un charretier. Elle s'agenouilla à côté du dormeur. Son visage était bouffi et contusionné, avec une bulle de vomi à la commissure de ses lèvres.

— Ses mains sont glacées et il respire mal. Emmenons-le à l'hôpital.

— Je m'en charge, fit Lee. Apporte-moi une couverture et aide-moi à le mettre dans la voiture.

Lee revint en fin d'après-midi.

— Empoisonnement alcoolique. Ces deux bouteilles l'ont assommé.

— Ça, on s'en serait douté, rétorqua Ella.

— C'est tout ce qu'ils m'ont dit. Il est en plein coma éthylique.
— Et quand va-t-il en sortir ?
— Ils lui ont fait un lavage d'estomac, mais ça ne l'a pas ranimé. Le docteur a dit qu'il pouvait revenir à lui dans cinq minutes, ou des jours, des mois, des années. Il lui ont mis des tubes de partout. Je n'ai pas jugé utile de rester là-bas à boire du mauvais café. Alors je suis rentré. J'ai bien fait, non ?
— Et ils sont sûrs que c'est tout ce qu'il a bu qui l'a terrassé ?
— C'est ce qu'ils ont dit. Mais la profondeur de son coma les a étonnés. Ils m'ont interrogé longuement sur son mode de vie, et je n'ai pas pu répondre. Il faudra attendre qu'il se réveille. Ils disent que son état est...
— Au-delà des pouvoirs de la médecine actuelle, suggéra Honora.
— Quelque chose comme ça.
— Et où en est-on ? dit Ella.
— Un de moins, plus que trois ?
Personne ne répondit à cette remarque.

Le soir vint, et tous se montrèrent peu loquaces. Leurs silences fourmillaient contre les murs et rampaient dans les recoins et les interstices de la maison. Tout bruit, tout mouvement devenait un affront. Ils avaient descendu les matelas dans le salon et les avaient recouverts de draps afin de pouvoir dormir côte à côte. C'était un arrangement tacite qui reflétait moins une quelconque proximité que la peur de la nuit qui les attendait.

C'était encore Ella qui se faisait le plus de souci. La tournure étrange que prenaient les événements avait bouleversé ses plans. Elle avait tout basé sur ce retour au monde onirique et, maintenant, semblait vaincue.

La lumière des chandelles dansait sur la cheminée et agitait des ombres inquiétantes qui enflammaient des imaginations déjà bien trop actives. À l'extérieur, une porte se mit à claquer, encore et encore, ballottée par le vent, jusqu'à ce que Lee aille la fermer.

La nuit était claire. La lune n'était qu'un mince croissant brillant sur un canevas d'étoiles, tel le drapeau d'un pays inconnu. Lee scruta le ciel à la recherche d'un présage, d'un signe. C'était la lune des rêveurs, sillonnant la nuit, emportant une bien étrange cargaison.

Les lumières du village reflétaient celles des étoiles et paraissaient tout aussi lointaines. Là, dans les ténèbres, *quelque chose* s'éveillait. Le vent charriait *quelque chose* qu'on ne pouvait ni voir, ni goûter, ni sentir, mais que Lee pouvait néanmoins percevoir alors que *cela* se massait autour d'eux.

— Quand nous laisseras-tu en paix ?

Lee était épuisé. Le manque de sommeil l'enserrait de ses chaînes et jouait des tours avec sa vision. Il leva les yeux, et le monde entier prit une tournure hallucinante. La lune planait au-dessus de lui, si brillante, si massive, irradiant une clarté éblouissante ; des traînées blafardes en dégoulinaient comme de la cire le long d'une bougie. Il eut l'impression de pouvoir distinguer le vent qui balayait les cieux, dévidant ses couleurs chatoyantes sur la toile de la nuit ; il voyait ses contours tourbillonnants, ses courants, ses spirales. Puis il frissonna et rentra dans la maison.

CHAPITRE XII

Ces pensées ont créé en toi un être vivant ; et celui qui réfléchit trop intensément devient ainsi un Prométhée ; à jamais, un vautour lui dévore le cœur.

Herman Melville

La maison ressemblait à un camp retranché, assiégé par une armée fantôme dont les tentes seraient plantées dans le jardin. Ella essaya d'allumer un feu dans la cheminée en une tentative désespérée pour réchauffer l'atmosphère de la pièce. Les flammes prirent à la troisième tentative, grasses et fumantes, léchant sans entrain une bûche humide érigée au-dessus d'un amas de brindilles entrecroisées. La clé d'une boîte de sardines se cassa, et Lee se coupa en tentant de sauver son contenu. Ils mangèrent leur repas frugal en silence.

Lee suggéra d'appeler l'hôpital pour prendre des nouvelles de Brad. Comme la maison n'était pas équipée d'un téléphone, il fallait se rendre au village d'à côté ; tâche qui, au vu des dangers qui les guettaient, prenait l'allure d'une véritable expédition. Lee, qui se souvenait de ses malheurs téléphoniques, n'était pas très chaud pour s'en charger. Il pensait que c'était plutôt Ella qui devrait y aller, et le dit. Mais cela faisait un certain temps qu'Ella cherchait une occasion de discuter en privé avec Lee. Elle avait besoin de se retrouver avec lui, même si elle rechignait à abandonner Honora, qui semblait perdre peu à peu tout contrôle sur elle-même.

— Regarde-la ! dit-elle.

Elle s'était adressée à Honora par deux fois sans obtenir de réaction. Honora fixait les flammes d'un regard vide, incertain. Ses yeux, comme asséchés par la fumée, paraissaient ternes. Elle était ailleurs.

— Elle part en lambeaux, c'est évident. On peut presque le voir à l'œil nu !

Ella brisa l'enchantement en prenant sa main.

— Écarte-toi du feu.

— C'est encore arrivé ? Je suis comme la fumée. Je m'effiloche au vent.

— On va chercher une cabine pour téléphoner. Viens avec nous.

— Je préférerais ne pas sortir d'ici.

— Viens donc avec nous.

— Ella, ne me force pas à sortir.

Ella hésita.

— On en a pour dix minutes, maximum.

Ella passa son coup de fil, et Lee resta à proximité. L'état de Brad restait critique. Ella soupira et reposa le combiné. Elle raconta le tout à Lee, et ils convinrent de rappeler le lendemain matin. Avant de remonter dans la voiture, elle lui prit la manche.

— Honora a raison, n'est-ce pas ? Elle sait ce qui se passe.

— Elle est incroyablement sensible. Son intuition est extraordinaire.

— Ce qui veut dire ?

— Qu'elle sait ce qui nous menace. Le danger de se laisser emporter. De nous perdre dans le rêve sans jamais retrouver le chemin du retour. De nous retrouver coincés dans le tissu onirique, prisonniers du paysage des rêves.

— C'est ce qui peut nous arriver de pire. L'ultime cauchemar.

— C'est ce qui nous guette.

— Je ne voulais pas l'admettre.

Lee la regarda. Les yeux d'Ella reflétaient la franchise. D'où tirait-elle tout ce courage ? se demanda-t-il. Il saisit sa main froide et l'embrassa.

— Comme tu le dis, c'est l'ultime cauchemar. Peut-être que l'un d'entre nous devrait rester éveiller pour surveiller les rêveurs. Peut-être est-ce la seule façon de s'en sortir.

— On tire à la courte paille ou on demande un volontaire ? (Ella secoua la tête.) Ça ne marchera pas. Il faut qu'on soit tous là, dans le rêve. Nous sommes tous dans le coup.

— Si seulement nous avions quelqu'un pour nous conseiller, quelqu'un d'extérieur, pour nous servir de point d'ancrage. Si Burns était là, que nous dirait-il ? Quel indice nous donnerait-il ?

Ella se rappela sa rencontre avec le professeur — si toutefois c'était bien lui — sur l'autoroute. Elle revoyait très bien Burns tel qu'elle l'avait retrouvé, mystérieux, agité, se tordant les mains, disant des choses qu'elle ne pouvait ni comprendre, ni utiliser.

— Écoute. J'ai fait une rencontre en chemin. Cela reste dans le flou, mais il faut que je t'en parle. J'ai croisé le professeur ; c'est-à-dire, je l'ai vu — ou il est venu à moi — mais je ne sais pas si c'était vraiment lui. Je sais que ça a l'air incohérent, et peut-être que je me trompe du tout au tout... mais c'était bien le professeur qui est monté dans ma voiture après une expérience déplaisante. Et je suis sûre qu'il essayait de nous aider.

— Qu'est-ce qu'il a dit ?

— Rien de bien utile. Il a parlé de défaire ce qui avait été fait. Il était excité comme un pou.

— C'est tout ce qu'il a dit ?

— Défaire ce qui a été fait.

— Ce n'est pas vraiment un guide pratique, pas vrai ?

— D'où qu'il vienne, lorsque j'ai regardé en arrière, ce n'est pas Burns que j'ai vu, mais... oh, pourquoi avons-nous si peur d'en parler ? J'ai vu non pas le professeur, mais l'Autre.

— Cela non plus ne nous avance guère.

— Non.

— Il nous faut un indice. Un fil d'Ariane que nous pourrons emmener dans le labyrinthe pour qu'il nous guide vers la sortie. Et il faut que ce soit toi, Ella, qui t'en charges. De nous tous, c'est toi la visionnaire. Est-ce que tu peux nous tisser un fil doré ?

— Avec quoi ? Tu me surestimes, Lee. Tu m'as toujours surestimée. Peut-être est-ce Honora qui trouvera le chemin. Viens, allons-y.

À ce moment précis, Honora aurait elle-même bien eu besoin d'un fil d'Ariane.

Au moment où la porte se refermait, elle regretta sa décision de rester en arrière. L'air humide de la maison lui donnait la chair de poule et elle était terrifiée à l'idée de ce qui pouvait rôder au-dehors. Ses nerfs tressaillaient comme de la glace dans un verre craquelé.

La maison semblait étrangement vide, telle une chambre funéraire. Elle se leva et fit le tour de la pièce, les bras croisés, sur la défensive, évitant soigneusement d'approcher du feu et des chandelles. Elle connaissait trop bien leur pouvoir hypnotique. À l'extérieur, le vent se leva à nouveau, gémissant dans les arbres et secouant la grille. Elle pouvait la voir osciller en avant, en arrière, en avant, en arrière, si lentement, ombre sur fond d'ombres, puis claquer contre les montants et s'ouvrir à nouveau. Honora put alors distinguer une petite silhouette accroupie sur la grille. Ce n'était guère plus qu'une ombre de plus ballottée par le vent.

— Qui est là ?

Honora hésita sur le seuil puis lança un pied hésitant sur le chemin. Elle vit à nouveau la silhouette, celle d'une petite créature encapuchonnée. La grille s'immobilisa et l'ombre se cacha derrière. Honora avança lentement sur le chemin, une main tendue vers la grille, qui se ferma brutalement.

Honora se reprit. Ce n'était rien, juste le vent et la silhouette d'un buisson de rhododendrons derrière elle. Soulagée, elle ferma le loquet.

Mais, une fois à l'intérieur de la maison, elle entendit gratter sur une vitre. Il y avait quelqu'un à la fenêtre. Elle se dirigea lentement vers elle.

C'était le vent, qui secouait les buissons aux branches tortueuses, les poussait jusqu'à ce qu'elles griffent les vitres. Puis il y eut un soupir dans le jardin — le vent jouant sur les restes de la barrière brisée. Quelque chose trottina derrière la maison — le vent, rien que le vent, chassant un journal en lambeaux. Un claquement à l'avant de la maison. Le vent, oui, le vent qui faisait claquer la grille. Celle qu'Honora avait soigneusement refermée quelques secondes plus tôt.

Elle regarda à la fenêtre, vit son propre reflet et, au-delà, la grille. Celle-ci s'était libérée d'une façon ou d'une autre et se balançait à nouveau au gré des rafales. Une silhouette courbée la chevauchait, comme un enfant sur un cheval à bascule — certainement la tige du rhododendron, un jeu d'ombres trompeur. Honora ferma le rideau et retourna devant le feu.

Les grattements à la fenêtre reprirent, insupportable bruit d'ongles sur le verre. Elle l'ignora. Le crissement se poursuivit. Suivi d'un tapotement rythmique, régulier. Puis ce fut un souffle semblable à la respiration d'un enfant qui aurait embué la vitre. De petits pieds qui martelaient le sol en courant pour rejoindre l'arrière de la maison. Honora posa ses mains sur ses oreilles.

Les grattements et les tapotements passèrent de la fenêtre à l'arrière de la maison. Honora leva les yeux. Elle put alors voir le visage blafard qui articulait des mots indistincts derrière les vitres tout en allant d'une fenêtre à l'autre, comme en un jeu de marelle malsain.

— Non, gémit Honora en se rebouchant les oreilles. Non non *non*.

Puis tout cessa. La silhouette disparut. Honora n'entendit plus que sa propre respiration rauque. Elle jeta autour d'elle un regard de démente. Rien. Elle se perdit alors dans une explosion de gestes frénétiques ; remettre une bûche dans le feu, aller à la cuisine, regarder chauffer une bouilloire, faire du café, essayer de se calmer.

Elle retourna près de la cheminée, tenant sa tasse de café serrée contre elle, comme pour la protéger. Elle compta les secondes, chacune s'abattant comme un coup d'épée qu'elle avait de plus en plus de mal à parer. Puis, lentement, elle prit conscience d'un reflet à la périphérie de sa vision ; comme une lueur phosphorescente de couleur terne. *Quelque chose* venait d'entrer.

Cela emplissait la pièce soudain envahie par le froid. C'était là, et cette présence était incroyablement forte ; comme un clair de lune, comme une pluie acide transformée en givre, comme une haleine fétide soudain congelée. *Cela* avait la couleur, le goût et l'odeur des choses pourries, abandonnées, et *cela* avait pris l'apparence d'un être humain.

D'un enfant.

Honora laissa échapper sa tasse de café qui se brisa au sol, y laissant une tache sombre qui s'étendit dans quatre directions, telle une immense amibe.

La fillette était assisse en face d'elle. Elle ne disait rien : elle regardait Honora de ses yeux ternes, la tête légèrement penchée, comme une marionnette. Humaine, trop humaine ; une fillette abandonnée, attifée d'une triste robe qui lui arrivait à mi-cuisse. Sa mâchoire était carrée, ses cheveux sales et emmêlés. Elle n'inspirait pas la tendresse, non, mais la pitié certainement. Ses yeux couleur de sable dévisageaient Honora, mais semblaient regarder à travers elle pour fixer un point éloigné ; attendant, patiente mais obstinée, la réponse à une question posée il y a bien longtemps. Attendant une réponse qui ne venait pas, qui ne viendrait jamais.

Honora resta là, paralysée, comme lors de sa première incursion dans le rêve. Elle réussit à balbutier :

— Mais quand, quand auras-tu fini de nous tourmenter ?

L'expression du visage de la fillette se modifia, se tordant en une grimace moqueuse. Elle se leva et marcha vers le feu. Honora sentit une onde de froid la transpercer jusqu'à l'os. La fillette exsudait toujours ce halo phosphorescent, tel le reflet de la lune sur des eaux paisibles. Après une ou deux pulsations, la lumière faiblit peu à peu ; la petite fille se mit à diminuer en taille et en substance jusqu'à n'être plus qu'un minuscule losange de flamme bleue et dure qui bondit tel un météore en réduction et plongea dans les flammes.

Le regard d'Honora le suivit jusqu'au cœur du foyer. Elle n'avait plus la force de détourner les yeux, de résister. Elle connaissait les dangers qu'elle encourait, se souvenait des multiples avertissements d'Ella ; et pourtant, cette simple étincelle avait suffi à la ramener en arrière. Les flammes immatérielles l'enveloppaient comme une cape, l'attirant au plus profond de sa transe. Elle n'était plus qu'un fil dans la trame de son être, une tapisserie complexe et multicolore qui s'effilochait, fibre par fibre. Des mains invisibles dissociaient ainsi son être, enroulant soigneusement les fils de sa trame en une pelote immatérielle. Et c'était à travers ses yeux que s'effectuait ce travail ; les yeux, là où les sutures de l'âme étaient les plus fragiles, les plus faciles à briser. Et son être s'effilochait ainsi, incapable de résister aux mains invisibles qui la mettaient en pièces.

L'idée du danger la menaçant finit par ranimer quelque peu sa volonté. Ses pensées se transformèrent en épée, un gros glaive à la lame brillante, une ultime échappatoire. Mais l'épée partit en fumée. Tout comme la trame qui la retenait. Résister impliquait un effort colossal, et son esprit dépecé n'avait plus la force nécessaire pour manier un glaive.

Le feu avait pris possession d'Honora. La danse rituelle des flammes odorantes l'avait captivée. Le feu, le plus martial de tous les éléments, le prince dévoreur. Là, elle pouvait voir flotter les bannières et les oriflammes de ses glorieuses armées, ses drapeaux d'ocre et d'écarlate, ses troupes se déversant dans les vallées pour camper dans les plaines. Ils l'avaient conquise, envahie, et la retenaient prisonnière. La flamme la courtisait. Elle devenait elle-même flamme et se dissolvait en un nuage de fumée.

— Brûler ? Mais qu'est-ce qui brûle ?

Lee et Ella l'entouraient et la tenaient par les épaules.

— Honora ! appelaient-ils, et ce nom lui sembla provenir de très, très loin.

Lee la releva de force tout en la secouant violemment. Il lui arracha ses vêtements. Peu à peu, elle prit conscience de l'odeur âcre qui imprégnait la pièce et réalisa que tout autour d'eux était noyé dans une fumée grise et dense.

— Tu t'es brûlée ? Honora, tu t'es brûlée ?

Lee lui frictionnait les bras avec ferveur.

— Non.

Et en effet, les flammes l'avaient épargnée. Elle regarda à ses pieds et vit la jupe et le pull-over que Lee avait déchirés. Ils ne présentaient aucun signe de combustion, et pourtant, des fumerolles s'échappaient lentement de leurs fibres. Ella passait d'une fenêtre à l'autre et les ouvrait à la volée.

— Qu'est-ce qui s'est passé ?

Honora était encore sous le choc. Lee et Ella échangèrent un regard, puis Ella prit Honora dans ses bras et la laissa pleurer.

— Ce soir, dit Ella. Ce sera ce soir ou jamais.

CHAPITRE XIII

Si l'on ouvrait les portes de la perception,
tout apparaîtrait tel qu'il est : infini.
William Blake

Le sommeil finira certainement par venir les prendre. Mais ce soir-là, et tous les autres avant lui, Morphée n'accepte plus n'importe qui dans ses bras. Et ceux qui ont déjà tenté d'envahir son royaume ne peuvent guère le blâmer s'il se fait tirer l'oreille. Ainsi ils reposent tous les trois sur leurs matelas et attendent en scrutant les ténèbres.

Lee flotte et oscille dans un demi-sommeil, et son corps baigné de sueur n'arrive pas à trouver le repos. Honora prend une de ses pilules pourvoyeuses d'oubli, se tortille, enserre ses genoux, cherche à étouffer ses gémissements. Mais le sommeil finit par les prendre, laissant Ella en arrière. Elle reste là, repliée sur elle-même dans les ténèbres, et une lueur vacillante dessine des entrelacs stroboscopiques derrière ses paupières closes. Elle se sent responsable des autres ; n'est-elle pas la rêveuse la plus douée d'entre eux ? Et elle sait qu'au final, c'est d'elle que dépendra leur réussite ou leur échec.

— Donne-nous un fil d'Ariane, l'avait supplié Lee. Un guide qui nous permette de rentrer et de sortir sans se perdre en route.

Elle explore les confins de sa mémoire. Là, tout au fond, elle devrait bien trouver de quoi créer ce fameux fil d'Ariane. Un fil semblable à aucun autre, capable de relier le monde extérieur au labyrinthe de l'esprit, tel un pont de lumière, aussi brillant et fluide que la substance même du rêve.

Elle revoit sa rencontre sur l'autoroute. Elle ne se souvient que d'une vague conversation qui ne lui fournit pas d'autres indications que cette curieuse phrase : *défaire ce qui avait été fait.* Il n'y a rien à en tirer. Rien.

La nuit est bien avancée, et elle ne trouve toujours pas le sommeil. Parfois, l'un des dormeurs remue sans se réveiller ; Ella le regarde avant de se replonger dans son propre tourment.

Elle a une image très claire de Burns qui agite les mains en lui offrant ses conseils inutiles. Dans sa vision enfiévrée, il se fait de plus en plus impatient, plus angoissé, et tord et retord ses doigts perclus d'arthrite : *Vous ne comprenez pas, Ella, c'est vous et personne d'autre, je ne peux rien faire, c'est vous qui devez agir, vous devez comprendre qu'il n'est pas en mon pouvoir de vous aider, ce n'est pas entre mes...*

MAINS.

Ella se redresse sur son lit.

Ella a un accès de panique, par peur de perdre l'idée qui vient de jaillir, qu'elle ne replonge dans les profondeurs glauques d'où elle vient de fuser comme un météore illuminant la nuit. Elle cherche quelque chose à quoi se cramponner. Elle apprivoise l'idée, tout doucement, comme une flamme de bougie qu'on veut protéger du vent, et regarde les deux autres dormeurs qui ne lui seront d'aucun secours. Elle se laisse tomber sur son oreiller.

Oui, Ella, tout est entre tes mains.

C'est ce que voulait te dire Burns, dès le début.

Elle revoit les exercices à effectuer dans le rêve. La manipulation manuelle. C'est un fragment d'enfance tiré du coffre à jouets sans fond qu'est l'esprit. L'exercice onirique. Celui qu'ils ont élaboré entre eux. Celui qui a formé le pont originel, celui qui séparait les balbutiements de rêve lucide du véritable contrôle.

C'était bien ça, oui. Toujours. Le rêve passant de la tête aux mains, qui faisaient des miracles, changeaient le monde extérieur... doucement ! s'admoneste Ella. *Doucement !* Son esprit affronte soudain un courant qui veut faire dévier son flux de pensées, le noyer, le perdre dans l'espace.

Défaire ce qui a été fait, lui avait conseillé le fantôme de Burns. Mais qu'avaient-ils fait ? Et *comment ?* Reprenons à zéro. Lentement. Très lentement. Et avec tous les pouvoirs de sa lucidité enfantine. Car là, là était la vérité.

Là est l'église.

Elle voit deux femmes qui discutent au milieu des ruines d'une cathédrale bombardée. Elles débattent de la possibilité d'un enfant onirique. Ou peut-être essaient-elles de se faire à cette idée. Un enfant, une chose — non, un enfant — a été conçu et est né dans le rêve. L'église est la matrice, la femme, se dit Ella en scrutant les profondeurs ténébreuses du plafond. Et la tour, le clocher, droit et pointu, devait être l'homme. C'était si simple. *Voici l'église et voici le clocher.* Un homme et une femme.

Ouvre la porte. Oui, c'est une métaphore. On peut lui donner un autre nom, le rut, ou en ce cas précis, un viol où l'amour est absent, mais en tout cas, qui ouvre la porte. *Et voici l'assemblée.* C'est ça, la reproduction pour créer un nouvel être et recommencer tout le cycle de la vie.

Mais où tout ceci mène-t-il ? Ce n'est qu'une comptine, un jeu d'enfant, pas vrai ? Un tour de passe-passe. Une petite histoire qui ne recèle rien. À moins que... Peut-on y trouver un autre brin de ce fil ? Tels les mots qui se modifient dans un livre qu'on essaie de lire en rêve, ce changement de perspective peut-il lui fournir davantage d'indications ?

Essaie encore.

Voici l'église. Eh bien, c'est notre foi dans le rêve. *Voici le clocher.* Leur désir, leur volonté ardente d'entrer encore une fois dans ce monde onirique. *Ouvre la porte,* celle du sommeil, du monde des rêves. *Et voilà l'assemblée.* Qui sont-ils ? Qui trouve-t-on dans une église ? Nous. Nous, nés de la foi et du désir, nous sommes les rêveurs.

C'est si facile. Le fil d'Ariane est composé d'autres fils entortillés, innombrables, car chacun d'entre eux correspond à une interprétation, et les possibilités sont infinies. Ella se sent fiévreuse. Bien au-delà de son champ de vision, elle peut voir se dévider un fil d'or d'où jaillissent des éclairs de lumière pure alors que son esprit le fait tourner, plus vite, plus vite mes pensées. Voilà le fil, aussi léger et fluide que le rêve lui-même, qui les emmènera là-bas. Mais, pour qu'il puisse les guider vers la sortie, il faut qu'un de ses constituants essentiels soit assez résistant.

Elle touche au but, elle le sait. Si elle peut y arriver, ce sera par ce biais. Ce n'est que maintenant que la fatigue la rattrape. Elle sent les frontières de sa conscience reculer comme sous l'assaut de hordes barbares. Et, maintenant, elle doit combattre le sommeil.

Peut-être s'agit-il simplement d'examiner le fil en sens inverse. Comme lorsqu'on examine le dos d'une broderie pour en étudier les points. La question, c'est de savoir si la clé peut ouvrir la porte dans les deux sens ? Et le fil peut-il fonctionner une troisième fois ?

L'église. Et si l'église symbolisait notre foi dans le rêve ? En ce cas, son contraire serait la défiance. Et si cette défiance devenait elle-même un instrument d'oppression ? Une église devenant prison ; n'était-ce pas la tournure qu'avaient prise leurs rêves ?

Le clocher. Nos vanités sont comme une tour de Babel, nées de notre arrogance, de notre désir de nous élever, de devenir les égaux de Dieu. L'indifférence est à l'opposé du désir ; c'est le pire des crimes. Et nous nous endormons. Notre défiance, notre indifférence se retournent contre nous. Comment pourrons-nous jamais retrouver notre chemin ?

La porte. Comment rouvre-t-on la porte pour revenir en arrière ? Comment retrouver notre foi et notre désir originel ?

Mais Ella ne peut aller plus loin. Elle est trop épuisée pour continuer son raisonnement ; trop fatiguée pour filer plus encore son fil doré, pour finir de tisser la trame. La dernière des bougies n'est plus qu'une coulée de cire inerte. Son esprit se referme comme un morceau de papier qu'on plie en quatre, puis en huit, et encore et encore.

CHAPITRE XIV

Si le roi ici présent venait à se réveiller, ajouta Twideuldeume, vous vous trouveriez soufflée — pfutt ! — tout comme une chandelle.

Lewis Carroll

Ella ne comprit qu'elle s'était endormie que lorsqu'elle se retrouva de l'autre côté. Dans le rêve. Lee se tenait à côté d'elle et le regardait d'une drôle de façon.

— Je t'ai attendu, fit-il en *langage onirique* — tu es là. Il fait froid.

Il la toucha et la prit dans ses bras. Cette étreinte leur fit retrouver l'intensité flamboyante, ce courant impétueux courant sous la surface des choses qui leur était autrefois familier. Mais il y avait quelque chose d'autre qui s'y ajoutait.

Incolore, inodore, insipide, et néanmoins bien *là,* oppressant et dévastateur. *Cela* tordait leurs estomacs comme une main géante et raclait la texture même du rêve. C'était la griffe d'une terrible angoisse, un prédateur en suspension dans l'air.

— Il y a quelqu'un ?

Avant même qu'Ella ait terminé sa pensée, elle vit Honora, debout sous le chêne, regardant la surface gelée du lac. Sa silhouette ressemblait à une statue d'ivoire. La scène était nimbée de nappes de brumes stagnantes, et, à perte de vue, un linceul de glace recouvrait le rêve.

Le paysage onirique était exactement tel qu'Honora l'avait laissé et comme Ella et Lee l'avaient entrevu lors de leur brève visite. Il n'était plus qu'une caricature de ce qu'il avait été et l'ombre de la mare délétère qu'était désormais le lac dans la réalité.

Ils raclèrent leurs bottes sur l'herbe givrée. Même ce mouvement infime semblait devoir briser la texture du rêve. Ils attendirent, stoïques, celui qui manquait à l'appel.

— Ella, faut-il qu'il vienne ?

— Il faut que nous soyons tous là.

Ella restait fermement campée sur sa position. Peut-être en savait-elle plus qu'elle ne le prétendait pour se montrer si autoritaire. Elle était certaine que le quatrième membre du groupe finirait par se montrer. Alors ils attendirent. Encore et encore.

Brad surgit de nulle part ; les yeux écarquillés et l'air dangereusement éméché. Il s'arrêta à quelque distance des trois autres et fixa le sol comme un animal apeuré. Tous le regardèrent. Ils avaient peur de lui. Ils n'osaient pas dire un mot et cherchèrent même à travestir leurs pensées. Ils restaient là, figés telles des figurines gravées dans une seule et unique défense d'ivoire.

Brad semblait perdu, désorienté. Il les dévisagea l'un après l'autre comme s'il voulait leur parler, puis jeta un œil hagard par-dessus son épaule. Il se rapprocha d'Ella et sa bouche prononça des mots silencieux. Puis :

— Aide-moi.

— Qu'est-ce qu'il y a, Brad ?

— Peux pas me réveiller. Peux pas. Aide-moi Ella !

Brad était soudain pris de panique. Ses yeux n'étaient plus que des pupilles noires dégoulinantes de larmes givrées. Il était assez près d'Ella pour qu'elle puisse sentir son haleine glacée. Elle tendit la main pour le toucher et s'aperçut qu'il était tout raidi par le froid. Il saisit sa main d'un geste farouche et la serra avec force. Ses doigts étaient si glacés qu'il brûlaient le poignet d'Ella ; elle crut sentir sa chair peler et s'amalgamer à la sienne. Leurs yeux se croisèrent. Il la défiait de retirer sa main.

Finalement il relâcha sa prise. Ella sentit une pointe de douleur traverser son bras, là où un morceau de peau se déchira.

— Le rêve ne se brisera pas, Ella, le rêve ne se brisera pas.

— Nous sommes tous là, Brad. Nous ne t'abandonnerons pas.

— Vous ne pouvez rien faire. Le rêve ne se brisera pas. J'en ai assez d'être éveillé. Je suis si fatigué. Et nous devons rester éveillés. Éveillés. Ils attendent que je m'endorme. La glace. Le givre. Le froid. Ils attendent que tu t'endormes. Puis ils viennent s'emparer de toi —

Ella comprenait fort bien. Elle savait que les élémentals n'étaient que des prédateurs du rêve. Au souvenir de leurs assauts, elle frissonnait d'horreur. Ils étaient là, aux frontières du rêve, par-delà le mur du sommeil. Leurs tentacules invisibles s'infiltraient lentement dans le sang et la chair de votre corps onirique. Et ils vous transformaient jusqu'à ce que vous soyez irrémédiablement noyés dans la terre ou le feu ou l'eau ou l'air. Mais, pour la première fois, elle comprenait leur vraie nature. Les élémentals n'étaient pas un groupe d'entités, ni une colonie de créatures prédatrices. Ils n'étaient que l'expression d'une seule et unique force, créatrice et dévorante, capable de donner la vie et de boire les âmes ; la puissance même de ce qu'ils appelaient le territoire des rêves.

Et maintenant, la membrane du rêve s'était durcie et refusait de se briser. Brad était prisonnier, condamné à errer dans l'horreur du sommeil-dans-le-sommeil, à jamais emprisonné dans la glace du rêve. Personne ne pouvait rester indéfiniment éveillé, ici comme dans le monde réel. Brad ne faisait que retarder l'inévitable. Et, en ce moment même, le givre l'enserrait et congelait son sang. Car tel était le sort réservé à ceux qui restaient trop longtemps dans le rêve.

— Voilà ce qui nous attend tous fit Honora d'un ton étrangement résigné. Voilà ce qui...

— Nous ne nous réveillerons pas ! Plus jamais !

Une larme apparut dans l'œil de Brad. Et, tout à coup, son angoisse se cristallisa en un rire de dément qui éveilla d'étranges échos au-dessus du lac nimbé de brume ; un rire acéré qui fendit l'air, ricocha et revint les hanter. Ella jeta un regard paniqué à Lee.

Mais celui-ci désignait le bord du lac. Les trois autres

se tournèrent dans la direction qu'indiquait son doigt. Brad cessa de rire.

— C'est elle.

La silhouette semblait mal assurée et oscillait sur ses pieds.

— Je le savais, souffla Ella.

— C'est elle ! cria Brad. C'est elle qui m'a enfermé ici. C'est elle qui nous garde tous prisonniers !

Mais ils le savaient déjà. Elle se tenait là, à quelques mètres d'eux, revêtue de sa robe grossière, avec sa peau couleur de lait et ses yeux semblables à deux trous noirs. Mais maintenant, elle semblait plus forte, plus forte qu'eux tous. Ils la connaissaient bien et avaient peur d'elle. Ils la dévisageaient bêtement. Ses yeux jetèrent des éclairs. Elle irradiait une solitude aussi glaçante que tous les vents de l'hiver.

Honora s'avança timidement.

— Parle-nous. Je t'en prie, parle-nous.

Mais la fillette rejeta ses cheveux en arrière et posa le pied sur le lac gelé, comme pour les défier de la suivre. Honora fit quelques pas vers elle.

— Non ! Honora ! — cria Lee.

— Attends ! Attends de voir ce qu'elle fait ! renchérit Ella.

Elle ne savait s'ils pouvaient faire confiance à la fillette ; si leur rencontre onirique n'était pas tout simplement un piège où elle les aurait attirés en semant de faux indices.

La fillette s'aventura plus en avant sur la glace. Honora hésita sur le rivage.

— N'y va pas ! ordonna Lee.

— C'est un piège ! Elle veut que tu marches sur la glace ! fit un Brad hystérique. C'est un piège ! Il ne faut pas lui faire confiance ! Je sais ce qu'elle est.

La fillette se retourna et les regarda, comme si elle les attendait, et murmura quelque chose d'incompréhensible. En voyant Honora poser un pied circonspect sur la glace, elle se tourna et continua son chemin jusqu'au milieu du lac. Honora jeta un coup d'œil à Ella qui eut un hochement de tête à peine perceptible. Puis elle partit sur la glace. Ella la suivit, abandonnant les autres.

Les protestations de Lee restèrent coincées dans sa gorge. Il se retrouva en train de suivre les deux femmes, et Brad ne tarda pas à en faire autant. On aurait dit qu'un lien invisible les reliait les uns aux autres. Lorsque la fillette s'arrêta, tous en firent autant.

À nouveau, elle se retourna pour les regarder. Puis elle racla la neige de la pointe du pied et, après avoir dégagé deux ou trois centimètres grumeleux, frotta la couche de glace ; et pas un instant elle ne les quitta des yeux. Finalement, elle se baissa pour achever le petit cratère creusé à ses pieds. Puis elle s'en écarta et se tint à quelques mètres de là.

Honora fut la première à venir contempler la glace et les concrétions grisâtres et gluantes qui ondulaient sous la surface, cachées par la couche de neige lépreuse. Que signifiait tout ceci ? Honora et Ella se tournèrent vers la fillette qui ne leur fut d'aucun secours : elle leur tournait le dos et regardait en direction du rivage.

Brad avait lui aussi atteint le cratère. Il tomba à genoux, frotta la glace avec la paume de sa main et fixa les formes géométriques en mouvement.

— Il y a quelque chose là-dessous, dit-il.

Les autres se retournèrent lentement.

— Il y a quelque chose. Je le vois. Sous la glace.

Lee s'agenouilla à côté de lui.

— Qu'est-ce que c'est ?

— C'est sous la glace. Ça essaie d'en sortir.

— Qu'est-ce que tu vois ?

— Ça veut... ÇA ESSAIE DE SORTIR DE DESSOUS LA GLACE !

— Dis-nous ce que tu vois — ordonna Ella.

Mais Brad était dans un état proche de la démence. Il parut détecter un nouveau mouvement.

— Ça remue ! Regardez ! Ça essaie de sortir ! Je le vois ! C'est...

Soudain, son corps se figea et il eut un grand hoquet.

— MOI ! C'EST MOI !

Lee le repoussa et se mit lui-même à griffer la glace. Et lorsqu'il vit ce qui avait épouvanté Brad, l'horreur l'étreignit à son tour. Sous la glace, il vit l'image même de Brad, blanchie, bleuie, flottant entre deux eaux comme un cadavre gelé — mais *cela* n'était pas mort. *Cela* agitait faiblement la main tout en se pressant contre la surface, murmurant des mots qui tordaient son visage, cherchant un moyen de sortir.

Et l'effigie de Brad n'était pas seule. Trois autres silhouettes l'entouraient. Lee, Ella et Honora se massaient contre la glace opaque en hurlant des cris silencieux.

Des prisonniers.

Ils pouvaient les voir, maintenant. Hypnotisés par cette révélation. Figés, fixant ces images d'eux-mêmes, regardant d'un œil horrifié ces incarnations de leurs propres destinées jointes. Ils sentaient ce froid primordial qui les imprégnait peu à peu, gelant leur sang dans leurs veines.

— Nous sommes prisonniers, fit Honora ; c'est le rêve à l'intérieur du rêve.

Lee regarda Ella, qui fixait toujours la petite fille. Celle-ci s'était agenouillée sur le lac gelé, les mains jointes sous son menton, comme en une prière pleine d'angoisse, et ses yeux dégoulinaient de larmes alors que des sanglots secouaient son corps frêle. Ella restait là, comme hypnotisée. Dans ses yeux, Lee vit une lueur évoquant la prêtresse folle qu'elle avait été. Il réalisa, plein d'un étonnement mêlé d'admiration, qu'elle allait reprendre le contrôle de la situation. Sa confiance semblait l'entourer comme un halo protecteur.

— Bougez ! Ne restez pas immobiles ! Nous devons défaire ce qui a été fait !

Les paroles d'Ella éclipsaient tout le reste. Elle se souvenait du fil doré qu'elle avait filé avant de s'endormir. Il vint comme un enchantement.

— L'église et le clocher ! La porte et l'assemblée !

Elle criait sans quitter des yeux la fillette éplorée.

— La foi et le désir ! Il faut en finir avec notre méfiance ! Il y a trop d'indifférence dans nos cœurs ! Honora, enlève la malédiction que tu as mise sur Brad ! Maintenant !

— Commenta...

— Lève-là, c'est tout ! Lève la malédiction !

— Mais ce ne sont que des mots, pas la réalité !

— Fais-le !

— Je le défais ! Je le défais ! hurla Honora, complètement hystérique.

Elle voulut courir vers la fillette, mais Ella la retint.

— Ouvre la porte ! Nous devons ouvrir la porte ! Tu ne comprends pas ? Ouvrons la porte pour qu'ils puissent s'échapper ! C'est nous qui sommes dans l'église ! Nous ! Rêve d'un trou dans la glace !

Mais Ella n'attendit pas les autres. Elle se tourna vers la clairière dans la neige et les silhouettes qui flottaient sous la glace. Tout en restant immobile, elle invoqua tous les pouvoirs oubliés du rêve et les concentra sur les effigies submergées. Par la simple force de sa volonté, elle voulait obliger la glace à fondre. Son énergie brute sembla réactiver Lee et Brad. Tous deux suivirent aveuglément la voie qu'elle venait de leur tracer ; immobiles, ils se concentrèrent, rêvant d'un trou dans la glace. Et celle-ci se mit à fondre.

Aucun n'entendit le doux gémissement d'Honora.

— J'ai déjà vu ce rêve ! Arrêtez ! J'ai déjà...

Trop tard. De fines craquelures apparurent sur la glace et se multiplièrent dans toutes les directions. Quelque part sous eux retentit un choc sourd, comme deux grands icebergs entrant en collision.

— Non ! non !

Lee vit alors ce que redoutait Honora. Et, à son tour, il connut la panique.

— Il faut qu'on sorte de la glace !

— Pas encore ! Casse-la ! Ouvre la porte ! Voilà ton fil d'Ariane, Lee !

Ella dominait toujours la situation.

Le lac lui répondit. De très loin sous la glace leur parvint un grognement sourd, blasphématoire. Puis une série de chocs sourds et étouffés, comme des détonations lointaines, suivies d'un terrible craquement. La glace se mit à trembler.

— Attendez ! Attendez !

Cette fois-ci, le grognement et les détonations se firent plus fortes ; une onde de choc fit bouger la surface du lac et les secoua. Ella faillit tomber. Les fissures dans la glace se firent crevasses, s'étendant dans toutes les directions. Lee vit que Honora et Brad étaient comme paralysés. Ils voulaient s'éloigner du lac, mais ne pouvaient pas s'en arracher. Ella restait figée dans la perpétuation du rituel qu'elle avait entamé. Lee ne put se faire entendre, tant elle était fascinée par les affreuses fractures dans la glace qui s'étendaient toujours. Il la secoua brutalement. Elle le regarda comme s'il venait d'un autre monde. Comme si son regard franchissait la barrière du temps.

Partout, la glace se rompait. Ella reprit ses esprits et s'empara d'Honora. Lee les propulsa toutes les deux vers la rive. Là, ils se cramponnèrent l'un à l'autre tout en essayant de quitter la surface gelée qui se craquelait tout autour d'eux. Lee alla relever Brad, mais celui-ci tituba et perdit l'équilibre, l'entraînant dans sa chute. Lee voulut se redresser, mais Brad s'accrocha désespérément à sa jambe. Les deux hommes se tortillèrent ainsi, avançant tant bien que mal.

Depuis la rive, Ella et Honora leur criaient des encouragements. Brad se cramponnait toujours à Lee, le tirant en arrière. Finalement, ils atteignirent le bord du lac, et les deux femmes purent alors les tirer sur le rivage.

La fillette ! dit Honora. Où est-elle ?

Personne ne répondit. Derrière eux, le lac n'était plus qu'un réseau craquelé de fissures qui rampaient comme des serpents et se ramifiaient sous leurs yeux. Puis la glace elle-même grogna telle une bête des premiers âges de l'humanité, se replia sur elle-même et explosa en de vastes plaques qui s'effondrèrent dans des nuages de vapeur. L'eau grise bouillonnait et escaladait le ciel pour retomber dans de grands jaillissements brumeux.

Un vent d'une force inattendue se leva soudain, venu de nulle part ou, peut-être, des profondeurs du lac. L'ouragan menaçait de les emporter comme des fétus de paille ; il fit hurler les saules, déchirant leurs branches mortes, et le vieux chêne grinça sous la terrible bourrasque. Ella resta derrière son grand tronc, le vent fouettant ses cheveux et les ramenant sur son visage. Elle appela les autres et leur enjoignit de former un cercle autour de l'arbre. Mais l'ouragan emporta ses mots. Elle tendit le bras et attira Lee contre elle. Honora les vit et, ignorant la fureur des éléments et les eaux qui bouillonnaient derrière elle, saisit le poignet de Brad et tenta de rejoindre les deux autres.

— Formez un cercle ! Formez un cercle !

Ella lançait des ordres que les autres ne pouvaient entendre. Le lac n'était plus qu'un cratère en ébullition qui lâchait des geysers de vapeur s'élevant dans un ciel d'encre. De grandes vagues irradiaient de son centre et, poussées par le vent, venaient s'écraser sur la rive, sifflant et grésillant en touchant la terre gelée. Lee comprit ce qu'Ella essayait de dire. Il fit le tour du tronc, non sans mal, traînant derrière lui la chaîne que formaient les autres. Il parvint à joindre ses bras à ceux d'Honora, mais le vent le pressa contre le tronc comme un clou contre un aimant. De l'autre côté du tronc, Ella s'empara de la main de Brad, fermant ainsi le cercle.

La terre qui s'étendait sous leurs pieds se soulevait par poignées et fouettait leur visage pour aller s'abîmer dans le lac. Le chêne torturé craqua et gémit et, peu à peu, se pencha. Le vent furieux griffait littéralement le sol, chassant la terre et exposant ses racines. L'arbre semblait devoir être arraché à la terre pour finir lui aussi dans le lac. Tous quatre se cramponnaient obstinément l'un à l'autre, le visage pressé contre le tronc rugueux. Ella se dit que, s'ils ne lâchaient pas prise, ils auraient peut-être une chance.

Mais l'ouragan hurlait toujours comme un possédé, et Ella se sentit glisser alors que le sol se dérobait sous ses pieds. Des mottes de terre givrée leur tuméfiaient le visage. Les autres tinrent bon, prenant appui sur les racines exposées. Puis celles-ci se tordirent à leur tour, comme sous l'effet d'un gigantesque poing, craquèrent, puis se brisèrent et allèrent s'abîmer dans le lac. L'arbre gronda et se courba un peu plus.

Puis Lee sentit se raidir Honora, la vit tourner la tête d'un geste mécanique vers le lac en fusion. Ses traits étaient plus acérés que jamais, comme gravés dans de l'ivoire. Elle desserrait peu à peu sa prise, et Lee eut l'impression qu'elle voulait se laisser emporter, comme si elle était à bout de résistance. Elle allait finir au fond du lac.

— Non, Honora, non !

Le vent chassa ses paroles. Ella vit à son tour ce qui se produisait.

— Empêche-la !

— Je la vois ! Elle est là, au fond de l'eau ! elle veut que je vienne ! Je vais la rejoindre !

Honora se dégagea de l'étreinte de Lee. Il bondit pour la rattraper, mais elle était déjà hors de portée.

— Retiens-la ! Ne la laisse pas partir ! cria Ella à Brad, sachant que lui aussi s'agrippait à Honora.

Elle sentit Lee qui s'approchait d'elle ; soudain, la pression sur son autre main disparut.

Brad avait lâché Ella et était parti avec Honora. Ella et Lee se cramponnèrent aux dernières racines, à la base de l'arbre. Ils purent voir Honora plonger dans les eaux déchaînées, appelant, criant des mots inintelligibles au cœur même de la tourmente. C'est Brad qui plongea à sa suite et la ramena vers la rive alors qu'elle se débattait des bras et des jambes. Il la hissa à l'abri. Puis il tomba ou plongea dans l'eau. Tomba, plongea, ils ne devaient jamais le savoir, mais alors que le courant l'entraînait, ils virent qu'il les regardait. Lee saisit Honora et l'attira jusqu'à l'arbre, où tous trois, en larmes, s'agrippèrent au tronc avec l'énergie des survivants d'un naufrage cherchant une planche ou une bouée à laquelle s'accrocher.

Le vent retomba aussi vite qu'il était apparu, et le lac se calma. Brad ne remonta pas à la surface. Les trois rescapés s'affalèrent sur la rive, épuisés et haletants. La couche de glace se reformait déjà, scellant les eaux à tout jamais. Puis le rêve se brisa.

ÉPILOGUE

Je ne savais si j'étais un homme rêvant qu'il était un papillon, ou si, à présent, je suis un papillon rêvant qu'il est un homme.

Chuang Tzu,
IIIe siècle avant J.-C.

Ella examina son visage dans le miroir de l'hôtel. Elle prépara ses bagages et vida la chambre, puis décida de sauter le petit déjeuner pour partir plus tôt. Elle emporta son fourre-tout de cuir fendillé et descendit les escaliers, puis se dirigea vers la réception, où elle apprit que Lee avait déjà payé la note. Elle lui en sut gré : elle risquait d'avoir des problèmes d'argent d'ici peu. Puis elle sortit et traversa le parking désert de l'hôtel, ouvrit la portière de la Midget et envoya valser son sac sur le siège passager.

Le soleil était haut dans le ciel. Le matin était frais, mais calme, annonçant une belle journée de printemps. Elle essaya de rabaisser la capote de la Midget, et l'attache que Lee avait réparée se cassa dans sa main. Comme il n'y avait personne dans les environs, Ella s'autorisa à verser une larme, une dernière avant de partir.

— Allons, Innes, tu en as vu d'autres, et des plus saumâtres, dit-elle à travers son mouchoir en papier.

Mais elle avait bien des raisons de pleurer. Elle avait accepté de rester encore quelques jours pour s'occuper des détails. Finalement, c'est elle qui s'était sentie responsable de tout, et surtout en ce qui concernait Brad.

Après tout, c'était elle qui l'avait arraché à son cottage. C'était elle qui avait concocté toute l'affaire ; elle qui s'était rendue seule à l'hôpital le matin qui avait suivi leur dernier rêve. Lorsqu'ils s'étaient réveillés après la tempête qui avait dévasté le paysage onirique, il y avait à peine trois jours, elle n'avait pas attendu les deux autres. Elle était montée dans sa voiture et était partie pour l'hôpital, hantée par de sombres pressentiments. Ce qui lui rappela un autre épisode de sa vie, qui s'était déroulée un beau matin comme celui-ci, plein de lumière diffuse et d'herbe humide de rosée.

Elle avait repensé à cette fois où elle l'avait lavé et rasé et habillé, officiellement pour le préparer à retrouver les autres, mais réellement en vue de cette dernière promenade dans le rêve. À ce moment-là, il n'y avait plus beaucoup d'espoir. Bien sûr, elle aurait préféré n'avoir rien fait de tout ceci, avoir laissé Brad dans son cottage, en pleine stupeur éthylique. Mais elle savait que rien n'aurait pu empêcher ce dernier face à face, aussi inévitable que la lumière au bout de la nuit. Ou l'inverse ; elle n'aurait pu le dire.

Elle essaya de se souvenir de ce qu'il lui avait demandé en la suppliant presque. Il voulait qu'elle se rappelle de quelque chose. Elle regrettait amèrement de ne pas avoir senti à quel point Brad tenait à ce mystérieux souvenir, auquel cas elle aurait pu mentir — si c'était bien un mensonge. Mais non ; cela n'aurait fait que transformer son plan en un vulgaire complot. Une conspiration qui, au pire, aurait été tramée par un tas de menteurs et, au mieux, un ramassis d'hystériques. Et pourtant, tout ceci s'était bel et bien produit. Et quoi qu'ils puissent être, il était hors de question pour elle de trahir ou même de nier la réalité du rêve.

À l'hôpital, on lui dit que Brad était mort dans son sommeil, qu'il ne sortirait jamais de son coma. Les docteurs semblaient confondus et parlèrent d'une autopsie. Ella remercia celui qui l'avait renseignée. Étrange, non ? Elle voulait lui dire merci d'avoir confirmé ce qu'elle savait déjà, merci de lui donner l'autorisation de pleurer le défunt. Lorsqu'elle était retournée à la maison pour dire à Lee et Honora ce qu'ils avaient certainement deviné, eux aussi, vinrent les larmes.

Après l'avoir tenu quelque temps dans ses bras, Lee s'occupa de débarrasser la maison. C'est lui qui suggéra qu'ils restent en ville pour s'occuper des formalités suivant la mort de Brad. Le soir venu, ils prirent trois chambres dans un hôtel.

Au matin, lorsque Lee se retrouva seul avec Ella, il lui dit qu'il voulait partir en Irlande du Nord avec Honora. Ce qui ne surprit guère Ella.

— C'est ce que souhaite Honora, mais elle ne le dira pas, parce qu'elle ne veut pas avoir l'impression de te trahir. Je sais que ce n'est pas vrai, et que tu m'aurais quitté de toute façon.

— Dis-lui que je comprends.

— Je t'aime, Ella, mais je ne te vaux rien de bon et ne serai jamais à la hauteur pour toi.

— Je ne suis pas sûre de comprendre.

— Mais si.

— Lee, veux-tu me rendre service et partir aujourd'hui même ? Je vais rester encore une nuit.

— Je ne peux pas te laisser t'occuper de tout ça.

— Je préférerais, je t'assure.

Lee savait qu'Ella disait toujours ce qu'elle avait à dire sans y mettre les formes. Elle voulait qu'ils s'en aillent, et c'est donc ce qu'ils firent. Avant de partir, Ella embrassa Honora, et elles échangèrent des promesses impossibles à tenir, jurant de se revoir. Puis ce fut au tour de Lee.

— Ella... commença-t-il.

Mais elle le coupa.

— Tu vas m'embrasser, puis tu vas t'en aller, dit-elle comme si elle dirigeait un acteur.

Les amants ne manquent pas, se dit Ella. Ils jonchent le sol, aussi nombreux que les rêves enfuis. Mais rares étaient les liaisons qui survivaient à une telle épreuve. Ainsi, ils se séparèrent pour la seconde fois, et elle ne lui dit jamais qu'il avait raison, qu'elle l'aurait abandonné de toute façon.

Sur le chemin de la ville, Ella passa jeter un dernier coup d'œil au lac. Le soleil était chaud et, en haut d'une colline surplombant l'endroit, elle descendit de voiture pour regarder ce qui se passait. Une petite armada de volontaires avait entrepris d'assainir les eaux polluées. Ils s'affairaient, occupés à drainer, nettoyer et replanter. Ce spectacle rasséréna Ella. Elle eut envie d'aller leur souhaiter bonne chance, mais n'osa pas les déranger. Ils feraient du bon travail, elle le savait.

OUVRAGES DE LA COLLECTION « TERREUR »

Iain Banks
Le seigneur des guêpes

Clive Barker
Secret Show
Le royaume des devins

William P. Blatty
L'Exorciste : la suite

Robert Bloch
L'écharpe
Lori
Psychose
Psychose 2
Psychose 13
Contes de terreur

Randall Boyll
Froid devant
Monssstre
Territoires du crépuscule

Marion Zimner Bradley
Sara

Ramsey Campbell
Envoûtement
La secte sans nom
Soleil de minuit

Matthew J. Costello
Cauchemars d'une nuit d'été
La chose des profondeurs
Né de l'ombre

Martin Cruz-Smith
Le vol noir

Thomas Disch
Le caducée maléfique

Katherine Dunn
Un amour de monstres

Jeanne Faivre d'Arcier
Rouge flamenco

John Farris
L'ange des ténèbres
Le fils de la nuit éternelle

Raymond Feist
Faërie

Chris Fowler
Le diable aux trousses

Ray Garton
Crucifax
Extase sanglante

Linda C. Gray
Médium

William Hallahan
Les renaissances de Joseph Tully

Barbara Hambey
Le sang de l'immortalité

Thomas Harris
Dragon rouge
Le silence des agneaux

James Herbert
Dis-moi qui tu hantes
Fluke
Fog
La lance
Les rats
Le repaire des rats
L'empire des rats
Le survivant
Sanctuaire
Sépulcre

Shirley Jackson
Maison hantée
La loterie

Stephen King
La part des ténèbres
Salem

Andrew Klavan
Il y aura toujours quelqu'un derrière vous

Dean R. Koontz
Le masque de l'oubli
Miroirs de sang
La mort à la traîne
La nuit des cafards
La nuit du forain
La peste grise
Une porte sur l'hiver
La voix des ténèbres
Les yeux des ténèbres
La maison interdite
Fièvre de glace

Steven Laws
Train fantôme

Tanith Lee
La danse des ombres

Charles de Lint
Mulengro
Symphonie macabre
Les murmures de la nuit

Charles McLean
Le guetteur

Robert Marasco
Votre vénérée chérie

Graham Masterton
Démences
Le démon des morts
Le djinn
Le jour « J » du jugement
Manitou
Le miroir de Satan
La nuit des salamandres
Le portrait du mal
Les puits de l'enfer
Rituels de chair
Transe de mort
La vengeance de Manitou
Le trône de Satan
Apparition
La maison de chair

Robert McCammon
L'heure du loup
La malédiction de Bethany
Scorpion
Le mystère du lac

Michael McDowell
Les brumes de Babylone
Cauchemars de sable

Andrew Neiderman
L'avocat du diable

Garfield Reeves-Stevens
Contrat sur un vampire
La danse du scalpel

Anne Rice
Lestat le vampire
Entretien avec un vampire
La reine des damnés
La momie
Le lien maléfique
Le voleur de corps

Anne Rivers Siddons
La maison d'à côté

Fred Saberhagen
Un vieil ami de la famille
Le dossier Holmes-Dracula

John Saul
Cassie
Hantises
Créature

Michel Slung
22 histoires de sexe et d'horreur

Peter Straub
Ghost Story
Julia
Koko
Mystery
Sans portes, ni fenêtres

Michael Talbot
La tourbière du diable

Bernard Taylor
Le jeu du jugement

Sheri S. Tepper
Ossements

Thomas Tessier
L'antre du cauchemar

Thomas Tryon
L'autre
La fête du maïs

Jack Vance
Méchant garçon

Lawrence Watt-Evans
La horde du cauchemar

Chet Williamson
La forêt maudite

Paul F. Wilson
La forteresse noire
Liens de sang

Douglas E. Winter
13 histoires diaboliques

Bari Wood
Amy girl

Bari Wood/Jack Geasland
Faux-semblants

T. M. Wright
L'antichambre
Manhattan Ghost Story
L'autre pays

Achevé d'imprimer en mars 1995
sur les presses de l'Imprimerie Bussière
à Saint-Amand (Cher)

POCKET - 12, avenue d'Italie - 75627 Paris Cedex 13
Tél. : 44-16-05-00

— N° d'imp. 553. —
Dépôt légal : mai 1995.
Imprimé en France